I0785096

Bombón

PATRICIA SUTHERLAND

Serie Sintonías, 1

1ª edición : septiembre 2012.
© 2007, 2012 Patricia Sutherland
© 2012 Ediciones Jera, Colección Jera Romance
www.jeraromance.com
Este libro se publicó por primera vez a través de
una plataforma de impresión bajo demanda, sin
isbn, en marzo de 2007.

ISBN: 84-939730-3-2
ISBN-13: 978-84-939730-3-2

Diseño de cubierta: Laura Sánchez

JR01 – Bombón
Serie Sintonías, 1
Novela romántica contemporánea
Nivel de erotismo: ♥♥♥ (Muy sensual)

A mis padres.
Siempre serán la luz que alumbra mi camino.

A mis lectoras.
Por su "pasión contagiosa",
por su fidelidad y
por su inestimable apoyo.

PRÓLOGO

Camden, Arkansas.
Diciembre de 1993.
Cabaña de pesca de la familia Brady,
a orillas del río Ouachita.

—**D**eja la leña, hijo. Y vete a casa.

Jordan se quedó paralizado. Durante un segundo no atinó ni siquiera a respirar. Después, soltó los leños y se debatió entre darse la vuelta o salir corriendo.

¿Qué hacía el padre de Mandy allí?

El joven se volvió y lo miró directamente a los ojos.

Cuando John Brady vio el brillo en su mirada, la expresión violenta, la actitud de dar la cara a pesar de sus escasos diecisiete años, aquel vikingo le llegó al corazón.

—Así no, Jordan —dijo poniéndole una mano sobre el hombro—. Es mi niña, la hermana de tu mejor amigo... Así no, hijo.

—La quiero, señor Brady —replicó él con las mejillas coloreadas—. No es lo que parece.

—Entonces, vete a casa. Déjala crecer y crece tú. Vive, Jordan y si dentro de diez años sigues sintiendo lo mismo, inténtalo de nuevo. Vuelve cuando seas el hombre que quiero para ella.

Jordan miró a otra parte. Su mente sabía que era lo mejor que podía hacer; su juventud se rebelaba.

—Al menos, déjeme explicárselo. Me está esperando... Si no voy, creerá que...

John negó con la cabeza.

—¿La quieres? —buscó su mirada con cariño. Lo vio asentir—. Dame tu palabra de que dejarás de verla. Quiero que la dejes y no le expliques nada. Sois apenas dos críos. No quiero que mi niña sufra. Ni que Jason se quede sin su mejor amigo, y tampoco deseo perderte a ti... Te quiero, Jordan. Ésto no está bien.

Él respiró hondo y al final, de mala gana, asintió.

—Prométemelo.

Jordan miró al hombre con los ojos brillantes. Volvió a asentir.

—Se lo prometo.

—Eres un gran chico. Me siento orgulloso de ti —le dijo John con cariño—. Vuelve cuando tengas algo que ofrecerle. Si la sigues queriendo, si me demuestras que en ti va a tener un compañero leal, fiable y fuerte, estaré de tu parte. Te lo prometo.

¿Gran chico? Seguro que a Mandy le iba a encantar saberlo. *Un imbécil. Eso es lo que soy.*

Ojalá saber que aquel hombre se sentía orgulloso de él fuera un consuelo. No lo era. En aquel preciso momento a Jordan le parecía el peor plan del mundo.

Se dio la vuelta y encaró el camino antes de cambiar de idea, pero John lo llamó. Él se volvió a desgana y lo miró.

—Esto es entre tú y yo, Jordan. No se lo digas a nadie. Nunca. ¿De acuerdo?

¿Qué mas daba? De todas formas, nadie lo creería...

Jordan asintió con la cabeza varias veces, luego se alejó por el camino del río con las manos en los bolsillos de su parca.

A cada paso que daba, sentía el corazón más helado. Dejar que Mandy creyera que él se lo había pensado mejor... No volver a besarla. No volver a sentir la suavidad de su cabello enredándose entre los dedos. Ni la dulzura de aquellos ojos celestes, tan claros que parecían transparentes...

Apenas se había alejado unos pocos pasos, y el corazón ya se le había congelado.

"Dentro de diez años" había dicho John Brady.

Diez años.

Una eternidad.

◆ ◆ ◆ ◆ ◆

Dentro de la cabaña, Mandy se frotó los brazos intentando entrar en calor. Sus ojos se fijaron en las manecillas del reloj de muñeca que asomaba entre los guantes y el borde de la manga del chaquetón de ante. Hacía más de una hora que Jordan había ido a por leña, y estaba oscureciendo.

Una lágrima resbaló por su mejilla y cayó sobre la manga, junto a las otras que poblaban de lunares húmedos el abrigo color arena.

—Nunca has tenido intención de ir más allá. Solamente tanteabas el terreno, ¿no? —pensó en voz alta y bajó la cabeza. Se secó las lágrimas de un manotazo—. ¿Sabes qué?

Mandy se puso de pie. Sacudió las rodilleras de sus vaqueros con rabia, respiró hondo y se irguió.

—Se va a helar el infierno antes de que vuelvas a tocarme un pelo. Que te jodan, Jordan.

Cuando Mandy salió de la cabaña y tomó el camino de regreso al rancho Brady, su cita amorosa con Jordan Wyatt no era ni siquiera un recuerdo.

CAPÍTULO 1

Boston, Massachusetts.
Septiembre de 2004.
Hotel Hyatt Regency.

Amanda le guiñó un ojo a Jordan. Con un gesto de la mano le indicó que enseguida acababa.

—Ya, bueno… Creí que habíamos quedado en tomarnos la juerga con más calma….

Jordan cerró la puerta de la lujosa suite de Mandy y se sentó sobre el apoyabrazos del gran sofá de cuero blanco que dominaba el salón, a pocos metros donde ella se entrenaba en la máquina de remos mientras hablaba por teléfono con Daniel.

O Rob.

O Martin.

O como se llamara. Había habido tantos, que Jordan se hacía un lío con los nombres. Y a juzgar por el tono que empezaba a tener la conversación, y el brillo de esos ojos celestes tan claros que casi podía verse a través de ellos, este, quien fuera, estaba a punto de ser historia.

¿Qué le había sucedido? La miraba empapada en sudor, con la camiseta pegada al cuerpo, aquellos pantalones de deporte tan poco glamurosos, y le seguía pareciendo la mujer más espectacular que había conocido jamás. Y ella, sin embargo, parecía incapaz de dejar de rodar cuesta abajo.

—Vale —la escuchó decir con su tono de estrella caprichosa—. Pásatelo bien y Ryan, *no vuelvas a llamarme*.

Jordan la vio sacarse el auricular tirando del cable, apagar el móvil y dejar de entrenar.

—Disculpa la espera —dijo soltándose la coleta en que sujetaba su cabello y secándose un poco con una toalla—. ¡Puf! ¡Qué calor! ¿Te apetece beber algo fresco?

Jordan negó con la cabeza. La siguió con la mirada mientras ella iba a por una botella de agua mineral y bebía sedienta. Luego, regresó donde estaba él y se dejó caer en el sillón de enfrente.

—Estos son los expedientes de las dos personas que creo que están más cualificadas para representarte —empezó a explicar él al tiempo que ponía dos carpetas azules una junto a otra sobre la mesita de cristal—. Hugh Miller y Candance Steward. Están al tanto del tema. Échales un vistazo y si tienes alguna duda…

Mandy frunció el ceño.

—¿De qué hablas? Ya tengo quien me represente —sonrió con picardía—, es un tío genial que se llama Jordan Wyatt, ¿lo conoces?

Él la miró con los ojos brillosos. Se preguntó si estaba jugando con él como jugaba con todos, o si, simplemente, aquel día estaba tan colocada que no se había enterado de nada.

—Te dije que me iba.

La sonrisa se borró de la cara de Mandy, que bajó la cabeza un momento, intentando ganar tiempo y centrarse.

Sí. Se lo había dicho, pero ella pensó que era la rabia del momento; la juerga se había desmadrado y él la había encontrado en la cama nada menos que con Lucifer; J.T. Lewis, líder de la banda de rock duro Psicodelia. Alguien más conocido por sus excesos que por su talento. No había sucedido nada "reprobable", excepto acabar con una borrachera de cuidado. De las de dormir la mona varios días, pero eso había sido todo.

Para Jordan, en cambio, lo sucedido había tenido una lectura diferente; se había largado después de sacar a lo que quedaba del líder de los Psicodelia a empujones fuera de la habitación, y soltarle a ella una frase breve y definitiva: "se acabó, Mandy. Me voy". En aquel momento, ella no estaba en condiciones de explicar nada y luego, él se había dedicado a evitarla cada vez que había intentado sacar el tema.

—Jordan…

—Te dije que me iba y me voy —la interrumpió él, poniéndose de pie ante su mirada sorprendida—. Echa un vistazo a esos expedientes y toma una decisión. Yo tendría que estar disponible para fin de mes, así que cuanto antes te pongas con el tema, mejor para todos.

Mandy saltó del asiento. Fue un acto reflejo.

—Jordan, hablemos.

Pero él continuó caminando hacia la puerta de salida como si no la hubiera oído.

—¡Jordan! Deja de actuar como si fueras mi padre, ¿vale?

Lo detuvo cogiéndolo por el brazo y lo obligó a que se volviera para hablar cara a cara.

—No sucedió nada esa noche, ¿te enteras? Me pasé con la bebida. Nada más.

Jordan continuó en silencio, mirándola de una manera que hacía innecesaria cualquier explicación.

—¡No me mires así! Y además ¿quién crees que eres para decir algo sobre mi vida privada? *Justamente tú.* A ver si esperas que crea que esas marcas son del afeitado… ¡Menudo hipócrita estás hecho!

—¿*Vida privada?* Si tú tienes una jodida *vida privada* todavía, es porque llevo dos jodidos años dedicando más tiempo a sacar tus castañas del fuego que a negociar contratos... ¡Podrían montar un *puto Kama Sutra* con todas las fotos tuyas que he retirado de circulación!

—¡Míralo! ¿Desde cuándo eres tan puritano? Es mi vida. Y con quien me acueste es mi problema. No eres mi padre; eres mi mánager.

—No, ya no —sentenció él, furioso—. Ya no, Amanda.

¿Cómo que "Amanda"? Nunca la llamaba de esa manera.

Jordan hizo el movimiento de marcharse, pero ella volvió a detenerlo.

—¿Es por J.T.? —le soltó a quemarropa mirándolo a los ojos—. Solo salí con él esa noche y *no sucedió nada*.

—Es por ti. No sé qué te ha ocurrido, Amanda... No sé por qué te has convertido en esto…

—¡¿Por qué me llamas Amanda?! ¿Y esto, *qué*? ¿Qué quieres decir con "esto"?

Se miraban a los ojos, iracundos, cuando la puerta de la suite se abrió y apareció Sharon, la asistente personal de Mandy.

—Lo siento —dijo la joven al darse cuenta de que acababa de aparecer en un momento inoportuno—, pero tienes una entrevista con la CMT en media hora….

Mandy volvió su atención hacia Jordan tras fulminar a su asistente con los ojos. Él mantenía la vista baja, y era evidente que estaba realmente enojado; sus mandíbulas parecían a punto de quebrarse de tan tensas, y cuanto Mandy más lo miraba, menos comprendía. Llevaban siglos juntos. Mucha gente había ido y venido en los últimos cinco años. Pero que Jordan se fuera, era algo que nunca se le había pasado por la cabeza.

—¿Le digo a Sue que venga a maquillarte? —se animó a añadir Sharon.

Mandy apretó los párpados y contó hasta diez. Luego, se volvió hacia su asistente.

—¿Quieres hacer el favor de dejarnos solos?

Jordan vio a Sharon ponerse roja y desaparecer sin decir una palabra, y a Mandy, enfrentarlo sin miramientos.

—¿En qué me he convertido según tú?

—En alguien que pudiendo tener una vida de película, tiene una vida de mierda... —sentenció él con dureza—. Podrías ser una reina, tener el mundo a tus pies y lo único que tienes es un ejército de chupa-sangres que no paran en tu cama lo bastante para calentártela.

Mandy tragó saliva. Dolía oír tantas verdades. De su boca, infinitamente más.

—Tienes razón, Jordan. Es mejor acabar con esto cuanto antes —dijo y se aseguró de mirarlo a los ojos mientras hablaba—. No quiero que te quedes hasta fin de mes. Explícale a Sharon lo que haga falta, y vete. Mañana ya no te quiero en mi equipo, ¿está claro?

Jordan respiró hondo.

—Perfectamente —respondió. A continuación, abandonó la estancia.

Mandy permaneció en silencio, mirando la puerta cerrada.

Se dio cuenta de que le costaba respirar, de que los ojos se le habían llenado de lágrimas y no sabía el porqué.

Simplemente, no podía evitarlo.

CAPITULO 2

Eran las diez en punto de la mañana cuando John Brady entró en el Beer & Wine, en pleno centro de Camden. Alto y de complexión fuerte, recorrió con paso ágil la distancia que había entre la entrada y la barra. Después de detenerse brevemente a saludar a unos conocidos y luego al barman, siguió camino hacia una mesa del fondo donde le esperaba el hombre rubio vestido de negro que acababa de hacerle un rápido gesto para que lo viera.

Jordan se percató de que tenía las manos sudadas y se apresuró a secarlas disimuladamente con la servilleta que tenía a su lado.

—Me alegro de verte —John estrechó la mano de Jordan y la retuvo entre las suyas como hacía siempre.

—¿Le apetece un café?

—Gracias, ya se lo he pedido a mi buen amigo Peter... —respondió el padre de Mandy, mirando hacia la barra—. ¿Sabías que fuimos juntos al colegio?

Jordan negó con la cabeza y procuró concentrarse en la conversación. Pero su mente no dejaba de buscar formas de decir lo que tenía que decir. Formas suaves, pero sinceras. Por más que desde el día anterior le daba vueltas al tema, no las encontraba.

—Pues fuimos al colegio juntos. Hace siglos de esto, claro —esbozó una sonrisa que resaltó las profundas líneas de expresión de su rostro—. Pero sí... Eso es lo bueno de esta ciudad, dondequiera que vayas, encuentras caras que han estado en tu vida siempre... Es agradable, como sentirte un poco en casa... ¿Y tú? ¿Cómo está tu familia? Hace bastante que no los veo.

Seguro que él hacía más, pensó Jordan. Desde que trabajaba con Mandy, casi no paraba en Camden y los últimos dos años... Su familia nunca había visto con buenos ojos la forma de vida de Mandy ni que trabajaran juntos; ahora que ella llevaba dos años cuesta abajo y aparecía cada semana en la prensa, era mucho peor. No dejaban de repetirle que lo que debía hacer era alejarse de ella y buscarse otro trabajo, así que los veía muy de tanto en tanto. De la última vez, hacía nueve meses.

—Bien, como siempre, gracias.

El café de John ya estaba frente a él y Jordan esperó a que la camarera se retirara. En cierto modo agradecía los instantes extra que le daba. Las relaciones públicas se le daban bien y bajo presión pensaba mejor. La forma de decir lo que tenía que decir seguro que estaba a punto de aparecer en su cerebro como por arte de magia, de un momento a otro.

—Bueno... ¿Qué es eso que querías hablar conmigo? —dijo el padre de Mandy.

John lo miraba con su expresión serena y la forma de decirlo seguía ausente.

Y a Jordan se le había acabado el tiempo.

—Ya no represento a Mandy.

Fue una frase envuelta en una exhalación larga. Pensó que, al menos, había sido sincero. Mantuvo la mirada. John también.

—¿Trabajas para otra persona? —vio que Jordan negaba con la cabeza—. ¿Qué ha sucedido?

John estaba al tanto de las cosas de sus hijos, igual que cuando eran pequeños. Ahora lo hacía con más discreción, con mucho más tacto, pero con la misma constancia. Sabía de la vida de Mandy porque hablaba con Jordan cada semana. Sabía bastante, pero no todo. Jordan había obviado muchos detalles. Ahora, lamentaba haber obviado tanto. No sabía por dónde empezar.

—Ya no puedo seguir con esto, John. Se ha convertido en alguien... No atiende a razones. No controla su vida —Jordan apartó la mirada y meneó la cabeza—. Bueno, *yo* creo que no la controla, porque dudo mucho que mi... —hizo una pausa, consciente de lo que iba a decir. Ya no era *su* Mandy, ahora menos que nunca— que Mandy quiera, de verdad, la vida que lleva... Pero sea como sea, no me escucha ni siquiera a mí, así que ya no estamos juntos.

Era un resumen pésimo. Cuando volvió su vista hacia John supo que aquel hombre de mirada tierna que, a pesar de acercarse a los sesenta, apenas lucía canas en su poblada cabellera rubia, iba a querer detalles. Interiormente, rogó que no lo pusiera en semejante situación.

Rogó por un milagro.

John revolvió su café lentamente, luego bebió un sorbo y volvió a dejar la taza sobre el platillo.

—Quiero saber hasta las comas, Jordan. Olvídate de que soy su padre y dime lo que hay.

El milagro no había sucedido. Jordan tragó saliva.

John lo miró con tanta ternura como determinación. Sabía lo que le estaba pidiendo. Reconocía en él al joven que ya con diecisiete años tenía claros sus afectos y daba la cara. Aunque ahora era un hombre adulto, de aspecto cuidado y elegante, seguía viendo en él al chiquillo enamorado de su hija. Y le llegaba al corazón.

Jordan asintió. Respiró hondo y se dispuso a hablar de los dos peores años de su vida.

♦ ♦ ♦ ♦ ♦

Cuando John regresó a casa, su mujer estaba poniendo la mesa, un ritual al que ella dedicaba tanto cuidado y atención como a su propio arreglo personal. Era muy detallista y le gustaba jugar con la combinación de colores. Lo hacía con mucha creatividad en todo lo relacionado con su hogar, y con algunos límites en lo relacionado con ella misma.

A sus cincuenta y tantos, y después de haber tenido tres hijos, su cuerpo, propenso a la gordura, se había redondeado considerablemente. Esa era la razón de que ahora se decantara por tonalidades oscuras, como el vestido de mangas cortas azul marino que vestía hoy. Sin embargo, aquel impecable delantal rojo con pechera y volantes dejaba claro que era una incondicional de los colores vivos.

A diferencia de John, las canas habían aparecido pronto por su poblada melena corta; desde hacía años llevaba mechas de un rubio muy claro, que renovaba cada tres meses con puntualidad británica. Lo más llamativo de su persona, sin embargo, no había cambiado con el paso del tiempo: sus ojos celestes resultaban impactantes no solo por su belleza; también por la bondad que reflejaban.

La mujer alzó la vista al oír unos pasos que se acercaban. Sonrió al ver de quién se trataba.

—Creí que tendría que ir a buscarte —dijo con su habitual talante alegre, y le dio un beso en los labios de camino a la cocina—. Vente conmigo. Tengo algo en el horno...

John obedeció.

—Bueno, dime... ¿Qué quería Jordan?

—Ven, siéntate. Tenemos que hablar...

Eileen lo miró con expresión preocupada.

—Sentémonos, Eileen —insistió él.

Durante los siguientes minutos, John se dedicó a exponer los hechos. No entró en detalles, pero aún así, los ojos claros de su mujer, expresaban a la perfección la preocupación que esa verdad, aunque parcial, le causaba.

—Ve a buscarla, John... Tráemela —le pidió, tras tomar sus manos, dejándolo prácticamente con la palabra en la boca.

—Tiene que resolver esto por ella misma, querida...

A Eileen se le llenaron los ojos de lágrimas.

—No, tráemela. Nos necesita...

John suspiró, pasó un brazo alrededor del hombro de su mujer, y la atrajo hacia él.

—Escucha, cariño... Necesita recapacitar y tomar decisiones. Solo ella puede hacerlo. Nadie más.

—¿Y si le sucede algo?

Eileen hablaba con la voz quebrada y John deseaba decir que sí, darle el gusto, que se quedara tranquila. Una parte de él, deseaba intensamente ir donde Mandy estuviera, ayudarle a hacer las maletas y traerla de regreso a casa.

—Es fuerte, Eileen... Solamente está confusa. Si voy a buscarla, sabrá que lo sabemos ¿y te imaginas cómo se sentirá después? Seguro que ver que Jordan ya no está a su lado, la hace reflexionar... Tengamos confianza en ella. Démosle unos días.

Eileen se incorporó y lo miró a los ojos.

—¿Estás seguro? —le preguntó, sin ocultar su preocupación—.Ya no es tu *niña bonita*, John. Ahora es una mujer, una muy confundida, que está echando a perder su vida... Así que dime ¿estás seguro de que esperando hacemos lo correcto?

John echó la cabeza hacia atrás y cerró los ojos.

¿Hacía lo correcto? Su cerebro le gritaba que no. Su sentido común le decía que Mandy no estaba a salvo. Jordan ya no estaba allí, cuidando de ella.

¿Hacía lo correcto?

Con los ojos de su mente John recuperó la imagen de su niña bonita. Entonces, una sonrisa se dibujó en su cara. Preciosa por fuera, mucho más hermosa por dentro. Había tanto temple, tanta valentía, tanta determinación en aquella niña, como belleza.

—Sí —respondió al fin con seguridad. Tomó las dos manos de su mujer—. Vamos a darle unos pocos días más. Te prometo que si en una semana no está aquí, me voy a buscarla. ¿De acuerdo, cariño?

Eileen suspiró. No lo veía claro, en absoluto. Estaba asustada. Y aunque no se refiriera a Mandy como "su niña bonita", para Eileen, ella continuaba siendo su única hija mujer, una que nunca había querido tener tan lejos. Pero confiaba en John, en su poderosa intuición y en la confianza con que encaraba todos los aspectos de su vida.

La mujer finalmente asintió.

—Una semana —concedió—. Ni un solo día más.

John la estrechó entre sus brazos.

—Cuenta con eso, cariño.

CAPÍTULO 3

Jason miró la pantalla del móvil, y sonrió. Tras ponerse el auricular, se adelantó a la jugada con voz de niño arrepentido.

—*Lo siento, lo siento, lo siento... Te prometo que esta semana me voy a veros aunque sea un día...*

Gillian se apoyó contra la tranquera del área de adiestramiento de caballos del rancho Brady, sonriendo.

—¿No me digas? ¿Y qué trola le vas a contar a Danielle?

—*¿Danielle? ¿Qué Danielle?* —preguntó el hermano de Mandy, haciéndose el desmemoriado mientras aparcaba en el aeropuerto.

—La morena despampanante y *supercelosa* que llevabas de fondo en el móvil en julio... —aclaró Gillian, siguiéndole el juego—. ¿O has cambiado de fondo?

—*¿Julio? ¿De qué año?*

Gillian soltó una carcajada. Jason era un ligón y un caradura. Sin embargo, la razón de su llamada, en esta ocasión, no era mantener una de esas conversaciones distendidas a las que los dos eran tan aficionados, de modo que fue directo al grano.

—Me rindo. Y te llamo por otra cosa... ¿Sabes algo de Jordan?

Jason frunció el ceño.

—*Hablé con él esta semana...* —respondió al tiempo que cogía su equipaje y se dirigía al edificio de salidas—. *Anteayer. Estaba como siempre, ¿por qué?*

Ella se acomodó mejor la gorra de béisbol y pensó unos instantes. Así que, por lo visto, "la explosión" era bien reciente...

Un poco más allá, Mark, el hermano mayor de Jason, acababa de rodar por tercera vez entre las patas del caballo que intentaba domar, ante las carcajadas de la peonada. Especialmente de Jeffrey, con quien Mark mantenía una competición permanente desde hacía años.

—Ya no está con Mandy.

—*¿Cómo que no está con Mandy?*—preguntó Jason, divertido—. *¡Si son como siameses desde que tenían los dientes de leche!*

—Pues ya no —replicó Gillian. No le extrañaba la reacción de Jason, a ella misma le parecía más imposible cuanto más pensaba en ello—. Algo ha sucedido y ha tenido que ser gordo porque Mandy se negó a entrar en detalles y me dijo que no quería que "en casa se enteraran". Así que aquí no he dicho nada…

—*¿Quieres decir que Jordan ya no lleva sus asuntos?*

—Sí. Me dio a entender que ni siquiera está de gira con ella. Esta noche actúa en Dallas, así que me voy a hacer una escapada. No la oí nada bien, la verdad… ¿Podrás volver a hablar con Jordan?

—*Sí, no te preocupes. Voy a ver si lo localizo. Yo estoy a punto de embarcar para Miami. Por lo del huracán Iván se adelanta el partido. Jugamos contra los Dolphins mañana, pero ni bien acabe el partido me voy para allí… Si no está con Mandy, estará en su casa.*

Gillian sonrió. ¿Vendría a Camden? ¿Iban a verse?

—Vale, campeón… Suerte mañana. Y crucemos los dedos por los siameses, ojalá haya sido una rabieta pasajera…

—*Claro, no te comas el coco…* —sonrió con picardía anticipando lo que iba a decir—. *Mandy no traía manual de instrucciones bajo el brazo cuando nació, pero es una mujer. Cuando las cosas se ponen difíciles solamente hay que deciros al oído el código secreto que desbloquea el mecanismo… Todas tenéis el mismo y Jordan, como es lógico, lo conoce.*

—¿"Eres preciosa y lo siento"? —preguntó, burlona.

Jason rió.

—*Casi. Pero no.*

Hizo una pausa a propósito.

Gillian esperó que él continuara, pero como siempre, no lo hizo.

—*Bueeeno*, se feliz. Dímelo…

Jason sonrió encantado y se lo dijo poniéndose en situación.

—*"Lo que tú quieras, preciosa".*

Y no acabó de hacerlo que los dos comenzaron a reír. Entonces, Gillian vio que Mark se acercaba sonriendo, preguntándole si hablaba con su hermano. Ella asintió con la cabeza.

—No te imagino diciendo esas cosas, la verdad, pero si tú dices que desbloquea el mecanismo… —comentó ella, aún riendo—. Te paso con Mark. Un beso…

—*Otro para ti. Sí, pásame con mi hermanito…*

Gillian dejó a Mark hablando con Jason y se concentró en lo que sucedía dentro del ruedo donde Jeffrey había sustituido al mayor de los hermanos Brady, y también rodaba entre las patas del mismo caballo. Pero la concentración duró muy poco.

Un día más y volverían a verse. Gillian no podía evitar sonreír cada vez que la idea de pasar un rato con su amigo del alma, regresaba a su mente.

Aunque hablaban a menudo, no se veían desde hacía casi dos meses, a principios de julio. Y eso que en verano era cuando más se veían, porque tan pronto empezaba la temporada de fútbol, Jason prácticamente no pisaba Arkansas.

Desde que a los diecinueve decidiera dedicarse de lleno al fútbol americano, Jason no había vuelto a casa más que algunas semanas en vacaciones y unos pocos días para Navidad. De Camden se había trasladado a Kansas, cuando firmó con los Kansas City Chiefs. Tras cinco temporadas, un cerebro brillante de los Titanes de Tennessee se fijó en él. Lo ficharon y Jason volvió a mudarse de Kansas a Nashville. Llegó como caído del cielo y ya en la primera temporada triunfó. Después de otras tres, se había convertido en un ídolo y decía que Nashville le encantaba.

Hacía casi diez años que Gillian y Jason se veían a cuentagotas, y ella continuaba sin acostumbrarse. Adoraba a los Brady. Para ella siempre habían sido mucho más que su familia de acogida y Mandy, la menor de los tres hermanos Brady, era su mejor amiga, pero con Jason tenían algo especial. Se complementaban a la perfección. Se divertían tanto cuando estaban juntos y lo echaba tanto de menos…

La voz de Mark la devolvió a la realidad.

—¿Así que mañana es el día en que acabaremos la partida que tenemos pendiente? ¡Ja! ¡Os vamos a dar una paliza! —dijo abrazándola cariñosamente por el cuello.

—*¡Nooo!* —exclamó ella quejumbrosa, mirándolo con cara de sufrimiento al recordar que, efectivamente, tenían una partida de billar sin acabar desde julio. Y que ella hacía pareja con Jeffrey—. ¿Por qué? ¿Qué mal he hecho yo para merecer este castigo? Con Jeffrey, no… Por favor, por favor, por favor…

Mark le devolvió el móvil sonriendo con malicia.

—Lo tienes embrujado y por ahí se cuenta que es potente como un caballo salvaje…

"Seguro que sí", pensó Gillian. Jeffrey era todo un espectáculo de hombre: razonablemente alto, aunque no tanto como los Brady, de aspecto fuerte y sí, de ser muy potente. Pero era moreno y un machista zalamero, de esos que no podían hablar con una mujer sin soltarle piropos; dos características que a ella la enfriaban completamente.

—Ya —dijo Gillian de mala gana—, y como no deje de mirarme el trasero cada vez que me toca tirar, lo voy a *embrujar* de verdad.

Mark asintió riendo.

—Pensé que no te habías percatado…

—Ja. Ja. Ja —se burló ella mientras se dirigía a la casa.

A veces, cuando Mark la miraba, con esa misma melena castaña, larga hasta la cintura, y aquellos ojos de mirada vivaz, le parecía que había sido ayer que llegaba al rancho de la mano de la trabajadora social.

Entonces, Gillian tenía trece años, ahora veinticinco, pero excepto por la edad y algunos centímetros más de altura, seguía pareciéndole la misma. El mismo cuerpo delgado y fibroso. La misma vitalidad en su expresión y en su actitud. La misma tenacidad para plantarle cara a la vida. Y sin duda, la misma determinación de no permitir que nadie, ni siquiera unos padres que habían cometido demasiados errores, condicionaran su vida.

Todos los Brady se habían encariñado con ella desde el principio, especialmente Mandy, y cuando la ley la obligó a volver con su madre, a los dieciséis, ella se despidió de todos con su habitual talante alegre y una sola palabra; "volveré".

Y eso hizo. Dos años después -al día siguiente de haber cumplido los dieciocho-, cuando la misma ley que la obligó a volver junto a su madre ya no podía continuar obligándola, la vieron subir el camino que llevaba al rancho, con su mochila al hombro y su sonrisa.

No llevaba el apellido *Brady*, pero para todos Gillian era un miembro más de la familia. Y para ella, Mark lo sabía en el corazón, los Brady eran su única familia, la que había elegido.

Muchas veces, como ahora, Mark no podía evitar pensar que tambіén, en parte, aquella era la razón de que Gillian fuera tan reticente a tomarse a un hombre en serio. No era bonita, pero tenía una personalidad imponente y una actitud relajada y alegre, que los atraía como moscas a la miel. Había tenido muchos "más que amigos" y todos habían seguido el mismo destino al cabo de un par de semanas; olvido. Gillian bromeaba con excusas como "porque te dan dos besos ya creen que pueden empezar a decirte lo que les gusta de ti y lo que no les gusta. Como si a alguien le importara…", que los Brady, y especialmente Mark, interpretaban como un "aquí soy feliz, y si alguna vez tengo que plantearme dejaros por alguien, ese alguien tendrá que ser un clon rubio de Superman".

Jeffrey no tenía ninguna posibilidad, pensó Mark mirándolo de refilón, y sonrió complacido. Mucho menos si en el mismo lugar estaba Jason Brady. Gillian y él eran uña y carne. El fútbol hacía que se vieran tan poco, que los días que él pasaba en Camden, los dos se sumergían en una vorágine de actividad que nadie podía seguir, organizando escapadas en una sucesión que no parecía tener fin.

Mark soltó una carcajada. Jeffrey volvía a rodar por los suelos. Y era la cuarta. Tenía tantas posibilidades con aquel brioso pingo negro como las que tenía con Gillian; ninguna.

CAPÍTULO 4

Esa faceta de "Mandy, la estrella" a Gillian la sorprendía una y otra vez. Para ella seguía siendo su amiga de la niñez, su compañera de juergas. Excepto cuando las luces del escenario se encendían, Mandy se convertía en Amanda Brady, y el lugar se venía abajo a ovaciones y aplausos.

Y en Dallas había vuelto a suceder. Ella había aparecido sobre el escenario pocos minutos pasadas las diez, con un vestido negro, escotado y ceñido, que dibujaba las curvas de su cuerpo escultural y su melena dorada cayéndole en rizos sobre la espalda. Durante dos horas, se había dedicado a hipnotizar a una audiencia de más de siete mil personas con su estilo mezcla de country con pop, y su voz potente y sensual.

Llegar hasta ella después de la actuación había sido más sorprendente para Gillian que verla en concierto; montones de fans histéricos bloqueaban los accesos y amenazaban con invadir el *backstage*. Allí, incontables hombres con camisetas anaranjadas y la palabra "seguridad" impresa se esforzaban por contenerlos, con evidente esfuerzo.

Al final, a duras penas y dando voces, había conseguido decirle a uno de ellos quién era y a qué había venido. Tras algunas verificaciones, uno de los hombres del equipo de seguridad la había tomado del brazo, guiándola a través de una multitud ofuscante de exaltados, hasta un corredor que, milagrosamente, estaba despejado de admiradores... E inundado de hombres vestidos de negro, que portaban microauriculares.

Tan pronto Gillian puso un pie dentro del camerino, una Mandy emocionada la abrazó como si fuera la última vez.

—Me alegro tanto, tanto, tanto de que hayas venido… Necesitaba verte…

Gillian la meció en su abrazo con cariño.

—Pues aquí me tienes.

—Sí, dame unos minutos para que me cambie y nos vamos a picar algo por ahí ¿te parece bien?

Una hora después, con Mandy vestida de chica normal —tejanos, camiseta y bambas— tomaban un tentempié en el impresionante Hard Rock Café de Dallas. En la mesa de atrás, cuatro extra grandes de su equipo de seguridad, también tomaban un tentempié sin quitarles los ojos de encima.

—Me tienes en vilo desde ayer, Mandy… ¿Qué ha pasado?

—Jordan ya no está conmigo —respondió—. Ahora mismo, ni tengo amigo ni tengo mánager….

—¿Discutisteis?

—Fue mucho peor que eso.

Con expresión cada vez más sombría, Mandy le contó lo que durante dos años había llegado a irritar a Jordan hasta el punto de decirle "se acabó, Mandy. Me voy". Cuando terminó, sus ojos lucían vidriosos.

—¿Has vuelto a hablar con él? —quiso saber Gillian.

Mandy negó con la cabeza.

—¿Y de qué vamos a hablar? No me llamó *puta*, pero lo pensaba —y al darse cuenta de que la angustia le cerraba la garganta, evitó la mirada de Gillian—. Lo pensaba *y lo piensa*. Seguro.

—No seas tonta, ¿cómo va a pensar algo así?

—Porque es lo que los hombres piensan de una mujer que se toma el sexo como se lo toman ellos, que es lo que yo hago. Jordan es un hombre, así que…

—Bueno, honestamente, no creo que lo piense, pero ¿y qué, si lo piensa? ¿Desde cuándo te importa a ti lo que a *ellos* se les pase por la cabeza? —Gillian sonrió y le palmeó una mano—. Que le den, Mandy. Es tu vida y la vives como quieres. Búscate otro mánager, y haz borrón y cuenta nueva… Cuando a Jordan se le pase el enfado y tú te tranquilices, recuperarás al amigo. Y quién sabe, quizás también al mánager…

Mandy meneó la cabeza.

—No sé, Gillian… En algún momento, todo esto se ha convertido en una locura de vida que ni yo misma controlo… —apartó la mirada—. Llevo meses sin ver a mis padres, casi un año sin ver a Jason y ya no recuerdo la última vez que salí sola a la calle… Jordan era mi única conexión con lo que fui, con Camden, con el rancho… Y ya no está. Y después de lo que me dijo, no sé… —Mandy volvió a mirar a su amiga con los ojos acuosos—. Me hizo polvo. Que piense eso fue lo que me faltaba para sentir que estoy con la mierda hasta el cuello... No creo que las cosas entre nosotros puedan volver a ser como eran antes... Francamente, no creo que pueda olvidar la forma en que me miraba. Ni lo que dijo...

Mandy se pasó los dedos por la cara para apartar las lágrimas, y no concluyó la frase.

Gillian la miró con ternura. Entendía muy bien lo que era tener una vida que, por momentos, parecía completamente fuera del propio control. Sabía lo confusa y asustada que su amiga debía sentirse. Y también sabía que había llegado el momento de que se apeara del tren, recuperara la calma, y tomara decisiones sobre la dirección que quería dar a su vida. El "asunto Jordan" era todo un tema, sí, pero aquel no era el momento de vérselas con eso.

—Vuelve a casa, Mandy. No tienes que seguir con esto ni tienes que decidir nada ahora. Vuelve al rancho, déjanos mimarte y cuidar de ti un tiempo. Y cuando te sientas en forma, entonces, ya tomarás una decisión.

Mandy la miró con ojos brillantes, respiró hondo y no hizo ningún comentario.

◆ ◆ ◆ ◆ ◆

Jason estaba convencido de que se trataba de una rabieta pasajera, pero cuando después de dejar dos mensajes en el buzón de voz de Jordan, él le devolvió la llamada justo cuando Jason estaba jugando -cosa que, naturalmente, tenía que saber- y al no encontrarlo le dejó, a su vez, otro diciéndole que estaba a punto de salir de viaje, el *quarterback* tuvo claro que lo que fuera que hubiera pasado, había sido gordo de verdad. Si Jordan lo estaba evitando de semejante manera era por una razón; la herida aún sangraba y no estaba seguro de poder morderse la lengua si, como siempre, Jason lo ponía entre la espada y la pared.

Y Mandy, por más amigos que fueran, era su hermana.

Jason no se molestó en intentar volver a llamarlo. En cambio, se presentó en su coqueto piso del centro de Camden. Tan pronto vio la expresión en la cara de su amigo, supo que la rabieta había sido de las que hacían época. Y cuando un Jordan *supercortado* lo hizo pasar, y Jason vio cajas de embalar por los rincones, tuvo claro que además no era pasajero; se estaba mudando.

—Has dicho viaje, no mudanza ¿o entendí mal? —comentó Jason mientras entraba al salón sorteando cajas de embalar.

—Traslado temporal, más bien —contestó él con una media sonrisa violenta mientras le daba a Jason una cerveza sin alcohol.

El *quarterback* se tomó unos instantes para darle un repaso a su amigo. Vestía unos vaqueros viejos, zapatillas, y un jersey en edad de jubilación arremangado hasta el codo. Hasta aquí, (más o menos) normal, teniendo en cuenta que estaba de "traslado". El resto de Jordan era otro cantar. Tenía el rostro terroso, típico de alguien que lleva algún tiempo sin dormir ni alimentarse bien, y parecía haberse peleado con el espejo; su corte estilo Bon Jovi, siempre impecable, lucía opaco y despeinado, y, lo peor de todo, no se había afeitado. Algo así como un sacrilegio, tratándose de su amigo. En otras palabras, no parecía Jordan.

—¿Ah, sí? ¿Y dónde te trasladas, si puede saberse?

—A Nashville. Así que nos veremos más…

Jason asintió varias veces con la cabeza y bebió un sorbo de cerveza.

—Y… ¿qué pasa con Mandy?

Su amigo apartó la mirada molesto y no respondió.

—Dímelo, tío —insistió el *quarterback*—. Sea lo que sea, quiero saberlo.

Jordan se restregó la barba de dos días con gesto nervioso y lo miró con la incomodidad pintada en el rostro.

—¿Y qué quieres que te diga, Jason?

—Lo que sucedió.

—¿Tú sabes lo que hay, no? —replicó él mirándolo a los ojos, y al ver que Jason no respondía, insistió—. ¿*No*?

Sí, lo sabía. Sabía que estaba colado hasta los huesos por Mandy, aunque nunca hubieran hablado del tema, de modo que asintió.

—Vale —sentenció Jordan—. Entonces, ya sabes lo que sucedió.

No eran solamente celos, pero no podía explicárselo a Jason. Era decepción y rabia de ver a Mandy convertida en una piltrafa, en una mujer de usar y tirar...

Y aún así ser incapaz de desengancharse de ella. Porque para Jordan, era peor que la peor de las adicciones. Irse lejos, no verla, dejar de saber de ella... había sido el último manotazo del que está a punto de ahogarse.

Pero teniendo en cuenta la angustia que le llenaba el cuerpo desde hacía tres días, Jordan no tenía claro que fuera a funcionar.

Aún así, debía intentarlo.

—Lo que no entiendo es porqué un fiera como tú llama a retirada en vez de ir a por todas.

Jordan lo fulminó con la mirada y no dijo ni mu.

Jason se puso cómodo en el sofá. Miró a su amigo con tranquilidad.

—Yo lo haría… —añadió.

—Y una mierda.

—Claro que lo haría. A ver, ¿qué puedes perder? Más jodido de lo que está, es difícil.

Jordan soltó una risa sardónica.

—No tienes ni *puta* idea…

—Puede —replicó el *quarterback*, desafiante—. Y también puede ser que estés *cagadito* de miedo…

—¿Miedo? —repitió Jordan irónico—. Es muchas más cosas además de miedo, tío… Ver como esos *gilipollas* tienen lo que yo me muero por tener es la hostia, pero ¿sabes que sería peor? Confirmar que no la voy a tener nunca. Que nunca va a ser mía. Que no me quiere de esa manera… Escucharlo de su boca. Eso sería… —respiró hondo y bebió un trago de cerveza. No acabó la frase.

—¿Y si resulta que sí te quiere de esa manera?

Jordan se tomó su tiempo para contestar. Con los ojos clavados en la etiqueta de su botellín de cerveza, procesaba. ¿Cómo ponerlo en palabras sin sonar…?

No podía. Sin sonar ofensivo, no.

—No me quiere así, tío. Cien por cien seguro que no —replicó sin mirarlo.

"Puede que tengas razón", pensó Jason, "pero aún así, deberías intentarlo".

Lo pensó. No lo dijo.

Por razones que no acababa de entender, Jordan buscaba pasar página. Después de ¿cuántos? ¿once años? Jason no podía imaginar lo que sería querer de esa manera durante tanto tiempo y decidir, un buen día, intentar pasar página.

No lo entendía, pero si poniendo distancia y tiempo entre los dos, Jordan conseguía empezar de nuevo, vivir otras cosas, junto a otras personas….

Once años amando sin ser correspondido le sonaba a una eternidad.

CAPÍTULO 5

Hacía dos horas que había salido el sol y Jason, de pie sobre unas rocas de la orilla, con las manos en la cintura del pantalón, miraba la escena como si fuera la primera vez en su vida que la veía: vegetación densa con árboles cuyos ramajes se sumergían en el cauce del río hasta casi fundirse con él; aquí y allí, formaciones rocosas dibujando extrañas figuras que emergían del agua clara, y conferían al paisaje un cierto aire salvaje. Un paraíso donde reinaba el silencio, solo interrumpido por el canto de los pájaros y el sonido del agua corriendo rápida en su cauce.

Lo había visto millones de veces, pero la sensación seguía siendo igual de intensa que la primera vez, la de estar viendo algo realmente poderoso.

Un poco más allá, apoyada contra un árbol, Gillian acariciaba las crines de su caballo distraídamente, y lo miraba disfrutar.

Jason estaba bastante más grande que la última vez que se habían visto en julio, especialmente la espalda y los brazos. Era un doble XXL. Había dos características comunes a los Brady; el color de pelo -distintas tonalidades de rubio- y su gran envergadura. Incluso Mandy, con su metro setenta y cinco, era grande para ser mujer. Pero Jason, además, llevaba años entrenándose en el gimnasio. Con una camiseta blanca sin mangas, sus vaqueros de tiro bajo que calzaban como un guante y la piel con bronceado Nashville, era una visión tan poderosa como el paisaje. Ni la pequeña cicatriz deportiva del pómulo izquierdo ni llevar el pelo casi rapado, conseguían deslucir la belleza de sus impactantes ojos color celeste claro, casi transparentes, que como todos sus hermanos había heredado de Eileen Brady.

—Esto es impresionante —lo escuchó decir con la misma expresión de chico alucinado que se le quedaba cada vez que ponía un pie en Camden y sus ojos empezaban a llenarse de la maravilla de sus paisajes vírgenes.

—*Tú* estás impresionante —apuntó Gillian, riendo—. ¿Cuántas horas entrenas?

Él se acercó a ella sonriendo complacido. Se trabajaba el cuerpo con esfuerzo y dedicación, le gustaba el resultado y mucho más que a los demás les gustara y se lo dijeran. Pero en casa, la única que lo hacía era Gillian.

—Muchas —admitió, sonriendo vanidoso—. ¿Te gusta?

—Si no te conociera tanto, pensaría que lo haces por ligar... ¿no estarás tomando porquerías, no? —preguntó ella con cara de *ni-se-te-ocurra*.

Él negó con la cabeza.

—Esto son pesas —dijo sacando bíceps—, no pastillas. Y no me has dicho si te gusta...

Jason se había cruzado de brazos, como hacía siempre, sujetándose los codos. De esa forma destacaban cuatro cosas: sus voluminosos músculos, sus manos grandes con anillos de plata o alpaca en todos los dedos excepto los pulgares, unos pectorales poderosos, y el águila *sioux* que llevaba tatuada en su brazo derecho.

Gillian lo miró muerta de risa.

—Eres un engreído...

—¿Te gusta o no?

—Me gusta, pero no puedo ser nada objetiva contigo —añadió, tomándole el pelo—. Los Brady sois mi debilidad, ya lo sabes...

—Ya. — *Le gustaba*. Con objetividad o sin ella.

Gillian se sentó sobre la hierba, al sol. Jason hizo lo mismo. Al rato charlaban sobre su hermana.

—Mandy estaba hecha polvo. Y no solo por la discusión que tuvieron... Aunque la verdad, ¿cómo se le ocurre a Jordan decirle una cosa así? —apuntó Gillian, con incredulidad—. ¿Qué bicho le ha picado?

No era ningún bicho sino celos. Pero si Gillian sabía lo que sucedía con el corazón de Jordan, nunca lo había dicho. Y Jason no tenía claro que confiárselo ahora fuera una buena idea.

—¿Qué va a hacer mi hermana?

—Si tenemos suerte, volver a casa —respondió ella sonriendo encantada solo de pensar en volver a tener a Mandy cerca.

Los ojos de Jason se llenaron de ilusión.

—¿En serio?

Ella asintió con la cabeza varias veces.

—*Sip*. Vi el momento oportuno y se lo solté. Le dije que nos dejara mimarla, que ya tendría tiempo de tomar decisiones cuando se sintiera capaz…. —sonrió de oreja a oreja—. ¡Y no me contestó nada! ¡Eso en Mandy es casi un sí!

—Unos vienen y otros se van… Jordan se traslada temporalmente a Nashville —dijo Jason ante la mirada interrogante de su amiga—. Todavía no sabe muy bien qué hará… De momento, piensa promocionar a un chico joven que es cantautor. Acordaron probar unos pocos meses y ver qué tal.

Gillian dejó que su mirada se perdiera en el paisaje mientras su mente viajaba a kilómetros y años de allí.

—Me parece que fue ayer que jugábamos carreras de embolsados en la fiestas del pueblo… ¿Qué *puñetas* va a hacer en Nashville? Me pasé media vida intentando encontrar mi sitio, mi gente… Y cuando lo encontré, empezó a quedarse vacío de a poco… Primero te fuiste tú, luego Mandy y Jordan. Ahora que parece que la recupero a ella, el que se va es él… Yo busqué un sitio porque no tenía ninguno, pero vosotros sí. Tenéis unos padres fenomenales, una casa con calor de hogar, buenos amigos, y un rancho precioso y grande del que podríais vivir todos… ¿Por qué buscáis fuera? —preguntó mirándolo a los ojos. No había recriminación, solo cierta tristeza.

Él la miró con cariño. Si de ella dependiera, todos vivirían en el mismo sitio, no solo en la misma ciudad. Cuando llegaban las vacaciones de verano o Navidad, y todos se reunían en el rancho, a ella le cambiaba la expresión de la cara. Sus ojos de mirada tierna soltaban *chispitas* de alegría.

—Aquí no hay equipo de fútbol —respondió él, con sencillez—. Pero uno de estos días a lo mejor te doy una sorpresa y vuelvo a casa…

—Ya —Gillian volvía a sonreír. Su talante alegre natural hacía difícil que se mantuviera seria mucho tiempo—. Y a ti te va a crecer la nariz de tanto contar mentiras.

—¿No me crees?

Ella lo miró, estudiándolo unos cuantos segundos durante los cuales él mantuvo la mirada y la sonrisa.

—*Ná*… —sentenció al fin, y los dos soltaron la risa.

Pero aunque Gillian no lo creyera, era cierto que Jason lo estaba considerando. Nashville le gustaba. Jugar con los *Titanes* también, pero…

No era fácil explicar lo que le sucedía. Ni él mismo lo tenía claro.

Al principio era pura aventura. Nueve años después, la aventura casi se había esfumado y lo que había, más que ninguna otra cosa, era rutina. Una que procuraba animar con una interminable lista de amigos y amigas que le duraban lo que un suspiro...

Y otra lista interminable de actividades sociales que lo aburrían tanto o más que la propia rutina que intentaba combatir.

Cuando volvía al rancho lo pasaba tan bien que regresar a Nashville se le hacía cada vez más duro. Por eso espaciaba tanto las visitas últimamente. Echaba mucho de menos todo: el olor a naturaleza salvaje del aire, el sonido del Ouachita corriendo en su cauce, los paseos a caballo por los montes Ozark, las partidas de billar con Mark y Mandy, las flores frescas en su cuarto, que Eileen se ocupaba de cambiar tres veces a la semana, durante todo el año...

Y Gillian, claro.

Se habían entendido desde el primer día. Lo pasaban genial hicieran lo que hicieran y constantemente estaban haciendo algo; él siempre había sido como una pila nueva, que dejaba a todo el mundo agotado a mitad de camino. A Gillian, no. Era inagotable como él. Juerguista, como él. Alegre, como él. Hablaban de cualquier tema, sin más.

Siempre había sido igual, y ahora, no podía ser diferente.

—Jordan está coladito por Mandy —reveló el *quarterback*.

—Lo sé.

—¿Qué hacemos?

—Mandy necesita aclararse con su vida —lo miró con picardía—. Ya habrá tiempo de ponernos el traje de Cupido, si hace falta. Y a ti te vendrá bien tener cerca a un amigo de verdad durante algún tiempo...

Jason asintió repetidas veces con la cabeza.

—Vale.

"Estás demasiado serio", pensó Gillian, "es hora de sacudirse un poco".

—¿Probamos si está fría? —sugirió ella, señalándole el agua con ojitos ilusionados.

Jason puso cara de desgana.

—*Ná...* —y un segundo después, se levantó y echó a correr, muerto de risa, hacia la orilla al tiempo que se quitaba la ropa—. ¡El último lava los platos del desayuno!

Gillian permaneció donde estaba, mirándolo satisfecha.

Como siempre, él había picado.

Lo vio desnudarse a toda prisa, lanzarse al agua en calzoncillos... Y soltar sus gritos habituales al volver a descubrir que el agua estaba helada, no fría.

—*¡Jo-der!* ¡Está congelada! *Brrr…*

Ella se acercó y, sigilosamente, cogió su ropa. La escondió detrás de un árbol y se sentó sobre una roca a disfrutar del espectáculo.

—Eres una tramposa —exclamó él, riendo, desde el agua—. Está fría, pero buena… ¿por qué no vienes?

—*¿Fría pero buena?* —Gillian soltó una carcajada—. ¡Está congelada!

—¡Qué va! —dijo él, disimulando el castañeteo de sus dientes—. ¡Joder, me debo estar poniendo azul!

Entre risas y comentarios, salió del agua y al instante se dio cuenta de que su ropa no estaba.

—Eres una cabrita… —sentenció al tiempo que la tomaba del brazo obligándola a ponerse de pie. Gillian reía tanto que no podía hablar—. Bueno, si no tengo ropa, no me queda más remedio que volver al agua, y esta vez te llevo conmigo.

—¡No, no, no, Jason! ¡No! —exclamó ella mitad riendo, mitad intentando liberar su brazo—. No puedo…

—¿Por qué no? —dijo él mientras tiraba de ella en dirección a la orilla.

—*Porque no puedo, tío…* —repitió Gillian con tono de "¿hace falta que te lo deletree?"

—Los baños fríos son terapéuticos —concluyó el *quarterback*.

Y saltó al vacío, llevándosela consigo.

Gillian quedó paralizada al sentir el contacto con el agua. ¡Dios, estaba helada!

Pero pronto empezó la guerra acuática.

—¡Te voy a zurrar! —empezó ella, salpicándolo con agua mientras él, riendo, se protegía con los brazos de las andanadas que ella levantaba —. ¡Capullo!

—¡¿A que está fría?! —exclamó él, intentando agarrarla por los brazos para evitar que siguiera agitando el agua.

—¡Frío vas a pasar volviendo a casa mojado y en cueros! —se mofó Gillian, tras conseguir salir del río. Empezó a escurrir con las manos su mata de pelo que mojado pesaba casi tanto como sus vaqueros empapados.

—Dame la ropa o te vuelves al río conmigo —amenazó él al tiempo que volvía a tomarla por la cintura.

—Haya paz... Está ahí —le señaló el árbol donde la había escondido —. No más baños de agua helada por hoy.

Él frunció el ceño, haciéndose el preocupado.

—¿Estás bien?

Gillian lo miró, burlona.

—Para tener tantas chicas como tienes desde que me acuerdo, entiendes bastante poco de cuestiones femeninas... ¿Faltaste a clase ese día, o qué?

Jason empezó a vestirse, sonriendo. Ahora era ella la que picaba.

—Sé lo que necesito saber. Que esos días están insoportables, que me juego un puñetazo cada vez que abro la boca y que me mandan a la cama sin postre.

—*Pobrecito* —se burló ella—. ¿Quién es tan cruel con mi chico favorito? Dime quién es y le pongo las pilas ya mismo...

Jason rió.

—¡Seguro que sí! Venga, vámonos a que te cambies de ropa. A ver si al final, acaba sentándote mal de verdad...

Cuando Eileen, John y Mark, que tomaban café en la cocina, los vieron entrar conversando tan animados a pesar de que Gillian lucía completamente empapada, no se extrañaron en lo más mínimo.

Entre ellos siempre había sido igual: charla, risas y locura.

CAPÍTULO 6

Mandy miraba divertida cómo Mark se esforzaba por mantener el equilibrio y que el caballo no lo tirara, mientras la peonada hacía apuestas en broma para picarlo. Era una mañana espectacular y acababa de regresar de un paseo a caballo por la orilla del río.

—Mamá ha hecho tarta de cerezas, ¿te apuntas?

Ella se volvió hacia la voz y sonrió.

—Claro, ¿de dónde vienes? —dijo pasándole un brazo por la cintura a su padre.

—De hacer unas curas a unos terneros que me dejó encargadas Gillian… Hoy está en la facultad… ¿y tú? Te has ido temprano ¿dónde anduviste?

—Regalándome un paseo a caballo de esos que hacen época... —sonrió—. Sienta de maravilla. Tendrían que incluirlo en los tratamientos de belleza de las estrellas de Hollywood.

John asintió con un sonrisa y ambos empezaron a caminar hacia la casa tomados del brazo.

—¿Cuándo vuelves a la carretera? —preguntó él con cautela. Se refería a las giras interminables que desde hacía cinco años, se llevaban a su hija lejos de Camden.

Mandy no respondió de inmediato. No les había contado nada de lo ocurrido con Jordan y no le apetecía hablar del tema. Por otro lado, tampoco le parecía justo mantenerlos al margen.

John se le adelantó. La miró con ternura y se inclinó hacia ella para besarle la frente.

—Nos encanta tenerte en casa. Ojalá no tuvieras que irte, Mandy... Lo que sea que necesites resolver, lo resolverás a su debido tiempo. No te preocupes por nada, ¿de acuerdo?

Ella asintió repetidas veces con la cabeza.

—Me gustaría volver a casa... —Mandy se detuvo y John hizo lo mismo. La miró con atención mientras ella continuaba hablando—. Independientemente de lo que decida hacer con mi carrera, me gustaría vender el piso y volver aquí —miró a su padre con los ojos brillantes.

Él sonrió, le acarició la nariz con un dedo.

—Bien pensado.

Pocas cosas había tenido Mandy tan claras en su vida adulta. Unas pocas horas volviendo a sentir el interés que se profesaban los Brady, sus risas, su gran afición a compartir, su forma física de afectividad -aquellos abrazos que se daban, sin necesidad de un motivo que lo justificara más que el simple hecho de desear hacerlo-, y la infinidad de recuerdos de cada rincón... Unas cuantas horas le habían bastado para ver con total claridad que no quería estar en ninguna otra parte más que allí, entre los suyos. Que en realidad nunca lo había deseado. Simplemente, había sucedido así.

Después de más de un mes de haber recuperado aquella otra normalidad de la vida en un rancho de la que ya casi no se acordaba, de comer comida casera en familia, de sentarse en el salón todos juntos a charlar, ver una película o las noticias.... Mandy se había dado cuenta que llevaba dos años metida hasta el cuello en una locura, y que si no le había ocurrido algo irreparable había sido por dos razones; suerte y Jordan.

Había semanas enteras de su vida de las que Mandy no podía dar cuenta: ni siquiera recordaba donde había estado. Muchas veces Jordan la había recogido semiinconsciente en algún local. Eso, cuando alguien la reconocía y le avisaba, o ella misma -en un flash de conciencia- marcaba la memoria de su móvil. Muchas otras, de las que Jordan no tenía conocimiento, Mandy se despertaba en una cama que no era la suya, medio desnuda, en compañía de gente desconocida -a veces hombres, otras mujeres- y volvía al hotel de turno por su propio pie.... Que aún continuara viva y sana, le parecía un milagro. Que no se hubiera quedado embarazada, un montón de suerte.

Solo el pensamiento de lo que debió haber sido para él verla convertida en semejante piltrafa, le resultaba insoportable...

Era necesario que hablara con Jordan. Decirle que lamentaba haberle hecho pasar por eso, intentar recuperar lo que tenían. Llevaban juntos toda la vida, las cosas no podían quedar así.

Mandy volvió a tomar a su padre del brazo y reanudaron camino hacia la casa.

—Sí —concedió ella—. Es una buena decisión que pienso celebrar zampándome un buen trozo de tarta de cerezas…. ¡Y a la línea, que le den pomada!

♦ ♦ ♦ ♦ ♦

Mandy se echó un último vistazo en el cristal del escaparate, y respiró hondo. Después de cinco semanas de cuidados maternales, los colores habían regresado a sus mejillas, y había ganado un par de kilos. Tenía el mismo aspecto de la Mandy normal, la de antes de convertirse en una diva caprichosa.

Aprovechó la salida de un vecino para entrar al elegante edificio donde vivía Jordan, deseando que él estuviera en casa

—¡Señorita Amanda! ¿Qué tal está? —la saludó una voz que le resultó familiar cuando se disponía a entrar al ascensor.

Era el encargado del edificio.

—¡Hola! Muy bien…

Sonrió sin saber muy bien qué más decir. La idea de ver a Jordan ya la ponía lo bastante nerviosa como para pensar en hacer relaciones públicas con un hombre al que había visto diez veces en toda su vida.

—¿Qué la trae por aquí? ¡No me diga que le echó el ojo al piso que está en venta! ¿Planea mudarse al edificio?

Mandy se tocó el cabello, incómoda, y sonrió. —No, no… Venía a ver a Jordan.

El hombre la miró confuso.

—El señor Wyatt no vive aquí desde hace dos meses. Creí que lo sabía —añadió al ver la expresión de Mandy.

Ella se quedó cortada. No entendía nada. Si no vivía allí, ¿dónde?

—Cierto… —dijo para salir del paso—. ¡Qué despistada! Algo me comentó hace tiempo… Pero no volvimos a hablar del tema así que imaginé que lo había pospuesto… Vaya, voy a tener que mandarle los papeles por mensajero, tiene que firmarlos hoy…

—Pues va a ser difícil —replicó él—. Vive en Nashville. Nashville de Tennessee, no el de Arkansas.

Una sensación fría, desagradable, recorrió el cuerpo de Mandy.

—Bueno… —dijo colgándose su mejor sonrisa—. Está claro que no podrá firmarlos hoy… —se encogió de hombros—. Entonces, me voy...

Mandy abandonó el edificio a toda prisa y caminó sin rumbo fijo intentando centrarse y entender. ¿Cómo que Jordan se había ido a otro estado? ¿A hacer qué?

"Esto es de locos", pensó, y se detuvo un momento. Se recostó contra la pared, intentando decidir qué hacer.

Que él se hubiera ido, le resultaba como el punto final, el carpetazo de Jordan a una etapa de su vida. No solamente no había vuelto a intentar hablar con ella desde aquel día, como para que no cupiera ninguna duda de que esta vez "se había acabado" de verdad, había cambiado de vida, de casa, de trabajo. Y de estado.

Mandy sacó el móvil de su bolso y buscó el número de Jordan en la agenda.

Con cada *ring*, la respiración se le aceleraba un poco más.

Sonó tres veces; a la cuarta atendieron. Ella contuvo el aliento.

—*Si... ¿quién es?* —escuchó que le decían.

Mandy cortó sin decir una palabra.

Fue puro impulso. Uno que había salido de sus entrañas, y del que no tomó conciencia hasta varios segundos después.

No era Jordan quien había atendido la llamada.

Era una mujer.

♦ ♦ ♦ ♦ ♦

Todo continuaba igual en la cabaña de pesca, junto al río. Igual que la última vez que Mandy había estado allí, hacía años ya. Si acaso, más lleno de polvo y telarañas.

Mandy se sentó en el viejo sofá de fieltro negro y apoyó la cabeza contra el respaldo.

Su mente retrocedió seis años, cuando ella era simplemente Mandy, la menor de los hermanos Brady, la única hija mujer de John y Eileen, la compañera de salidas de Gillian...

Y la hermana del mejor amigo de Jordan Wyatt.

Habían sido buenos tiempos. A pesar de que Jason jugaba a fútbol profesional desde hacía tres años y ya no vivía en Camden, los cinco seguían reuniéndose cada vez que el *quarterback* regresaba a casa de vacaciones. Jugaban billar, iban de camping, hacían *trekking* o simplemente, se reunían en la cabaña, y cantaban.

Una sonrisa se dibujó en la cara de Mandy al recordarlo. Lo pasaban genial. Todo estaba claro entonces: ella vivía en un sitio ideal, rodeada de gente que quería y la quería, y aunque todavía seguía dudando acerca de a qué deseaba dedicarse en el futuro, había empezado a hacer sus pinitos como modelo, y le iba bastante bien.

La "onda de una piedra arrojada contra la superficie del remanso de su vida", como solía decir Gillian, siempre tan poética ella, había introducido una variante en su patrón.

38

Y lo había cambiado todo en un instante.

Era un viernes de verano y como siempre, Mandy estaba en El Gato Negro, con su familia. Aquella noche había actuación especial. Se trataba de Shirley Rivas, una americana con ascendencia española que cantaba folk como los ángeles. Sus músicos llegaron a tiempo; la cantante no: un pinchazo estampó su coche contra el guardarraíl de la I-40 Oeste, a pocos kilómetros de Little Rock. Salvó su vida, pero jugó de factor x en la ecuación de otra existencia, la de Mandy.

Ella cantaba desde siempre y en todas partes: la ducha, la cocina, la cabaña, en la iglesia los domingos... Y aquella noche, también en El Gato Negro, ante una audiencia que la escuchaba atentamente, entre quienes había algunas caras importantes del negocio de la música que se habían desplazado al lugar para escuchar cantar folk como los ángeles, y acabaron escuchando un country diferente, al estilo Mandy.

Su ascensión meteórica empezó aquella misma noche, cuando una de las caras importantes allí presentes, le entregó su tarjeta y le dijo "dile a tu mánager que me llame". Una semana después tenía un contrato por diez actuaciones y al mejor amigo de Jason, Jordan Wyatt, como mánager.

Pero a ella le había tomado casi seis años comprender que Jordan había sido algo más que su amigo, más que su mánager; había sido el factor y de la ecuación.

Ahora él no estaba, la ecuación hacía aguas por todos los costados.

Y Mandy se hundía.

Se había rodeado de arribistas y viciosos para quienes no era más que carne de cañón. De lujo, pero carne nada más. ¿Por qué no había escuchado a Jordan? ¿Por qué había dejado que su vanidad tomara el timón y descontrolara su vida de aquella manera?

Había regresado a casa casi huyendo, esquivando a la prensa, contando mentiras a su equipo. Había cancelado dos meses de actuaciones con la excusa de una enfermedad que no había precisado, pero tenía que volver. Más tarde o más temprano, tendría que volver a las giras, a los hoteles, a las interminables sesiones promocionales...

Mandy inspiró profundamente.

¿Volver a aquella vida sin él? No se sentía capaz de hacerlo.

Sin Jordan, no.

◆ ◆ ◆ ◆ ◆

Gillian echó un vistazo al porche de la casa. Mandy seguía conversando con su padre, de modo que aprovechó para hacer una llamada mientras llevaba los caballos al establo.

Miró la pantalla del móvil y frunció el ceño. Era el número correcto, sin embargo no había atendido quien debía.

—¿Está Jason? —preguntó dudosa.

—*¿De parte de quién?* —contestó después de una pausa, la voz femenina que había atendido la llamada.

Gillian rió en silencio. ¿Lo había pillado en plena faena?

—Soy Gillian.

—*Un momento...* —escuchó que le decían, y lo siguiente que oyó fue una voz que sí le resultaba familiar, en un tono que *también* le resultaba familiar.

"No cojas mi móvil. Ya te lo he dicho. ¿No entiendes mi idioma o qué?".

La mujer respondió algo, pero Jason ya estaba al teléfono así que Gillian no prestó atención.

—*¡Hola, nena! ¿Cómo estás?*

—Yo bien, tú ocupado ¿no? —apuntó ella, riendo—. Te llamo luego.

—*No hace falta, en serio. ¿Qué te cuentas?*

—Bueno, como veo que estás bien —dijo tomándole el pelo—, te cuento la *otra* razón de mi llamada ¿vale?

Jason rió de buena gana.

—*Estaba mirando el vídeo del partido del domingo.*

—Ya, bueno... —continuó ella con tono pícaro—. Acabo de venir de dar un paseo a caballo con Mandy, y en el bucólico paisaje del río me dijo que la semana pasada estuvo en casa de Jordan. Y se enteró de que ya no vivía allí, que ahora vive en Nashville.

—*Pues ayer hablé con ella y no me dijo ni pío... Bueno, más tarde o más temprano se iba a enterar.*

—Sí, pero resulta que lo llamó y el móvil no lo atendió Jordan —sonrió—. Igual que ahora, pero a Mandy la descolocó. Me dijo "Jordan no despista el móvil nunca. Si esa mujer lo atendió es que entre ellos hay algo. Está con él, quien sea, está con él".

Jason permaneció pensativo un momento.

—*¿Y?*

—¿Está con alguien?

El *quarterback* bebió un buen trago de agua mientras decidía qué contestar.

—*Sí.*

—Genial —se quejó Gillian, que se detuvo un momento y volvió a mirar hacia la casa. Su amiga seguía allí, charlando—. Ahora que Mandy empezaba a tomar tierra, el que despega es Jordan... ¡Dios, qué agobio!

—*¿Y qué bicho le ha picado a mi hermana? ¿Por qué quería hablar* *con él?*

Gillian meneó la cabeza incrédula.

—Se dio cuenta de que lleva dos años haciendo tonterías, y que Jordan lo ha pasado fatal... Quería disculparse con él, recuperar lo que había entre ellos...

—*A buenas horas, mangas verdes.*

—Jordan tampoco se ha lucido mucho, te diré... ¿Cómo puede estar colado por Mandy en septiembre, y en octubre estar con otra? ¿Será que en la era de Internet todo va así de rápido? —volvió a quejarse Gillian.

—*Sigue colado por ella, pero no es un monje. No se dedica a la vida contemplativa.*

Cuando la oyó suspirar, Jason soltó la risa.

—Relájate, que no pasa nada.

—¿Tú crees? —dijo Gillian jugueteando con un pie en las piedrecillas del camino—. Ya conoces a tu hermana... Reconocer que ha cometido un error le cuesta horrores. Si es con un tío, una eternidad... Igual se deshiela el Ártico antes de que Mandy vuelva a intentar hablar con Jordan...

—*Pobres pingüinos* —replicó Jason, tentado de la risa.

—¿En serio que está con alguien?

—*Está con alguien, como cualquier tío, pero no está en serio... Ya sabes de qué va esto ¿no?*

Gillian se disponía a contestar, pero entonces se oyó un ruido seco del otro lado de la onda.

—¿Qué ha sido eso?

—*Un portazo* —respondió Jason, aguantando la risa—. *Terry acaba de largarse... Me parece que mi comentario no le gustó nada.*

—Normal.

—*¿Normal? Entiende de este juego más que tú y yo juntos* —dijo él con tono desafiante.

—¿De qué hablas?

Jason rió de buena gana.

—*Es una animadora de hockey hielo y le van los tíos grandes. Jueguen al hockey o no. Sabe de qué va esto.*

Gillian meneó la cabeza con resignación Para entender la forma de vida de Jason hacían falta litros de testosterona cosa que ella, naturalmente, no tenía. O ser una animadora cachonda, cosa que ella naturalmente, tampoco era.

—Esto para mí es chino mandarín, así que me vuelvo con mis terneros, chaval.

—Pues me ha dicho Mark que a Jeffrey el chino mandarín se le da bastante bien —apuntó él con picardía, y se acomodó en el sillón para disfrutar de lo que vendría a continuación. Le encantaba picarla.

Gillian sonrió.

—Ya. Me voy, Jason.

—*¿Lo sigues manteniendo a raya?*

—Eres un cotilla, ¿sabías?

—*Venga, dímelo... ¿Hubo fiesta o no?*

Gillian volvió a mirar en dirección al porche. Mandy ya no estaba allí.

—¿Con un empleado del rancho? —respondió, sardónica—. ¿Acaso tienes fiebre? Por supuesto que no.

—*Es un temporero, así que a otro perro con ese hueso.*

—Trabaja en el rancho, querido. Tendría que ser una especie de Adonis para que me tentara hasta ese extremo, y un moreno es muy difícil que me resulte un Adonis... Además, entre nosotros —dijo hablando en confidencia—, esos tíos que no pueden hablar con una mujer sin empalagarla, me da que solamente hablan, ya me entiendes.

—*Ese tiene pinta de querer hacerte más cosas, además de hablar.*

—Que "quiere" no tengo duda, que "pueda" es otra cuestión... Seguro que es de los que a los cinco minutos ya se les ha mojado la pólvora. Cosa que, por otro lado, es lo que suele ocurrir con la mayoría de los tíos hoy en día....

—*¿En serio?*

—Sí —respondió ella, asintiendo con la cabeza como si estuviera diciendo la mayor verdad del mundo—. Suele ser un visto y no visto.

Jason soltó una carcajada y Gillian, al final, también.

—Dejemos de hablar de sexo, chaval. Tengo un montón de trabajo, poco tiempo y ningún panorama interesante a la vista, ¿te parece?

—*Pobrecita.*

—Ni que lo digas —Gillian reanudó su marcha hacia el establo tirando de los caballos, y cambió de tema—. ¿Nos veremos antes de los CMA?

Se refería a la ceremonia de entrega de los *Country Music Awards*, los premios más importantes de la música country, que se celebraría en noviembre y a los que Mandy estaba nominada como Mejor vocalista mujer.

—*No lo creo. Los partidos que jugamos de visitante son en el fin del mundo... ¿Por qué no vienes tú?*

—Claro, y a la facultad va mi doble.

—*Vente en avión y te quedas el fin de semana...*

—¿Tengo cara de millonaria? Y además, ¿qué vas a hacer con tus chicas? —le preguntó divertida—. No quiero acabar con un ojo negro, guapo. Y hay un par de ellas que me tienen unas ganas bárbaras…

—*Te invito yo* —insistió él—. *Fin de semana sin chicas, palabra.*

—*Mmm,* no sé, no sé… Deja que me lo piense ¿vale?

—*Los dos próximos fines de semana juego en casa. Vente y nos organizamos un tour por Nashville de los que hacen época... Nos lo vamos a pasar de miedo.*

La idea de Nashville le gustaba; verlo a él, más todavía.

—Me lo pienso, ¿vale?

—*Vaaale.*

—Y ahora te dejo. Mis terneros me reclaman. Sé bueno.

—*¡Qué remedio! Terry acaba de largarse...*

Gillian volvió con sus terneros después de encerrar a los caballos, pero su mente continuaba festejando la noticia.

Un fin de semana en Nashville con Jason.

Se le reía el corazón solo de pensarlo.

Dios, cuánto lo echaba de menos.

CAPÍTULO 7

Jason decía que era su local favorito en Nashville. Llevaba funcionando cuatro años y aunque los bares y locales de marcha brotaban como champiñones en la capital mundial del country, el Club Perseus seguía al tope de la lista de preferencias de los nashvilianos: buen ambiente, buena música, limpieza escrupulosa, los mejores cócteles de la ciudad, y varios de ellos "sin una gota de alcohol" puntualizaba Jason, que vivía a dieta sana desde los dieciséis. Para Gillian, lo más espectacular eran sus bóvedas acristaladas que dejaban ver parte del cielo nocturno de Nashville. Aunque lo que acababa de entrar por la puerta, estaba a punto de desbancarlas del primer puesto.

Gillian se acercó un poco a Jason y le habló al oído.

—¿Esto es casual? —preguntó, divertida.

Jason la miró con picardía y negó con la cabeza.

Ella miró en la dirección de los lavabos. Mandy aún no aparecía.

—¿Jordan sabe que Mandy está aquí? —añadió con ojitos ilusionados. Él asintió con picardía—. Dios… ¡qué historia!

Jordan ya estaba allí, con su sonrisa seductora y feliz de volver a ver a Gillian.

—¡Hace siglos que no te veía! —exclamó ella, tomando la cara de Jordan entre sus manos, loca de contenta—. ¿Estás bien?

—No me quejo —respondió él, sonriendo—. ¡Y tú, has crecido!

Jason soltó la risa.

—¿Esta enana?

—No, son los zapatos… —aclaró ella—. Las chicas a esta edad

solamente crecemos de ancho…

—¿Qué bebes? —invitó Jason —. ¿Jack Daniels?

Jordan asintió. Gillian notó que él disimuladamente echaba una mirada alrededor. Buscaba a Mandy, estaba claro.

Y cuando la encontró, su expresión cambió completamente.

Gillian codeó a Jason. Era un espectáculo digno de ver. Como si, de pronto, todo lo demás se hubiera borrado y solo existiera aquella mujer escultural de melena rubia ensortijada, que aún en *jeans* y chaqueta vaquera cortaba el aliento. Y no solo el de Jordan. Miradas golosas llovían sobre ella de todas las direcciones mientras atravesaba el local hacia la barra.

Un espectáculo tan digno de ver como la expresión en la cara de Mandy cuando, a medida que se iba acercando a la barra, tomaba conciencia de que el que estaba allí, de pie, mirándola, era su ex mánager.

Los ojos de Jordan brillaban, y a Gillian le cuadraba: estaba enamorado de Mandy, algo tan evidente que no acababa de entender cómo era que su amiga no se había dado cuenta.

Lo que a Gillian ya no le cuadraba tanto era el brillo de los ojos de Mandy. Y la reacción de apartarlos un instante y mirar a otra parte, como si no pudiera mantener la mirada, le cuadraba menos aún.

Pero Mandy ya estaba junto a ellos, sonriendo, con aspecto bastante recuperado.

—Hola, Jordan… ¡Qué sorpresa! —dijo, acercándose a él para darle un beso en la mejilla.

—Hola, nena, me alegro de verte —él le devolvió el beso.

Aunque algo tensa, Jordan había iniciado una conversación sobre "lo que no había que perderse de Nashville", que Mandy seguía con total atención como si estuviera oyendo un mensaje del Más Allá. Jason añadía sus opiniones y sus comentarios pícaros de siempre. Y Gillian disfrutaba del gusto de volver a tener reunidos en un mismo lugar y momento a tres de las seis personas que más quería en el mundo. E intentaba recordar cuándo había sido la última vez que había ocurrido. Sin éxito. Hacía mucho, muchísimo tiempo de la última vez. Demasiado.

—¿Estás contenta?

Gillian volvió a la realidad y miró a Jason. Él sonreía.

—*Estoy feliz.*

Jason la abrazó por el cuello y la atrajo hacia él con una sonrisa inmensa.

—Eres alucinante.

—No lo puedo evitar —dijo ella acomodándose mejor en el taburete una vez que Jason la hubo soltado—. Daría cualquier cosa por volver el tiempo atrás y recuperar esos fines de semana familiares en el río... ¡Qué bien lo pasábamos!

"Mejor que bien", pensó Jason. Pero no quería traer esas imágenes a su mente ahora. Tenía a su hermana y a sus dos mejores amigos allí, y lo que deseaba era disfrutarlos.

—¿Qué te parece si desaparecemos en la pista de baile un rato y los dejamos que aclaren sus asuntos?

Gillian sonrió de oreja a oreja, movió la cejas sensualmente.

—*Guau*... Sí, por favor.

♦ ♦ ♦ ♦ ♦

Los primeros minutos fueron algo tensos. Mandy sabía que era la ocasión de decir lo que quería decirle, pero aunque secretamente había deseado poder verlo en Nashville, realmente no había contado con eso. Así que verlo allí era, en cierto modo, inesperado; no sabía por dónde empezar.

Y además, se sentía rara. Si había algo que siempre le había resultado fácil era, precisamente, hablar con Jordan. Pero ahora, por alguna razón, se sentía nerviosa. *Su presencia la ponía nerviosa.*

—¿Qué tal te van las cosas? —preguntó él, rompiendo el hielo con su tono gentil y su mirada dulce.

—Bien... Hasta engordé tres kilos... —Mandy sonrió con un punto de timidez y bebió un trago de su tónica—. Lo que los abrazos de los Brady y las tartas de cerezas de mi madre no consigan...

Jordan rió al recordar los atracones que se daba de niño en casa de Mandy.

—Ya... Las tartas de tu madre son tremendas; cuando empiezas no puedes parar... ¿Sigue haciendo esas de queso y... eran moras?

—Sí, señor. Y me parece que ahora son mucho más ricas que antes... O será mi ataque de *mamitis*, no sé, me saben a gloria, la verdad...

—¿Y en lo profesional?

—He hecho un alto en el camino —admitió ella, seleccionando cuidadosamente las palabras mientras jugueteaba con su vaso sin mirarlo —. No me gustaba mi vida... *esa* vida. Así que decidí tomarme algún tiempo y pensar cómo quiero encarar el futuro...

Jordan bebió un trago de su *bourbon* sin hacer comentarios.

—Es curioso como a veces las cosas se tuercen y casi sin darte cuenta, te encuentras metido hasta el cuello en una especie de.... — Mandy respiró hondo—, no sé... de realidad paralela. Y no tienes ni idea de cómo has llegado hasta allí... Fue volver a pisar el rancho y darme

46

cuenta de que, en el fondo, nunca quise vivir en otra parte —lo miró brevemente—. He puesto en venta mi piso de la ciudad. Sea lo que sea que haga con mi vida, será en mi casa, con mi familia... Me quitaré los kilos de más sudando en el gimnasio, pero de mi casa no vuelvo a irme...

Jordan continuó mirándola. Estaba preciosa, como siempre.

Más que siempre.

Llevaba casi tres meses en Nashville, tenía casa nueva, trabajo nuevo, vida nueva, chicas para cada día de la semana y alguna que jugaba de titular de vez en cuando, y no podía quitarse a Mandy de la cabeza. Se despertaba y cuando abría los ojos, regresaba aquella sensación de sentirse incompleto que ya no lo dejaba el resto del día, daba igual lo que hiciera.

No estaba funcionando. Su plan, no estaba funcionando. La distancia y la falta de noticias sobre Mandy solamente empeoraban las cosas. En vez de olvidarla, cada segundo la recordaba más. Y la añoraba más.

La voz de Mandy lo devolvió temporalmente al presente.

—Y también me he dado cuenta de que tienes que haberlo pasado realmente mal viendo cómo me hundía en la mierda hasta el cuello —confesó mirándolo con ojos brillantes y expresión avergonzada—, y lo siento. Lo siento muchísimo, Jordan.

Él inspiró profundamente, y apartó la mirada.

Técnicamente, no lo había esperado. Mandy no era de las que pedían disculpas. Cosas importantes debían estar sucediendo en su mundo para que estuviera allí, reconociendo que se había equivocado, asumiendo toda la responsabilidad y sí, diciendo que lo sentía. A duras penas se las estaba arreglando para sobrevivir a lo que sentía por la Mandy caprichosa y egocéntrica... Si *su Mandy*, la dulce, volvía, él haría una estupidez. Una de la que se arrepentiría el resto de su vida.

—Pero por espantoso y duro que te haya parecido —continuó ella suavemente—, pudo haber sido muchísimo peor y si no lo fue, es gracias a ti. Ojalá alguna vez pueda compensarte por esto, porque estas cosas no se resuelven dando las gracias... Son demasiado importantes...

Jordan tragó saliva. *Dios, por favor no sigas...*

—Está bien, Mandy... Seguro que tú habrías hecho lo mismo por mí —se pasó la mano por el cabello y echó un vistazo a su reloj—. Tengo que irme... Me gustó volver a verte. Despídeme de Jason y Gillian, ¿quieres?

Ella sonrió nerviosa. Que él se fuera tan pronto, la tomó por sorpresa. Era evidente que lo esperaban. Y quedaba claro que era importante. Más importante que ella.

—Claro, nos vemos en los premios ¿no? —se atrevió a preguntar.

Jordan asintió, le guiñó un ojo y se marchó. Mandy se quedó mirándolo hasta que desapareció entre la gente. Luego, bajó la cabeza y tomó conciencia de cómo se sentía.

Estaba helada.

Y el corazón, que latía a doscientas pulsaciones por minuto, parecía a punto de saltarle fuera del pecho.

♦ ♦ ♦ ♦ ♦

Haberlo visto en Nashville no había resultado bien. Mandy se había disculpado con Jordan. Había esperado que eso la aliviara de alguna manera, que las palabras mágicas 'lo siento' que había dicho tan pocas veces en su vida, actuaran como un bálsamo, y se llevaran aquel desasosiego que había entrado en su vida exactamente en el momento que comprendió que Jordan salía de ella.

Pero no había sido así.

Ahora, además, había una nueva sensación que añadir a la lista; ansiedad.

Porque pasaran los seis días que faltaban para el nueve de noviembre, el día de la entrega de los CMA, supiera si su carrera se había hundido definitivamente o si, al contrario, algún angelito del cielo le hacía un regalo y ganaba la categoría Mejor Vocalista del Año.

Y por volver a ver a Jordan. Necesitaba verlo, charlar con él, sentir, aunque fuera por un par de horas, que todo seguía siendo igual que siempre entre los dos, que su estúpida vanidad no se había cargado lo que tenían. Necesitaba que la viera bien, lejos del precipicio que había sido su vida durante los últimos dos años, que volvía a ser Mandy, "bombón" como él solía llamarla siempre.

Siempre, *antes*.

Antes de que se convirtiera en una estúpida insoportable rodeada de zánganos.

Ella exhaló un largo suspiro. Aquella Mandy ansiosa, confundida y apática tampoco era "bombón". No tenía la menor idea de quién era, pero debía vivir con ella.

—Es Mandy —murmuró Eileen y volvió a sentarse junto a su marido, en la cocina.

Oyeron que la puerta principal se cerraba y que unos pasos se acercaban por el corredor.

—¿Mandy? —la llamó John en voz alta, guiñándole un ojo a su mujer.

A ella no le apetecía conversar, pero intuía que sus padres estarían preocupados.

48

—La misma —respondió. Asomó la cabeza por la puerta, forzando una sonrisa en su cara—. ¿Qué tal?

—Esperando que la tarta de queso y moras que hay en el alféizar se enfríe para poder hincarle el diente —replicó John—. ¿Te apuntas?

—Pensaba echarme un rato... Estoy muerta. Me parece que esto de descansar tanto ha reflotado el cansancio de años... —les tiró un beso con la mano—. ¿Me guardáis un trocito para luego?

Eileen le regaló una sonrisa tierna.

—Claro, cariño, aquí estará, esperándote con un buen café caliente...

—Por cierto —se apresuró a decir John. Mandy volvió a asomarse a la cocina—, Raymond ha estado aquí, traía correo para ti. Lo puse junto al escritorio, en tu cuarto.

Mandy lo miró con el ceño fruncido. Que el sexagenario cartero hiciera un alto en el camino para tomarse un café con los Brady le resultaba una imagen familiar, pero...

—¿*Junto* al escritorio?

—Es una saca... —aclaró John—. De más de 20 kilos... —ella abrió desmesuradamente los ojos. Su padre asintió sonriendo—. Si necesitas ayuda, grita, ¿de acuerdo?

Eileen se quedó mirando el lugar donde hacía unos instantes se hallaba Mandy.

—No está bien, John. Hay tanto vacío en esos ojos preciosos... Se siente perdida.

—Necesita tiempo. Nada más.

Eileen negó con la cabeza.

—Necesita ilusión, algo que vuelva a encender la mecha... —apartó la mirada—. Los tres son como tú, apasionados, intensos...

Lo eran. Mandy, la que más. Pero también era fuerte. Y luchadora, como su madre.

—Mandy es una fiera, señora mía, como otra mujer que conozco que, justamente, tiene los mismos ojos preciosos —Eileen lo miró de reojo y sonrió de mala gana. Optimismo imbatible, confianza inquebrantable. Ese era John Brady en todo su esplendor—. Sufre, sí. Se siente atrapada, puede que hasta vencida, pero tú y yo sabemos que saldrá adelante. Relájate, amor.

Eileen suspiró. ¿Cómo conseguía ver tan claro? Cuando se trataba de sus hijos, ella sencillamente, solo veía cómo se sentían. Lo recibía con cada célula de su cuerpo. Vibraba con ellos en los momentos álgidos de sus vidas; y en los otros momentos, sentía que se le abrían las carnes y su corazón lloraba desconsolado. Era así. Siempre había sido así.

John sonrió y la miró con picardía.

—Quizás en esa saca hay alguna cerilla que encienda la mecha...
¡Quién sabe!

"Ojalá", deseó Eileen. "Ojalá encuentre la ilusión que necesita".

◆ ◆ ◆ ◆ ◆

En la saca había cientos de cerillas.

Durante más de dos horas Mandy tuvo la oportunidad de saber lo que
ocurría en sus conciertos, del otro lado del escenario, en el espacio lleno
de manos que aplaudían y caras que no alcanzaba a ver. Cientos de
cerillas le permitieron mirarse a través de otros ojos y sentirse a través de
otra piel.

Una encendió la mecha.

"...Mi chica no deja de decirme que es perder el tiempo, que te deben llegar millones
de cartas por día y que si te dedicaras a leerlas, no te quedaría tiempo para otra cosa,
pero me da igual.

En la prensa no dejan de decir montones de cosas sobre ti. Para mí son mentiras,
como todo lo que dicen. Que lo dejas, que te metieron en un centro de desintoxicación,
que hasta tu mánager se ha largado... ¿Quiénes son para machacar a la gente de esa
manera? Me cabrean, de verdad.

Yo le digo a Sam, mi mujer, que estarás en las Bahamas retozando al sol con una
buena piña colada en una mano, un macizo dándote *cremita*, disfrutando de unas
merecidas vacaciones. Di que sí, chica. Si es así, tres ¡hurra! por ti, por el macizo y por las
Bahamas. Llevas tres años de concierto en concierto, alegrándonos la vista además del
oído a miles de personas de este país. Ya tocaba descansar.

Porque eso es lo que haces, Amanda. Alegrarnos. Ninguno de esos periodistas
capullos que escriben basura lo dice. Nunca lo dicen. Pero es así. Tengo todos tus CDs.
Te escucho en el coche cuando voy a trabajar. Te escucho en casa, en las barbacoas con
mis amigos o mi familia... Y si no viviera en el fin del mundo, te iría a ver en vivo más
seguido. ¡Hasta sonabas en el aire cuando le pedí a mi novia que se casara conmigo! ¡Sí!
Me declaré a mi Sam mientras tú cantabas "Elígeme", ¿qué te parece?

Hace un tiempo leí no sé dónde que vienes de una familia feliz. A lo mejor es un
invento más, pero me cuadra. Tus canciones están llenas de buen rollo. Y tú... Bueno,
seguro que no te digo nada que no hayas oído millones de veces, pero haces que salga el
sol. En el buen sentido. Y en el otro también, pero no se lo digas a mi chica, que es muy
celosa.

En serio, Amanda, disfruta de tus vacaciones dondequiera que estés, recarga las pilas
y vuelve a alegrarnos la vida, guapa. Si tú me prometes CD nuevo para cuando nazca mi
primer hijo, el próximo verano, yo te prometo ir a verte en vivo más a menudo. ¿Hecho?
Cuídate. Y vuelve..."

Mandy volvió a plegar el folio y lo guardó en su sobre. Se llamaba
James Miller y, efectivamente, vivía en un pueblito perdido de Arizona.

Y acababa de darle un buen par de sopapos y despertarla de un largo
sueño. Uno que duraba casi seis años.

Le parecía increíble que un extraño, en unos pocos párrafos, le
pusiera delante de los ojos la realidad de su propia vida. La que
necesitaba ver. La que debió haber visto desde el principio.

50

¿Por qué había subestimado a la prensa? Machacaban a la gente, y ella les había servido el martillo en bandeja siendo tan poco discreta.

¿Por qué solamente daba conciertos en grandes ciudades? ¿Por qué sus fans tenían que recorrer cientos de kilómetros para verla? Era gracias a ellos que había ganado discos de platino y premios.

¿Por qué no recibía la correspondencia de sus fans? La prensa se cebaba en ella, pero su música se vendía igual. Lo que hacía, gustaba a quien tenía que gustar, a la gente que escuchaba country. Ellos no le hablaban de tecnicismos, sino de lo que sentían al oír sus canciones, de la alegría que éstas ponían en sus vidas.

Nunca había pensado en ella misma de esa manera. Nunca había pensado que aquellas poesías sonoras pudieran ser más que eso. Era una sensación casi sobrecogedora, tomar conciencia del efecto que aquellas canciones dulzonas que escribía desde que era una niña tenían sobre la vida de otras personas. Aunque solo fuera durante un instante de esas vidas, las marcaba. Ponía alegría. "Hacía salir el sol".

Aquellos pocos párrafos habían hecho que, por primera vez, tomara conciencia de que ser Amanda Brady, tenía un sentido, uno más allá de sí misma.

Cuando Eileen y John la vieron entrar en la cocina con una sonrisa radiante, reclamando su trozo de tarta de queso y moras, intercambiaron miradas de alivio.

Y dieron gracias a Dios y a Sharon por tener la brillante idea de desviar el correo al rancho Brandy.

Durante años, había alimentado las trituradoras de papel de las diferentes asistentes de Mandy.

Ahora, alimentaría sus sueños.

CAPÍTULO 8

El Gran Ole Opry, cede de la 38ª edición de entrega de los Premios *CMA*, se venía abajo en aplausos mientras Mandy abandonaba el escenario, enfundada en un sobrio traje de pantalón negro y unos Manolos con tacón de vértigo. Había ganado el premio a la mejor vocalista femenina del año, pero recibirlo no era lo único que había sucedido durante los escasos minutos que estuvo sobre el escenario.

También había visto a Jordan, por la décima fila.

Acompañado.

Mandy se las ingenió para no dejar de sonreír mientras bajaba las escaleras y atravesaba el *backstage* por un corredor lleno de colegas y conocidos que le daban la enhorabuena y se acercaban. Sonrió, puso expresión de "ahora no puedo" y continuó andando con el premio en una mano y un nudo en el estómago.

Entró en el concurrido baño de señoras con la cabeza baja y una mano en la cara, fingiendo que se le había metido algo en el ojo. Enfiló directo al cubículo que en aquel momento quedó libre, y cerró la puerta.

Se sentía como una idiota.

Había ganado el premio, lo que quería decir que sus fans estaban reflotando su carrera, que no estaba profesionalmente hundida, que aunque la crítica llevara meses cebándose en ella, la gente seguía comprando su música.

Debía sentirse agradecida, estimulada, aliviada...

Y en cambio, se sentía idiota.

Idiota porque volver a ver a Jordan, disfrutar de su compañía un rato, le había resultado mucho más estimulante que la idea de quedarse con el premio.

Porque toda ella, su peinado suelto y vaporoso, el traje, los tacones... Todo lo había elegido cuidadosamente pensando en él. Quería ser la Mandy que a él le gustaba.

Porque se había pasado los últimos diez días, desde que habían hablado en aquel club de Nashville, pensando en Jordan. Contando los minutos que quedaban para volver a verlo, ansiosa como una quinceañera. Impaciente por explicarle su nuevo plan profesional, y que a él le pareciera tan genial que no se lo pensara dos veces, y aceptara volver a ser su mánager.

Y desesperada por recuperar su compañía, sus modos amables, lo segura que se sentía a su lado.

Más que idiota. *Imbécil.*

Jordan no había asistido solo. Se había llevado a una de sus infaltables acompañantes perfectas.

A él le importaba un pimiento su nuevo plan profesional, su traje negro y sus tacones.

Le importaba un pimiento volver a estar con ella, ni como mánager ni de cualquier otra forma.

Mandy bajó la cabeza, miró la mano con que sostenía el premio.

Estaba temblando de rabia.

◆ ◆ ◆ ◆ ◆

Las felicitaciones se sucedían sin fin. Mandy sonreía, estrechaba manos, devolvía besos y tomaba parte en las conversaciones como si tal cosa. Gillian, que la conocía muy bien, sabía que algo sucedía aunque no sabía exactamente qué.

Durante la recepción que siguió a la entrega de premios, cuando entre un gentío vio aparecer la atractiva figura de un Jordan Wyatt vestido de Armani azul petróleo, que se acercaba donde estaban los Brady con una señorita del brazo, Gillian tuvo el primer pálpito de que lo que le sucedía a Mandy tenía que ver con él.

—¿Qué *puñetas* hace con esa mujer? —preguntó Gillian a Jason en voz baja.

Él miró en la dirección de la mirada de Gillian, y tuvo ganas de asesinar a un vikingo.

—Me lo voy a cargar... Está loco. ¿Cómo se le ocurre hacer algo así?

No era una señorita cualquiera. Gillian frunció el ceño e intentó recordar dónde había visto aquella cara.

Cuando lo recordó, *también quiso "cargarse" al vikingo.*

—¿No es Tyler Bradford? ¿La hija de ese multimillonario?

Jason no necesitó mirar a la mujer. Miró a Mandy de reojo y cuando vio la expresión de su cara, tuvo la respuesta.

Era Tyler Bradford.

Jordan ya estaba allí, a un metro escaso del círculo que formaban los Brady, con su sonrisa gentil y unos ojos brillantes que delataban sus nervios. Se disponía a hablar cuando la reacción de Mandy los dejó a todos sorprendidos. A Tyler Bradford, de una pieza, incómoda y ofendida por un tratamiento que, evidentemente, no estaba acostumbrada a recibir de la gente.

—Hola, Jordan. Disculpad —se limitó a decir la cantante antes de dar media vuelta, y abandonar el grupo.

Dicho y hecho.

Mandy giró ciento ochenta grados sobre sus tacones, y se encaminó hacia donde charlaban unos colegas de profesión.

Jordan no solo se había presentado en *su* entrega de premios con otra mujer. Lo había hecho con la mismísima Tyler Bradford, una mosquita muerta que había conseguido convertirse en una *barbi* a golpe de bisturí e implantes de silicona.

¿Cómo tenía la cara de pavonearse con aquel engendro en sus narices? ¿De posar con aquella "cosa" en las fotos de *su* entrega de premios?

Que te jodan, Jordan.

◆ ◆ ◆ ◆ ◆

"Hola Jordan. Disculpad". Aquellas fueron las únicas tres palabras que él le escuchó decir aquel día.

Y fueron las últimas.

Supo en aquel instante que había cometido un gran error, pero secretamente esperó que a Mandy la rabieta se le pasara en un par de días.

Una semana después se dio cuenta de que no iba a pasársele. La había llamado varias veces al rancho; ella no se había puesto al teléfono. También la había llamado al móvil; ni contestó ni devolvió ninguna llamada.

Y allí estaba él, esperando que Jason abriera la puerta de su apartamento para averiguar qué estaba sucediendo, a sabiendas de que le iban a leer la cartilla. Jason le había dicho de todo por presentarse en los *CMA* acompañado y enfadar a Mandy.

—Vaya... —dijo Jason sardónico mientras le abría la puerta—. ¿No has traído a Tyler contigo?

Jordan entró sin hacer comentarios. El dueño de casa cerró la puerta.

—No me lo digas —continuó Jason en el mismo tono—. No consigues hablar con Mandy, ¿a que no?

Lo vio respirar hondo, apoyarse contra la pared, junto a la puerta de la cocina y negar con la cabeza.

Jason le pasó una cerveza y siguió camino hacia el salón con expresión incrédula.

—Normal.

—¿Y qué querías que hiciera? ¿No ir? ¿Te parece que se habría cabreado menos si pasaba de ir?

—¿De qué planeta eres, Jordan? Cualquier tío habría ido. *Solo.* Y habría intentado llevársela al huerto. Es lo que hacemos los tíos, chaval. Y lo que ella esperaba que hicieras.

Jordan sintió que su corazón alteraba el ritmo.

—¿Te lo dijo Mandy?

—*No* —respondió el *quarterback*, burlón—. No necesita que su hermano le diga qué esperar de los hombres. Lo sabe muy bien porque ella hace igual. Joder, Jordan... ¿Qué coño te pasa?

Las palabras le salieron del alma, como si no fuera su cerebro el que daba las órdenes.

—Estoy loco por ella. Eso es lo que me pasa. La dejé porque estaba a punto de perder los papeles. Me vine aquí para olvidarme de todo, para empezar de nuevo, y cada jodido día es peor. No puedo estar con ella, pero sin ella es peor. No puedo hacer lo que haría cualquier tío... Con ella no soy cualquier tío. Soy uno desesperado por tenerla. *No puedo ser cualquier tío... Ojalá pudiera...*

—Eres un *capullo* —aclaró el dueño de casa.

Jordan bebió un trago de su cerveza. Permaneció en silencio un rato.

—Vale —dijo al fin—. ¿Qué hago ahora?

Jason sonrió de mala gana, meneó la cabeza.

—Hablo en serio. ¿Qué hago? —insistió Jordan

—¿Por qué estas tan acojonado? —Jason lo miró a los ojos intentando entender. Para él, que Jordan quisiera a Mandy debía ser doble razón para intentar tener algo con ella.

—Porque si no se enamora de mí me va a hacer polvo, tío. Y no voy a levantar cabeza nunca más.

—*Está* enamorada de ti. ¿Qué necesitas para darte cuenta? ¿Que lo escriba en el cielo con marcador fluorescente?

Jordan contuvo el aliento. ¿Lo sabía, o hablaba por hablar? Jason continuó, vehemente.

—Tío, hace dos semanas vino a Nashville esperando verte. Se

disculpó contigo. ¡Se disculpó! ¿Cuándo has oído a mi hermana disculparse con alguien, no hablemos de un hombre? —con cada palabra de su amigo, el corazón de Jordan latía más fuerte—. Y aquel traje negro que se puso en la gala... Llevaba tu nombre, chaval. Era para ti.

Jordan bajó la cabeza. De pronto, veía a través de un montón de puntos brillantes aquí y allí.

—Se dio media vuelta y se largó para no montar una escena —continuó Jason—. Te habría metido un guantazo allí mismo y a Tyler le habría arrancado la piel a tiras. ¿Sabes cómo se llama eso?

Jordan tragó saliva, miró a Jason de reojo.

"Celos", lo escuchó decir.

Ahora además de la carrera loca que había emprendido su corazón, Jordan sudaba. A chorros.

—¿Te lo ha dicho ella? —se animó a preguntar, pero no tuvo suficiente coraje para mirarlo mientras lo hacía.

Jason no respondió inmediatamente. Conocía a Mandy muy bien; a Jordan, mucho mejor. Si decía la verdad, él seguiría en Nashville y su hermana en Camden.

—Sí —respondió, buscando la mirada de su amigo.

Jordan respiró hondo y cuando exhaló fue como un suspiro. Como si la emoción, o la impresión, fueran tan intensas que no pudiera respirar.

Eran tantos los pensamientos que le cruzaban la mente... Su cerebro empezaba a atar cabos y con cada uno que ataba, su corazón daba una fiesta cada vez más febril, cada vez más ruidosa.

—De acuerdo —dijo finalmente, y cuando volvió a mirar al *quarterback* había una expresión completamente nueva en su cara.

Jason le palmeó el hombro encantado.

Jordan mantuvo la mirada, con los ojos brillantes.

Y una sonrisa incómoda en su rostro.

En Camden, Gillian intentaba algo parecido con menos éxito. Aunque había pasado una semana, Mandy seguía igual de rabiosa que el día de la ceremonia de entrega de premios. Acababan de ver *Pretty Woman* en el DVD por tercera vez, bromeaban sobre las atractivas canas de Richard Gere y estaban solas en el salón. Mandy parecía relajada y Gillian pensó que era una buena ocasión para volver sobre el tema. Jordan había llamado tres veces en lo que iba de día.

—Habla con él, Mandy. Sabe que la fastidió e intenta disculparse. ¿Hasta cuándo vas a seguir pasando de él?

La respuesta fue como un pelotazo en plena cara. La vio ponerse de pie, decidida, y hablarle mientras la apuntaba con un dedo.

—No digas ni *una* palabra más —sentenció—. Ese cabrón es historia. ¿Está claro?

Mandy no le dejó tiempo para añadir nada. Se dio media vuelta, igual que había hecho en los *CMA* y abandonó el salón.

Un portazo le anunció que su amiga se había largado. Gillian sacó el móvil de su bolsillo trasero y seleccionó una memoria.

—*¿Qué tal, pitufa?*

Oír a Jason la animó, como siempre. Casi sin darse cuenta, una sonrisa inmensa le iluminó la cara.

—Feliz de oírte. Y preocupada por Mandy. Sigue muy enfadada…

Lo escuchó reír.

—*Normal. Será mi amigo, pero menudo capullo está hecho…*

—Si, se ha lucido, desde luego… Pero Mandy, no sé… Hoy la llamó tres veces al fijo. Debería ponerse al teléfono. No está bien lo que hace. No es alguien que conoció en una gira, es Jordan.

Jason se estiró en el sofá y cruzó las piernas sobre la mesita pequeña.

—*Bueno… Me parece que Mahoma irá a la montaña…*

Gillian sonrió interrogante.

—¿De qué hablas?

—*Jordan estuvo aquí. Acaba de irse. Me parece que con un poquito de suerte igual pronto lo ves con tus propios ojos…*

—¿Va a venir? —preguntó ella, ilusionada.

—*Sip.*

—¿Y eso?

—*No te hagas ilusiones, no fue por evolución natural. Pero vi la ocasión y me puse el traje de Cupido…*

—¿En serio? —dijo ella riendo.

—*Sí, mentí como un bellaco, pero si lo de que te crece la nariz es una fábula, puede que nadie se entere… No creo que el colega tenga el valor de preguntarle a Mandy, en su propia cara, si está celosa.*

Gillian soltó la risa.

—¿Le has dicho que está celosa?

—*Le dije que ella me había dicho que se había ido así porque si se quedaba, a él le soltaba un guantazo y a su acompañante le arrancaba la piel a tiras…*

Gillian se tapó la boca alucinando.

—Te has pasado…

—*Jugué fuerte, sí. Pero no creo que él se anime a repetirlo. Solo con oírlo casi le da un infarto —dijo riendo—. Dios, está loquito por Mandy… Después de lo que pasó en los CMA, ella no va a aflojarle el lazo. Así que tiene que ser él. Si no le mentía, iba a seguir igual, lamiéndose las heridas, dándome la tabarra y a mil kilómetros de mi hermana...*

—Has hecho bien. Tienen que hablar. Así no pueden seguir... Bien hecho, campeón.

—*¿Y aparte de Mandy, qué tal?*

Gillian se puso más cómoda en el sillón, con un cojín debajo de la cabeza, y se dispuso a disfrutar de su amigo del alma los siguientes minutos.

CAPÍTULO 9

Estaba preciosa. Y mucho más que enojada.

Mandy no solamente había vuelto a quitarse de en medio rápidamente en cuanto vio a Jordan aparcar el coche al otro lado del jardín, además ahora ensillaba su caballo dispuesta a irse, otra vez, como si la cosa no fuera con ella.

—Hablemos Mandy… —la voz de Jordan sonó suave. A ella le supo a una caricia y eso la hizo rabiar más aún.

—Me parece que no estoy al nivel de los temas que a ti te interesan últimamente —le soltó una mirada cáustica de reojo y montó el caballo —. La alta sociedad me da urticaria y la cirugía plástica no me hace falta… Así que, si te has tomado la molestia de venir para hablar conmigo, *espero que no* —puntualizó con ironía—, no pierdas más el tiempo.

Jordan cogió las riendas del caballo y la miró con su ternura habitual.

—Desmonta, Mandy. Hablemos, nena, por favor. Hablemos de nosotros.

—No hay ningún "nosotros", Jordan. Entre otras cosas porque te fuiste. *Tú*, te fuiste. Y porque ahora pareces más ocupado en otros asuntos. Que, por lo visto, te interesan más. Podíamos haber hablado en los *CMA* —lo miró con los ojos brillantes— *peeero* preferiste… —meneó la cabeza molesta—. No sé qué me cabrea más, Jordan, si que me esquivaras, o que prefirieras aparecer en las fotos con una jodida *muñequita de quirófano* como esa…

—Vivo deseando volver contigo desde que me fui, Mandy. No me hallo en Nashville. No me hallo... —Jordan suspiró con resignación— haciendo otras cosas que las tuyas. Pero lo he pasado fatal estos dos últimos años, estoy dolido y no quería ponértelo tan fácil —extendió la mano para ayudarla a desmontar y le habló con tanta firmeza como dulzura—. Desmonta. *Por favor*.

Mandy lo miró de reojo brevemente, y apartó la vista considerando su siguiente paso.

Desde que habían vuelto a verse en el club de Nashville, le costaba hasta sostenerle la mirada.

Aquellos ojos la traspasaban de tal manera que tenía la sensación de que podían mirar dentro de ella, y saber exactamente lo que le pasaba y cuánto la afectaba.

Y además, él estaba allí, a dos metros, con su ternura de siempre. Estaba allí, así que ella le importaba. De alguna manera, aunque fuera por los años que llevaban juntos, le importaba.

Mandy ignoró la mano extendida, y desmontó. Volvió a encerrar al caballo y empezó a andar hacia el camino. Jordan la siguió.

Anduvieron en silencio un buen rato, uno junto al otro.

—¿Quieres volver a encargarte de mis asuntos? —preguntó ella, al fin.

Jordan la miró. Con su expresión de diva enfurruñada y su tono fingidamente indiferente, era como una niña. *Su* niña.

—Tanto como tú, sí.

Mandy continuó andando en silencio.

—¿Y tu *barbi* de apellido ilustre? —dijo al rato.

Jordan sonrió para sus adentros.

—Nuestro acuerdo comercial no incluye que mis amigas tengan que gustarte.

No me digas... Mandy paró en seco y le plantó cara.

—Tampoco que pudieras echar a los míos a patadas de mi suite, y ya ves.

Asunto J.T., otra vez.

—Suerte tuvo de que solamente lo echara, guapa. La próxima vez que lo encuentre en tu suite —la miró completamente serio y rectificó—, *a ese gilipollas o a cualquier otro*, lo van a juntar con cuchara ¿está claro?

—No te metas en mi vida privada —espetó ella.

Era lo que le decía su voz y también su actitud, pero a Jordan le dio igual. Si volvían juntos, él iba a ir a por todas. Y eso incluía su vida privada, especialmente.

—Me voy a meter en todas tus cosas, Amanda. En todas. O lo tomas o lo dejas —pero al notar que la mirada femenina se encendía de rabia,

Jordan suavizó sus palabras—. No hace falta que te los lleves a los hoteles donde todo el mundo, empezando por la prensa, sabe que te alojas. Aprende a ser discreta.

—No me llames Amanda —dijo ella, a modo de respuesta—. Y no quiero toparme con esa muestra de silicona andante. Fóllatela en Marte. Donde yo esté, no.

Mandy permaneció donde estaba, mirándolo a los ojos con actitud desafiante hasta que él, finalmente, asintió. Ella hizo lo mismo y a continuación, reanudó la marcha.

En un segundo empezó a sentirse liviana como una pluma y tomó conciencia de que casi podía oír cómo cada músculo de su cuerpo se relajaba. Y también podía oír su propio corazón: latía al mismo ritmo, pero mucho más fuerte. Retumbaba en su interior.

Y todo eso, solamente por saber que él volvía a estar en su vida... Se preguntó si Jordan sentiría lo mismo, si para él aquellos meses habían sido tan raros como para ella. No tenía la menor idea y tampoco podía preguntárselo, de modo que continuó andando en silencio.

Aunque Jordan sentía muchas más cosas, solo pensaba en una. Un pensamiento -más bien una decisión-, que acabó de tomar forma cuando ella le confirmó, sin decirlo, que sentía celos.

Vas a ser mía.

♦ ♦ ♦ ♦ ♦

Volver a estar entre los Brady era algo que Jordan echaba muchísimo de menos. Lo comprendió al instante de poner un pie en la casa, devuelta del paseo con Mandy. Siempre se había sentido cómodo entre aquella gente, como si fuera parte de ellos. Y era mutuo: Mark y Gillian habían tardado cinco minutos en aparecer al enterarse que Jordan había vuelto a casa y aunque rápidamente volvieron a sus faenas, dejaron en el aire el plan para después de cenar: partida de billar en el Beer&Wine.

Eileen no dejaba de hacerle carantoñas cada vez que pasaba por su lado y volvía tomar consciencia de Jordan estaba de nuevo sentado a su mesa. John lo miraba con su sonrisa suave, y sus ojos de mirada tierna le recordaban una conversación de "hombre a hombre" que habían mantenido hacía años, cuando Jordan no era más que un chaval.

Y ahora sentados en el salón señorial, decorado predominantemente en color habano, con un café delante y la mejor tarta casera de queso y moras del país, John se dedicaba a ponerlo al día de las últimas novedades: Mark Brady y su nuevo estatus de padre de acogida.

—Está ilusionado. Y ansioso. Intenta disimularlo, ya sabes, pero la procesión va por dentro.

—Lo que tendría que hacer es buscarse una mujer y formar una familia, la suya propia.

Ella había hablado, sí, pero lo dicho no sonaba nada a Mandy y eso era lo que expresaba la mirada de todos.

—¿Qué miráis? No estoy hablando de mí, hablo de Mark. El más formal, tradicional y conservador de los Brady. Es lo que le va —dijo sonriendo incrédula—, y ya es mucho pedirle a cualquier mujer que lo aguante tal cual es, si además quien sea tiene que asumir niños de acogida…

John siguió a lo que estaba igual que Jordan. Eileen, no.

—No es lo que "le va", cariño, es lo que *es* —la voz de Eileen sonó tan tierna como la forma en que tomó la mano de Mandy y la sostuvo entre las suyas—. Es su camino en esta vida y él lo acepta sin más. Y ahora que Jordan está aquí, es hora de pensar en reanudar el tuyo. Detenerse a descansar, estuvo bien. Tenerte en casa como antes, mejor que bien… —acarició la barbilla de su hija con cariño—, pero tu camino no está aquí, y tú lo sabes…

Mandy asintió con la cabeza varias veces. Había pensando mucho en eso, en su camino, en cómo quería las cosas y cómo ya no las quería, pero no se sentía capaz de plantearse volver a empezar sin Jordan. Desde hacía una hora, él estaba otra vez en su vida, así que su madre tenía razón.

—Me parece que vamos a tener que volver a negociar nuestro acuerdo comercial… —dijo Mandy. Volvió la cara para mirar a Jordan que sentado a su lado la miraba atentamente, y sonrió con picardía—. Vas a trabajar más, pero vas a ganar menos.

—Te quiero, pero no para tanto —contestó él, sonriendo divertido. Y sonreía para evitar que se notara que mentía. La quería para tanto y para más; había vuelto para quedarse, al precio que fuera.

—Igual consigo seducirte con mi proyecto nuevo…

Mandy lo picaba. Jordan sonreía y la miraba con su mirada dulce de siempre. John volvió la vista a su café. Sabía desde hacía años, que a su hija no le hacía falta seducirlo en absoluto.

—¿Qué propones? —preguntó Jordan, al tiempo que se ponía cómodo contra el respaldo de su silla y se cruzaba de brazos.

—Festivales regionales. Ciudades más pequeñas. Actuaciones especiales para mis fans en sus estados, que no tengan que viajar cientos de kilómetros para verme… Y —respiró hondo y lo miró con decisión— apoyar causas sociales. Proyectos de mujeres y sus hijos, proyectos de educación…

John sonrió de oreja a oreja, igual que Eileen. Jordan se incorporó en su silla e intentó sopesar esas propuestas que no le sonaban nada a la mujer de los últimos años. Solamente la idea de que Amanda Brady, la estrella, pudiera haberse evaporado en algún punto de los últimos meses y su Mandy, su amor de siempre, hubiera vuelto, lo ponía como un flan.

—A ver, Mandy —empezó Jordan. Su tono de voz era serio a pesar de que la expresión de su rostro y su mirada continuaban siendo tiernos —, festivales regionales: unos cuantos no pueden pagar tu caché. Y si has pensado en bajarlo, olvídalo. Ni hablar. Ciudades más pequeñas: ¿podrás vender suficientes entradas como para que sea rentable? Habrá que verlo, pero a cien pavos la localidad más barata me parece que no... Y hay otras dos cuestiones: uno, a la discográfica no le interesan las ciudades más pequeñas, así que suponiendo que todo fuera sobre ruedas, serían las ciudades más pequeñas *y las grandes*. Dos, a las ciudades más pequeñas se va por carretera. ¿Quieres volver a montarte a un bus? Actuaciones especiales para fans en sus estados: hay cincuenta estados en la Unión ¿sabes? Suma y sigue. La que actúas eres tú, pero me parece una locura de agenda —Jordan suspiró—. Y lo de las causas sociales... Te puede abrir muchas puertas y te puede cerrar otras. No sé... Si quieres saber mi parecer, eres artista. Ese es tu trabajo. Yo dejaría las causas sociales para los activistas y los políticos.

Mandy se inclinó hacia delante, descansó los codos en la mesa. Cuando volvió a mirarlo, Jordan supo que estaba a punto de escuchar lo que ella había decidido que sucedería en los próximos meses. Sonrió, no pudo evitarlo, y se preparó para aguantar el chaparrón.

—No voy a bajar mi caché. Ofréceles en cláusula privada que donaré el veinte por ciento a causas sociales que estén promoviendo en la región. Yo diré cuáles. Tú me dirás quiénes son y qué harán con mi dinero. Que baje el precio de las entradas a mis conciertos. Promocióname. Que se llene. Consígueme patrocinadores que sufraguen el resto. Si apoyar causas que mejoren la vida de las personas me cierra puertas, bien cerradas estarán. Son puertas que no me interesa tener en mi vida, ni abiertas ni cerradas —hizo una pausa y pensó en cómo decir lo que iba a decir—. La que actúa soy yo, sí. Y va a ser duro, por eso solamente puedes ser tú, ¿entiendes? Me conoces, Jordan. Sabes los qué, cuándo y cómo de mí, mejor que yo misma. Si tú me prometes que vas a estar conmigo en cada parada del bus, en cada concierto, en cada feria... Yo te prometo que me voy a mantener de una pieza. Esta vez, no voy a fallarte.

Jordan tragó saliva con disimulo, y apartó la mirada. Eran demasiadas emociones para un mismo día. Realmente, no había esperado algo así de ella. Estaba tan impresionado como bloqueado. Ahora todo era distinto.

Ella empezaba a ser otra Mandy. Y él ya no era solo su mánager; quería ser su hombre. Así que necesitaba tiempo para analizar la situación, y jugar bien sus cartas.

Cuando volvió a mirarla apurando los últimos segundos que le dieran la forma de salir del paso y no responder inmediatamente, su móvil sonó.

Habría podido decir que acababa de salvarlo la campana, pero no le dio tiempo ni a completar el pensamiento. En la pequeña pantalla parpadeaba un nombre; "Tyler".

O como Mandy la llamaba, "su muñequita de quirófano".

Atendió con la vista fija en la mesa e intentó ser breve.

—Ahora no puedo. Te llamo luego.

Mandy se concentró en su café. No le hacía falta preguntar para saber quién era. ¿Quién otro podía ser para que Jordan se hubiera vuelto telegráfico y tenso en un segundo?

Cuando lo vio ponerse de pie, con el móvil pegado a la oreja, decir a todos un "disculpad" y dirigirse al porche, ella tuvo claro que no se había equivocado. Era su *barbi* rellena de silicona.

¿Qué le veía? ¿Cómo podía sentirse atraído por una cosa así? Desde los CMA se devanaba el seso intentando entender qué narices le veía a aquella mujer. Como no fuera el apellido ilustre… Pero Jordan no era de esa clase de hombres, de los que iban por interés.

¿O sí?

◆ ◆ ◆ ◆ ◆

La llamada de Tyler le había dado a Jordan el tiempo que necesitaba para salvar el momento y pensar su siguiente paso, pero ella empezaba a resultar cargante.

—*Podías haberme dicho que no estarías en la ciudad este finde. Contaba contigo…*

Ya. Para alguna de sus fiestas privadas llenas de tipos estirados y señoras tan glamurosas como mortalmente aburridas.

Sonríe, Jordan.

—¿Me perdonas? Fue un imprevisto.

En la cocina, Mandy acababa de abrir sigilosamente la ventana. Necesitaba saber y no podía preguntárselo a él, ya que no podía explicarle por qué quería saber algo tan personal. Ni siquiera ella misma entendía lo que le pasaba, como para explicarlo... Además, lo último que haría en la vida sería dejarle ver a Jordan que él le importaba. Eso, ni loca.

—*¿Un imprevisto en Camden?* —la voz de Tyler sonó exactamente a lo que estaba pensando—. *¿Qué ha sucedido? ¿La princesa Amanda se quebró una uña y su nueva mánager no sabe qué hacer?*

Jordan meneó la cabeza divertido. Se odiaban mutuamente. De Tyler podía entenderlo. Después de todo, era hija de uno de los hombres más influyentes del país; no estaba acostumbrada a que la gente le hiciera el vacío. Y Mandy, tan pronto la había visto de su brazo en los CMA, se había dado media vuelta sin mostrar el menor interés por entablar conversación con ella. De Mandy, también podía entenderlo.

Si admitía el factor celos.

Y tratándose de Mandy, era todo un factor. Especialmente, si el hombre en cuestión era él. Se derretía. Cada vez que pensaba que Mandy tenía celos de Tyler, el corazón empezaba a darle brincos en el pecho porque aunque con Mandy eso no significara necesariamente amor, era mucho más de lo que jamás había tenido de ella. Y muchísimo más de lo que había esperado tener algún día.

Jordan rió para evitar responder.

—Oye… Me están esperando, tengo que dejarte. Te llamo más tarde, ¿ok?

—*¿Vas a volver con ella?*

Su intento no había funcionado. Jordan respiró hondo y se apoyó contra la barandilla.

—Es posible, no lo sé —admitió, al fin—. Me ha propuesto un proyecto nuevo y tengo que estudiarlo. No sé si es viable. Mira, he de cortar... El lunes voy a buscarte, cenamos por ahí y hablamos, ¿te parece bien?

—*Los hombres sois muy tontos...* —la escuchó decir con su tono de niña de alta sociedad—. *Eres bueno en lo tuyo y yo soy Tyler Bradford. No hay ninguna puerta que yo no pueda abrir. ¿Te imaginas todo lo que podrías conseguir?*

Sí que podía. Y recién llegado a Nashville, ella le había parecido un buen as en la manga. Pero si tenía que elegir…

—Y las mujeres muy malpensadas —replicó él. Puso voz seductora para hacerlo. Quería acabar con aquella conversación y volver dentro—. Nos conocemos desde que éramos críos y hemos hecho un montón de cosas juntos. Pero cuando Mandy quiere esa clase de compañía, no me viene a buscar y yo a ella tampoco, ¿de acuerdo? Te recojo el lunes y hablamos.

Hubo una pausa. Jordan supo que ella no había tragado, pero era lo que había. Volvería con Mandy. Y no quería dar carpetazo al asunto Tyler, pero si tenía que hacerlo, lo haría.

—*De acuerdo* —escuchó que Tyler respondía, y a continuación el sonido de llamada cortada.

Mandy volvió a cerrar la ventana y se sirvió un café por hacer algo, lo que fuera. Algo que le hiciera olvidar la sensación de desilusión mezclada con angustia que la invadía.

Estaba con aquella mujer. Y por alguna razón, ella era lo bastante importante para Jordan como para que él intentara contentarla, para que le diera explicaciones. Lo bastante importante para que le dijera que no tenía que preocuparse por Amanda Brady, que no eran más que amigos de la infancia.

Y además tenía que *estudiarse* lo de volver con ella. No sabía si era *viable*.

Mandy respiró hondo, intentando que el aire volviera a entrar en sus pulmones. Pero continuó igual, con la misma opresión en el pecho...

Y la misma desilusión.

Tal vez, después de todo, Jordan sí fuera aquella clase de hombre.

CAPÍTULO 10

Mandy llevaba varios días sin saber de Jordan y se sentía rara. Se habían despedido el lunes por la mañana con un "hablamos ¿sí?". Él había regresado a Nashville.

Y no habían hablado.

Él no la había llamado.

En otras circunstancias no le habría importado tanto, pero ahora…

Mandy se subió a la tranquera y se sentó sobre el listón de madera, con las piernas colgando hacia adentro. El predio de adiestramiento estaba vacío. A lo lejos, se veían luces en el pabellón de los peones. El sol se había ocultado hacía un rato y las faenas del día habían acabado.

Después de darle mil vueltas, el miércoles ella se había decidido y lo había llamado. Nadie había contestado. Tampoco había saltado el buzón de voz. Desde entonces habían pasado tres días, y continuaba sin saber nada de Jordan.

Mandy se subió el cuello del abrigo. Se estaba quedando helada. ¿Qué hacía allí con semejante frío? Bajó de un salto y retomó el camino que llevaba a la casa.

Estaba insoportable. No se sentía ella misma. Pasaba el día ociosa, incapaz de concentrarse en nada más de cinco minutos, y con sus pensamientos volviendo una y otra vez sobre el mismo tema; Jordan Wyatt. Él le había dicho que "se moría por volver con ella", pero ni había aceptado su nuevo proyecto aún, ni estaba con ella.

Estaba en Nashville.

Seguramente disfrutando de la compañía de su *barbi* de apellido ilustre.

Y no la había llamado.

Ni siquiera le había devuelto la llamada.

Mandy meneó la cabeza, disgustada. ¿En qué situación estaban? Necesitaba saberlo de una vez. Ya no soportaba continuar así. Respiró hondo cuando comprendió que estaba a punto de saberlo; el hombre que aparcaba frente al jardín, era él.

Mandy se irguió, y avanzó hacia el coche como si no tuviera un nudo en el estómago. Avanzó con una sonrisa despreocupada en los labios, ignorando las sensaciones que últimamente se adueñaban de su cuerpo cada vez que lo veía. Eran intensas y raras. No podía clasificarlas. En realidad, no se animaba a hacerlo. Así que jugaba a ignorarlas. Pero seguían allí, y eran las mismas: boca inesperadamente seca, latidos que retumbaban en sus oídos, y un montón de nervios que no sentía ni cuando estaba en el escenario frente a diez mil personas.

—Si vienes a cenar, es pronto... —dijo ella, apoyándose contra el Corvette, junto a la puerta.

Él sonrió y se dedicó a sacar abrigo y maletín bajo la persistente mirada femenina que le pasaba revista.

Jersey negro de cuello alto. Botas negras cortas. Tejanos de muerte. Imponente como siempre, pero demasiado *sport* para Jordan.

—¿Es el estilo Nashville? —preguntó Mandy, con ironía.

Jordan cerró el maletero.

—Es el estilo mudanza. Lo mejor para ponerse de mierda hasta arriba embalando una casa, son unos tejanos y un jersey negro. También valen para hacer seiscientos kilómetros por carretera...

"Así que has vuelto a Camden", pensó ella, y se obligó a no mover ni un músculo de su cara.

—¿Entramos? —invitó Jordan.

—¿"*Entramos*"? —Mandy se incorporó, puso las manos en los bolsillos de su abrigo y lo miró con ironía—. ¿Es que vienes a verme a mí?

Jordan sonrió.

—Tenemos un tema pendiente, sí.

—Bueno... Supongo que si ha esperado una semana, es que no es urgente, ¿no?

Mandy pasó junto a él y se dirigió a la casa. Entró y dejó la puerta abierta. Jordan la siguió intentando mantenerse serio. No quería enfadarla más de lo que estaba. Entró y cerró la puerta tras de sí.

—Tenía que analizar bien tu propuesta, Mandy... No es tan fácil como a ti te parece que es.

Ella estaba al pie de la escalera cuando él habló, y se revolvió.

Menudo imbécil.

—¿Tengo cara de idiota? —regresó sobre sus pasos y se detuvo frente a Jordan—. Mira, niño... Si me dices que hablamos, *me llamas*. Y si ves mi llamada perdida, *me la devuelves*. Quiero que seas tú, Jordan, pero no pienses ni por un segundo que te voy a dejar jugar a este juego conmigo. Vuelve a pasar de mí, y me abro. ¿Está claro?

—No pasé de ti.

Mandy no solo lo interrumpió, dio un paso más y lo enfrentó.

—¿Está claro, o no?

Él la miró con ternura. Finalmente, asintió.

—Bien —replicó ella—. No voy a hablar de negocios hoy, así que si has venido a eso, puedes irte.

Jordan la vio dar media vuelta y subir la escalera hacia la primera planta. Entonces, las palabras de Jason sobre lo que funcionaba o no funcionaba con una mujer, volvieron a su mente. Cada segundo que pasaba tenía más claro que con *esta mujer*, no funcionaría. Había sido un error no devolverle la llamada. Jordan asintió. Sí, había sido un error que no volvería a cometer.

En la cocina, Mark y su padre se miraron divertidos. Mandy había sacado las uñas. Los siguientes capítulos de la historia "Jordan & Mandy" prometían ser apasionantes.

Cuando Jordan entró, las miradas hablaban por sí mismas, pero por si cabía alguna duda, John se lo aclaró.

—Mandy 1, Jordan 0 —le palmeó el hombro con cariño—.Ven, come algo y recupérate para el siguiente asalto.

Jordan se sentó a la mesa sonriendo violento, y se dispuso a recobrar fuerzas con un trozo de la mejor torta de queso y moras del país.

Para vérselas con Mandy, desde luego, le haría falta.

◆ ◆ ◆ ◆ ◆

Mandy no habló de negocios aquel día. Ni el siguiente. No fue hasta el domingo después de comer, cuando Jordan volvió a intentarlo por quinta vez en tres días, y el muro cedió.

Mientras el resto de la familia miraba televisión en el salón, Mandy escuchaba la exposición de Jordan en la cocina, con la vista fija en su taza de café.

Continuaba enfadada. Y celosa.

Celosa de que hubiera corrido a darle explicaciones a su *barbi*, y a ella la hubiera tenido una semana esperando una decisión. Y lo peor de todo era que admitir que estaba celosa la enojaba mucho más que todo lo demás. Porque los celos no podía controlarlos. Los sentía. No los había sentido en la vida antes, y no sabía cómo manejarlos.

—Las seis fechas que tienes en diciembre son *impepinables*. Si no cumples, te va a costar un montón de *pasta*, así que yo te aconsejo que actúes. Año nuevo, vida nueva. Y con la discográfica... las actuaciones comprometidas ya están cumplidas, aunque en algún momento del año tendrás que volver a entrar en el estudio de grabación con un álbum nuevo y habrá que negociar las actuaciones promocionales, pero eso se verá en su momento... He estado echando un vistazo a los festivales. Varios coinciden mes, así que va a haber que montarlo muy bien, si no vas a acabar de cama.... Las actuaciones en ciudades más pequeñas se pueden coordinar en relación a los festivales. Con tus actuaciones especiales para fans, lo mismo —Jordan estiró las piernas, bebió un sorbo de café—. Va a ser una pila de trabajo y hará falta engranar las cosas muy bien, pero puede funcionar.

Miró a Mandy. Ella seguía con su vista fija en la cucharilla con la que removía el café, algo ausente.

—Vas a tener que modificar un poco tu imagen —continuó Jordan al ver que ella no decía nada—. Tejanos, Mandy. Ropa más normal. No quiero tener que estar sacándote vaqueros salvajes de encima.

—Me los vas a tener que quitar de encima igualmente. Lo que les gusta no es mi ropa.

Cierto. Como para que no les gustara...

—Tejanos, Mandy —repitió masculino. Hizo una pausa y añadió—. Y un cinco por ciento más.

La mirada femenina se desplazó de la taza de café a sus ojos, desafiante.

—Vaya —se recostó contra el respaldo de su silla—. Eso es un montón de dinero, ¿sabías?

En aquel momento Mark se disponía a entrar en la cocina, pero se detuvo. ¿Cinco por ciento más? Sonrió divertido y se apoyó junto al marco de la puerta a ver qué contestaba Mandy.

—Tu proyecto es *un montón* de trabajo.

Mandy continuó mirándolo, desafiante. Así que no había vuelto con la cabeza gacha...

Está bien, sabes lo que vales.

—Por un cinco por ciento más, te voy a querer pegado a mi sombra las veinticuatro horas del día. Todos los días.

—Dieciséis —puntualizó él—. No voy a dormir contigo.

Mandy sonrió. Jordan también; era la primera sonrisa auténtica que veía en aquel rostro hermoso, en tres días.

—Encárgate de que tus chicas lo sepan, ¿vale?

Había dicho "chicas", pero quería decir "barbi de apellido ilustre". Jordan leyó entre líneas.

—Ya lo saben —respondió, masculino.

Mark se frotó las manos y regresó al salón a compartir las noticias.

Mandy asintió y se puso de pie. Jordan la miró mientras se alejaba hacia el salón, con las manos en los bolsillos de los tejanos.

Sus ojos, como siempre desde hacía años, la recorrieron. Desde aquella melena rizada que le cubría los hombros y la espalda, a través de unas curvas de vértigo que no conseguía disimular ni aunque se pusiera un jersey dos tallas más grande como el azul que llevaba hoy, hasta las deportivas, que en sus pies, resultaban sexy.

Es que *era sexy*. Toda ella. La mujer más sexy del planeta.

Dieciséis horas por día con Mandy. Siete días a la semana.

Dios.

◆ ◆ ◆ ◆ ◆

Las cosas todavía continuaban algo tensas entre los dos cuando llegaron al Beer & Wine con Gillian, Jason y Mark, pero después de un par de partidas de billar y algunas risas con Jason, de a poco, Mandy se relajaba.

Jordan la conocía bien y sabía que lo peor ya había pasado: volvían a estar juntos, y aunque quedaba mucho por delante, para él era motivo suficiente para la sonrisa encantada que tenía desde hacía horas, que no se le quitaba con nada.

—Ya me he enterado de que has hecho un negocio redondo —empezó Mark, pinchándolo—. Aunque la verdad, pensé que habías vuelto por ella, no por la *pasta*.

Jordan le echó una mirada irónica.

—¿Qué crees que pensaría si acepto trabajar como un cabrón por el mismo dinero?

Mark sonrió divertido.

—Me gusta tu técnica, tío. A ver si funciona...

Jordan volvió a mirarlo. Esta vez no contestó. Y no hizo falta. El mensaje era claro.

Funcionaría.

◆ ◆ ◆ ◆ ◆

Aquel hombre llevaba diez minutos dándole conversación. Estaba con Mandy antes de que Jordan fuera al lavabo y cuando regresó, aún continuaba allí. Así que en una reacción nada habitual, Jordan descubrió que sus pies habían decidido, sin consultarle, dirigirse a la barra. Y allí estaba, plantado delante de Mandy y aquel individuo, a segundos de tener que abrir la boca para decir algo, y sin tener la menor idea de qué.

—No te conozco. ¿Quién eres?

Su mente tampoco le había consultado aquello antes de ordenar a su boca que lo dijera. Pero ya estaba dicho. Mandy sintió una súbita necesidad de apartar la mirada y bajar la cabeza.

—Yo... le pedía un autógrafo —atinó a decir el larguirucho rubio que estaba junto a ella.

Por toda respuesta, Jordan se estiró para coger una servilleta de la barra, sacó una estilográfica de su bolsillo y le dio ambas cosas a Mandy.

—¿A quién la dedico? —preguntó ella intentando aguantar la risa mientras se preparaba para estampar su firma sobre la servilleta.

—Peter —contestó el interesado.

Mandy garabateó un autógrafo dedicado que Jordan se encargó de entregar.

—Autógrafo. ¿Algo más?

Peter se despidió rápidamente y tan pronto se alejó, Mandy soltó la risa mirando a Jordan con incredulidad.

—Era inofensivo —dijo, coqueta.

—Tú no.

—¿Y eso? —preguntó con expresión divertida.

Jordan se colocó junto a ella, contra la barra, y la miró con ternura.

—Y eso ¿qué?

—¿Qué quieres decir con eso de que "no soy inofensiva"?

—Como si no lo supieras...

—Es que no lo sé —insistió ella.

—A la hora de flirtear eres más peligrosa que un mono con una escopeta —Jordan miró de reojo al del autógrafo que había regresado con su grupo de amigos—. Rubio. Alto. Buen lomo. Cinco minutos más, y te lo habrías ligado —volvió a mirarla—. Y esto es Camden. Aquí no puedes ligarte a un tipo en el Beer & Wine y enrollarte con él. Mañana sería noticia de primera página.

Como era habitual en aquel vikingo, y aunque en este caso concreto se equivocara, hablaba con conocimiento de causa. Mandy cogió su botellín de cerveza sin alcohol. Él se lo quitó de la mano, sirvió un poco en la copa y se la ofreció después de dejar el envase sobre la barra.

Jordan estaba en lo cierto. En otra época, Mandy lo habría hecho.

Enrollarse con el hombre del autógrafo. Sin pensárselo dos veces. En esta, solo coqueteaba. En ningún momento se le había cruzado por la cabeza nada más.

—El día que discutimos, me llamaste... —Mandy hizo una pausa y lo miró—. Bueno, no lo dijiste, pero casi. ¿De verdad, piensas eso?

Jordan apartó la mirada. Sabía que algún día el tema volvería a salir, pero no esperaba que fuera tan pronto.

—Me mataba verte tan hecha polvo…

Mandy esbozó una sonrisa incómoda.

—Pero no fue eso lo que dijiste.

—Ya.

Había dicho algo completamente distinto. Estaba loco de celos.

—No me gusta esa parte de ti —admitió, finalmente—. Es una idiotez porque es exactamente lo que hacemos los tíos. No debería molestarme. Y si me dices que soy un cabrón hipócrita que te suelta monsergas a ti y luego hace lo mismo, tendré que aguantar... Pero soy un hombre, sé lo que piensan cuando se levantan de tu cama, y sé lo que dicen. Y me molesta un montón que seas tú de quien lo dicen. Me saca de quicio.

Mandy se bajó del taburete y recogió las bebidas para llevarlas a la mesa. Se sentía tan incómoda que, por momentos, no parecía ella. ¿Desde cuándo le preocupaba que alguien la censurara? Se irguió y se colgó su mejor sonrisa.

—Eres un cabrón hipócrita —le dijo, desafiante.

Jordan sonrió.

—¿Le has aclarado a tu *barbi* que como me tope con ella van a tener que reconstruirle los implantes? —continuó mientras empujaba tres cervezas contra el pecho de Jordan, indicándole que las cogiera.

—Qué pena —replicó él, seductor—. Está como un queso.

Ella le echó una mirada llena de ironía y se alejó con el resto de las cervezas sin hacer el menor comentario.

Sobraban las palabras, estaba claro.

Jordan bajó la cabeza para ocultar que sonreía.

¿Como un queso? ¿Y se lo había dicho al bombón de Amanda Brady?

Tendría que aprender a contar mentiras más creíbles.

CAPÍTULO 11

Mandy volvió a sacarse al hombre de encima suavemente, y forzó una sonrisa agradecida en su cara.

—De acuerdo. Ya estoy en mi suite, sana y salva. Gracias, Martin. Eres un encanto, pero tienes que irte. Mañana madrugo.

El moreno sonrió y sus manos, que ya habían vuelto a tomarla por la cintura, la atrajeron hacia él.

—Es temprano… Ni siquiera son las doce —murmuró junto a la oreja de Mandy, algo que a ella no le hizo ninguna gracia.

Ni el calor de su aliento en la piel, ni sus palabras.

Tenía razón, era temprano. Y por alguna extraña razón, Mandy no tenía cuerpo de fiesta.

Había salido sola, sin personal de seguridad, con toda la intención de divertirse y dejar de pensar en lo que no debía, pero tenía enfrente a un moreno de catálogo de ropa interior, que seguro le alegraría el cuerpo la mar de bien…

Y no le apetecía.

Dentro de la lujosa suite de Mandy, Jordan apartó el periódico en el que llevaba una hora y media intentando concentrarse sin éxito, y se acomodó mejor en el gran sofá del salón. Se esforzó por ignorar el súbito aceleramiento de su corazón y quedarse exactamente donde estaba, atendiendo la conversación que transcurría del otro de la puerta, a pocos metros, y de la que, aguzando el oído, podía oír un poco.

—Es tarde para mí —Mandy lo apartó con suavidad una vez más y volvió a sonreír—. Hagamos una cosa… Déjame tu número y te llamo, ¿te parece? Ahora tengo que dormir —le regaló una de sus sonrisas sensuales—, esta belleza no es de plástico ¿sabes? Hace falta descanso para mantenerla…

Martin volvió a la carga. La empujó contra la puerta y se coló en su cuello apasionadamente. A Mandy, el *calambrazo*, resultado del golpe en el codo que acababa de darse contra el marco de la puerta, le recorrió el brazo y acabó clavándose en su hombro, dolorosamente. Fue imposible no chillar, pero él, más concentrado en sus propios intereses, insistió.

—Media hora más. Sé buena…

Dentro de la suite, Jordan se puso de pie como impelido por un resorte al oír el quejido. La voz de Mandy lo hizo detenerse.

—Me muero de ganas, pero no puedo —dijo ella con un gesto de "lo siento"—. Cosas de chicas, ya sabes.

Aquellas tres palabras demostraron ser mágicas; Martin se apartó de mala gana, y la miró con picardía.

—Entonces —dijo—, espera a que se te pase para llamarme.

Mandy le acarició la nariz, y volvió a disculparse, esta vez con palabras.

El hombre continuó observándola unos instantes en silencio, decidiendo su siguiente paso. Al final, sacó una tarjeta del bolsillo interior de su chaqueta y se la puso en el escote al tiempo que se inclinaba sobre ella y volvía a besarla una última vez.

—Esa llamada... ¿será antes de la próxima glaciación? —preguntó él, con desconfianza mientras esperaba que las puertas del ascensor volvieran a cerrarse.

Mandy le tiró un beso con la mano.

—Mucho antes.

Cuando oyó que abrían la puerta de la suite, Jordan volvió a sentarse. Consciente de que empezaba la parte de difícil, respiró hondo.

—¿Te has equivocado de habitación? —preguntó ella al verlo allí.

A continuación, dejó el bolso sobre el sillón y se quitó su abrigo de cuero, largo hasta los tobillos. Con naturalidad, sacó la tarjeta que Martin de su escote, la rompió en cuatro pedazos y los dejó sobre la mesilla.

Había conseguido esbozar una sonrisa, más bien desdibujada, al comprobar que Jordan estaba ahí, pero continuaba sin poder mirarlo. No le gustaba lo que llevaba horas sintiendo. Y no quería arriesgarse a que él lo leyera en sus ojos, como hacía siempre.

—¿No habíamos quedado en ir a cenar? —replicó él, a su vez, con otra pregunta.

Mandy no respondió de inmediato, siguió concentrada en abrir la cremallera de sus botas.

—Cuando bajé —dijo al cabo de un rato—, *Miss Gentileza 2004* te tenía tan ocupado que me dio no sé qué arruinarte el plan.

Jordan notó que ella no lo miraba al hablar, pero sonreía. Su voz sonaba relajada, con una pizca de picardía. No pudo evitar menear la cabeza. Mandy no se parecía a nada que él hubiera conocido antes. Ella no montaba escenas. No tenía ataques de protagonismo. Y si sentía celos, suponiendo que eso fuera lo que sentía, resolvía el asunto en un santiamén; se iba de juerga sin escolta, seducía al primero que se le antojaba, y lo pasaba bien.

O sea, le hacía pagar a Jordan sus despistes dos veces: primero, él no la tenía; segundo, la tenía otro.

—Jennifer hace su trabajo; es relaciones públicas del hotel —aclaró él con una expresión divertida en el rostro.

—¿Jennifer? ¿Cuándo dejó de ser la señorita Whattle para ti? El cliente soy yo. Y todavía nos llamamos formalmente por nuestros apellidos…

Mandy continuaba ocupada en quitarse las botas, con la misma sonrisa burlona.

Y sin mirarlo directamente a los ojos.

—"¿Qué tal está, señorita Brady?" —dijo, imitando una de sus típicas conversaciones—. "Estupendamente. Gracias, señorita Whattle".

Como si de pronto aquel asunto la aburriera, Mandy se puso de pie, y recogió las cosas. Enfiló hacia su habitación, pero antes disparó a matar:

—El único trabajo que quiere hacer la señorita Whattle, te lo quiere hacer a ti, *guaperas*.

Jordan sonrió incrédulo. La siguió hasta la habitación mientras respondía:

—Estábamos hablando de ti, y además ¿por qué te fuiste sin esperarme?

Mandy se volvió. Lo miró directamente a los ojos.

Esta vez, sí.

Fue una mirada cargada de ironía, que portaba un mensaje; *¿yo, esperarte a ti?*

Jordan apartó la vista un momento. Contó hasta diez mientras se esforzaba por ignorar la ironía y centrarse en lo importante.

—¿Por qué has salido sola? —preguntó con el tono más aséptico que pudo.

Sus miradas volvieron a encontrarse. Mandy sonrió de oreja a oreja. Había sido una pregunta muy tonta y además, tenía ganas de pincharlo por haber estado con *Miss Gentileza* cuando debía estar con ella. Porque se había puesto aquel vestido negro que a él le gustaba, por eso, porque a él le gustaba. Porque se sentía una idiota desconocida para sí misma…

—¿Y tú qué crees, Jordan?

Creía que si Mandy volvía a hacer algo así, le daría un ataque.

—No tengo la menor idea, preciosa —la miró con ternura—. No creo que quisieras correrte una juerga en un día que te pasan "cosas de chicas".

Mandy frunció el ceño. ¿De dónde había sacado eso? ¿Había estado oyendo detrás de la puerta?

Jordan no la dejó atar cabos. Sonrió con su mejor cara de póquer.

—Pero eres una mujer, ¿acaso sabéis vosotras por qué hacéis lo que hacéis? —le pellizcó la punta de la nariz—. Me voy a dormir.

Mandy sonrió.

—Que duermas con los angelitos…

—Ya. Tú, mejor sola —contestó él, riendo. Abrió la puerta para salir pero se volvió y la miró. Ni rastro de broma en su lenguaje corporal—. Mandy, no vuelvas a salir sin guardaespaldas, ¿estamos?

Ella lo miró burlona.

—Sí, papá. Estamos.

Jordan asintió y cerró la puerta tras de sí. Pero no se fue a dormir. En cambio, se dirigió con paso firme al *lounge* del hotel donde sabía que estaría el responsable de seguridad de Mandy. Iba dispuesto a llevar a cabo el primero de la larga lista de cambios que tenía en mente realizar al complejo artístico Amanda Brady.

Aún continuaba con una sensación de vacío en el estómago de los nervios que había pasado las horas que ella había estado fuera. Ya tenía suficiente con los celos que le hacían hervir la sangre solo de pensar en los infaltables babosos que llenaban el paisaje de Mandy. No añadiría preocupación.

—Amanda ya ha vuelto. Llegó hace veinte minutos —dijo Harry, tranquilizándolo—. ¿Te pido un whisky?

Jordan negó con la cabeza y fue al grano.

—Escucha, de ahora en adelante quiero que no la pierdas de vista.

Harry lo miró algo contrariado.

—Si Amanda dice que me quede, me tengo que quedar. No te ofendas, pero la jefa es ella…

Antes ella era la jefa. Ahora las cosas serían diferentes.

Jordan volvió a negar con la cabeza.

—No. A partir de ya, el que comanda esta nave soy yo. Quiero que sepas qué hace en cada momento del día. Quiero ver tu sombra detrás de ella siempre, y si esto te crea algún conflicto, me lo dices ahora, te preparo la cuenta y asunto arreglado, ¿nos entendemos?

Harry asintió de mala gana.

—Bien. ¿Han llegado los demás?

—Los chicos de la banda, sí. Sharon llega con retraso. Los vuelos estaban suspendidos por mal tiempo.

—*OK*. Encárgate de que mañana a las diez todo el mundo esté en la sala de reuniones de la tercera planta.

—Claro.

Jordan respiró hondo. Ahora que empezaba a relajarse, le dolía hasta la raíz del pelo.

—Me voy a dormir —dijo a modo de saludo.

Y a intentar recuperar fuerzas para su siguiente encuentro con Mandy. En ese partido curioso que jugaban, ella ganaba 2-0.

◆ ◆ ◆ ◆ ◆

Para Mandy no estaba tan claro que estuviera ganando nada. Jordan había dicho que "estaba loco por volver con ella". Evidentemente, *estar loco* tenía una lectura diferente para él que para el resto de los hombres de su vida. Se había tomado más de una semana para decidir si aceptaba su nuevo proyecto o no. En Nashville parecía más interesado en Tyler Bradford; en Nueva York, en la relaciones públicas del hotel, *Miss Gentileza 2004*.

Joder, se había puesto aquel vestido negro por él, y Jordan ni siquiera lo había notado...

Mandy se dio la vuelta en la cama y abrazó la almohada.

No entendía nada. Lo de Jordan era un mensaje en clave. Lo de ella misma, peor aún. No entendía a qué venían esas ganas de verlo a todas horas. Ni por qué había decidido en el último momento quitarse de encima a Martin. Pero sí entendía una cosa; no iba a tomarse en serio aquel asunto.

Era Amanda Brady.

Y a Amanda Brady le molestaban las personas que se tomaban las cuestiones emocionales demasiado en serio y además, le encantaba la juerga.

78

CAPÍTULO 12

Volver a verse las caras con los miembros del grupo después de tres meses había sido un gran momento. Mandy actuaba con aquellos mismos cuatro músicos desde el principio. Exceptuando algunas sustituciones por enfermedad, siempre habían tocado juntos. Jarvis al bajo, Trent en los teclados, Charly en las cuerdas y Pepper a la batería. Sus vidas habían cambiado a lo largo de los cinco años que llevaban juntos. Alguno se había casado, otro se había divorciado y los demás habían cambiado de novia varias veces, pero cuando la puerta del estudio o de la sala de reuniones se cerraba, Mandy sentía que continuaban siendo los mismos de siempre.

El coro era otra tema. Los primeros tiempos había tenido una pareja estable: Travis y Lilly, pero después que un accidente acabara con la vida de él, Lilly lo había dejado. Estar con el grupo le traía demasiados recuerdos. Desde entonces, hacía más de cuatro años, las voces del coro habían cambiado casi en cada concierto. Y ahora sucedía lo mismo. Mandy no conocía más que de nombre a las dos veinteañeras megamodernas que no dejaban de mirar a Jordan como si él fuera un postre apetitoso al que quisieran dar un bocado. Y como continuaran haciéndolo, ya podían ser reencarnaciones de Judy Garland, que durarían lo que un suspiro en el grupo.

Jordan otra vez. ¿Es que estaba enferma o qué? A él siempre lo miraban así. ¿Desde cuándo le molestaban aquellas miradas?

Mandy se obligó a no responder a la pregunta y a poner su atención en lo que sucedía en la sala de reuniones de la tercera planta del lujoso hotel neoyorquino, parada habitual cuando actuaba en Nueva York.

Jordan había dejado a Sharon, la asistente personal de Mandy, a cargo de su móvil para no tener interrupciones durante la sesión de trabajo. Acababa de explicar la agenda de los seis conciertos que quedaban hasta fin de año empezando por el primero que tendría lugar aquella misma noche en el Radio City Hall. Ahora, describía a grandes rasgos el nuevo proyecto artístico de Amanda Brady ante la mirada atenta de todos, excepto la aludida. Ella estaba más interesada en pasar revista al habitual aspecto impecable de Jordan, que hoy consistía en unos pantalones marrones de pana y un jersey de lana gorda de color crema.

—Dentro de un par de semanas tendré la agenda provisional para el primer trimestre del año, pero desde ya os puedo anticipar que se acabó la vida tranquila —hubo sonrisas y algún comentario. Jordan asintió con la cabeza—. Sí. Dejadles un álbum actualizado a vuestras chicas porque os verán poco… En enero arrancamos después de año nuevo con cuatro conciertos por semana…

—¿Y tú? ¿Qué vas a hacer con la tuya? —preguntó el teclista, mirándolo burlón.

Mandy miró a Jordan por el rabillo del ojo. Él continuaba sonriendo sin darse por aludido

—Soy libre, tío. No tengo que darle cuentas a nadie —dijo, al fin—. Y menos a ti —Mandy bajó la cabeza para que no la vieran sonreír. Jordan continuó—. Lo digo en serio. Va a tocar trabajar mucho, y va a ser así todo el año. Salvo agosto que pararemos tres semanas… Así que pensad si estáis dispuestos o no. No quiero ponerme a buscar sustituciones a mitad de camino, ¿de acuerdo?

Jarvis miró a Mandy sin ocultar su satisfacción.

—No puedo creer que hayas decidido dejarte de moñas y tocar de verdad…

Ella sonrió. No esperaba menos de él. Siempre le había dado la murga con eso de "tocar para la gente de verdad, donde estaba la gente de verdad". Hacer giras, recorrer la geografía palmo a palmo.

—De a poco me voy haciendo mayor —apuntó Mandy, divertida.

—Era hora, muñeca —replicó él—. Eres lo mejor que ha parido este país después de Janis Joplin. Sal ahí fuera y cómetelos. Me va a encantar estar contigo en esto.

Hubo más comentarios y más risas, y muchas más aún cuando Jordan dijo algo que le salió del alma.

—¡Y a mí que lo digas, chaval! —exclamó con sentimiento—. Van a hacer falta brazos para quitarle de encima a las torres peludas que nos vamos a encontrar en el salvaje oeste…

Un buen rato después de que la reunión se hubiera acabado, Mandy

seguía desternillándose cada vez que su mirada se encontraba con la de
Jordan.

♦ ♦ ♦ ♦ ♦

El ensayo había ido bien. Las luces funcionaban a la perfección. Los
equipos habían tenido fallos menores, nada importante. Y,
milagrosamente, las chicas del coro se acoplaban sin mayores problemas.
El concierto había empezado en punto con un casi lleno y Mandy
estaba…

Impresionante.

A veces, a Jordan le costaba distinguir en qué punto dejaba de
admirarla como mánager para empezar a admirarla como hombre.
Llevaba demasiado tiempo loco por ella. Pero ahora, en este preciso
momento el que desde la zona de prensa la miraba comerse el escenario,
era el mánager.

Amanda Brady era impresionante.

Era una mujer preciosa, sí. Pero arriba de un escenario era tantas
cosas más, que su belleza se convertía en un mero adorno, como un
vestido bonito o unos zapatos llamativos. Cuando empezaba la música y
las luces la enfocaban, ocurría algo mágico; Mandy hechizaba. Era su
voz, poderosa y rica en matices, su increíble sensualidad que lo
acariciaba todo… Y su presencia, aquel montón de personalidad que
plantaba firme sobre dos tacones de aguja con total seguridad, como si
estuviera diciendo con cada centímetro de su piel, "aquí estoy yo".

Había conseguido crear un estilo, una mezcla de country melódico
con baladas pop, bastante imitado, pero rebelde como era,
frecuentemente sorprendía a sus fans versionando temas populares de
otros cantantes, incluidas canciones de categorías tan lejanas a ella como
el rock duro o el rythm & blues.

Y además, mantenía con el público un intercambio fluido. Era cálida,
cariñosa con la gente que iba a ver sus espectáculos.

Se comía el escenario. Enloquecía a sus fans.

Y estás de muerte.

Jordan bajó la cabeza sonriendo. Aquello no lo había pensado el
mánager sino el hombre, uno que después de once años, la seguía
encontrando hermosa, imponente, superior...

Era una noche perfecta.

Como Mandy.

♦ ♦ ♦ ♦ ♦

O casi. ¿Qué hacía J.T. allí?

El concierto había acabado. Mandy, cubierta por una gruesa bata negra que le llegaba hasta los pies, firmaba autógrafos al último grupo de fans cuando de la nada había aparecido el vocalista de la banda de rock Psicodelia.

La última vez que se habían visto las caras, Jordan lo había sacado a empellones de la suite de Mandy.

—Jordan —dijo J.T. a modo de saludo cuando pasó a su lado.

Él ni se molestó en contestar. En cambio, se concentró en Mandy. Ella continuaba firmando autógrafos y charlando con sus fans.

Como lo hayas llamado tú, te vas a enterar...

Pero no había sido cosa de Mandy. La expresión de sorpresa en su cara era auténtica.

—¡J.T.! —exclamó, abrazándolo afectuosa— ¿Qué tal te va la vida?

La mirada del roquero se cruzó brevemente con la de Jordan cuando la abrazó.

—Me enteré de que actuabas y aquí me tienes… Has estado genial, como siempre.— Mandy sonrió halagada.

Jordan continuó mirando la escena. Vio a Mandy cerrar mejor su bata y cruzarse de brazos.

—Me estoy helando… —dijo—. ¿Sigues con el mismo número? Te llamo luego ¿vale?

Alto, delgado, con aspecto de ir a tope siempre. Con aquel uniforme de roquero que le daba ese aire tan desaliñado… No entendía qué veía Mandy en un tipo como él.

—Quiero hablar de negocios contigo. ¿Te importa si te espero?

Mandy se encogió de hombros.

—Estoy muerta y mañana madrugo… Pásate por el Hilton Times Square en una hora o así, y nos tomamos algo en el *lounge*, ¿te parece?

Él sonrió.

—Te veo luego entonces.

Pasó junto a Jordan con las manos en los bolsillos de sus vaqueros desgastados, sin mirarlo, y desapareció en el pasillo que llevaba a la salida posterior del Radio City Hall.

Jordan entró en el camerino detrás de Mandy. Como de costumbre, estaba repleto de flores y tarjetas que sus fans entregaban a la gente del equipo para que se las hicieran llegar.

—¿Qué tal estuve? —preguntó ella, mientras aspiraba el aroma de una rosa.

Bestial.

Jordan sonrió para sus adentros.

—Estuvo bien.

—¿Bien? —dijo quitándose la bata y entrando en el baño—. Gritaban como posesos, Jordan… —asomó la cabeza por la puerta y lo miró burlona— Era yo la que los hacía gritar así ¿sabes? Estuve *genial*, no "bien".

Más que genial, pensó Jordan. Pero no iba a empezar a adular su vanidad tan pronto.

En aquel momento entró con su infaltable agenda y un bolígrafo detrás de la oreja.

—Tengo a tres periodistas fuera ¿qué les digo? —preguntó al tiempo que le entregaba a Jordan las tarjetas de visita. Luego, saludó a Mandy con la mano. Ella continuaba asomando la cabeza por la puerta del baño, mirando la escena con el ceño fruncido.

—Este que venga mañana, sobre las doce. Media hora. Sin preguntas personales —dijo él, devolviéndole una de las tarjetas—. Este que me llame el lunes —garabateó su móvil en la tarjeta y también se la dio—. Y este que… —pensó unos instantes—. Que no. Que vuelva dentro de tres vidas y a lo mejor me lo pienso.

Mandy salió del baño y esperó a que Sharon se marchara.

—¿Ahora decides tú a quién concedo entrevistas y cuándo? —le preguntó en tono desafiante.

Jordan asintió sin inmutarse. Mandy soltó una carcajada.

—Estás de broma —replicó, todavía riendo, aunque sonó más a pregunta que a afirmación.

Él negó con la cabeza.

—Sería mejor que te cambiaras, Mandy. Te estás enfriando…

Ella lo miró divertida. No estaba de broma. Tal y como le había dicho, se iba a meter en "todas sus cosas". Debería pararle los pies, ponerle unos límites bien claros…

Pero la verdad era que le encantaba lo que estaba sucediendo. Le gustaba que él marcara las pautas. Le gustaba la forma en que le decía las cosas a la cara, sin remilgos, con toda su seguridad. La enojaba, pero en el fondo, le gustaba. El resto del mundo daba mil vueltas cada vez que tenía que decirle algo a Amanda Brady. Pero Jordan no se cortaba. La miraba a los ojos, le sugería que se cambiara con palabras, pero en intención la estaba mandando, y se quedaba tan fresco.

Le encantaba aquel hombre. Cada día más.

Mandy sonrió, y asintió con la cabeza.

Cuando la vio darse la vuelta y regresar al baño sin rechistar, Jordan miró a otra parte.

Su sonrisa era tan grande que parecía a punto de tragarle la cara.

◆ ◆ ◆ ◆ ◆

Jordan no había hecho el menor ademán de dejarla a solas con J.T. Al contrario. Se dirigió con ella hacia el *lounge* tan pronto regresaron al hotel, dando por hecho que le incumbía. Mandy lo había mirado algo sorprendida pero no había hecho ningún comentario.

Y allí estaban los tres, sentados en los cómodos sillones del *lounge* del Hilton, bebiendo algo mientras el resto de los chicos del grupo estrenaban los locales de fiesta de la ciudad.

Aquel individuo no le gustaba y aunque a Jordan le fastidiara admitirlo, la razón principal era haberlo encontrado en la suite de Mandy. Más concretamente, en su cama. Ella había dicho que no había sucedido nada entre los dos, pero a Jordan le daba igual. Aquel roquero insufrible había sido la gota que había colmado el vaso, lo que lo había llevado a alejarse de Mandy más de tres meses. Y lo que sentía en su presencia, era igual de agresivo que entonces.

—Están mosqueados porque dicen que ya no tenemos tanta pegada. Que les está costando vender todas las localidades... —J.T., histriónico como siempre, acompañaba sus palabras de oportunos gestos con las manos, lo que Mandy encontraba divertido y Jordan, no—. Quieren que lleve a los jodidos Bombers de teloneros —dijo mirando a Mandy con una expresión que era pura ironía—. ¿Te lo puedes creer?

Ella reía.

—¿Están locos? ¿Qué pintan esos como teloneros de Psicodelia?

—Totalmente —continuó J.T. Encendió el cuarto cigarrillo de la última media hora y se apartó el pelo de la cara. Jordan miró el pabellón de su oreja: estaba llena de *piercing*. Menudo esperpento—. Pero están cargantes con el tema así que les dije que yo decidiría a quién llevamos de teloneros.

Ya. No lo digas. ¿Amanda Brady?

—Ni hablar —sentenció Jordan. Notó que Mandy lo miraba interrogante y luego volvía a mirar a J.T.

—¿Pensabas en mí? —preguntó ella al fin.

J.T. asintió, sonriendo seductor. E ignorando completamente a Jordan continuó vendiendo su idea.

—¡Imagínate! ¡Sería un bombazo, nena! Primero apareces tú y los dejas colocados. Después aparecemos nosotros y damos el remate final... Hasta podríamos hacer algún dúo. Nos hartaríamos a vender.

—¿Qué parte no has entendido, tío? —interrumpió Jordan, cada vez más serio—. No va a ser tu telonera. No va a hacer ningún dúo contigo. Y si estos eran los negocios de los que querías hablar, ya están hablados. Es tarde y mañana tiene sesión de fotos a las 7.

La expresión de Mandy aumentaba nivel de sorpresa por segundos, pero cuando vio a Jordan ponerse de pie y mirarla…

J.T. también se puso de pie. Incapaz de moverse, Mandy lo vio hacer el ademán de acercarse a Jordan y decir algo. Pero él fue todavía más taxativo.

—Tío, me quedé con ganas de partirte la cara la última vez que nos vimos —añadió, mirándolo desafiante—. No me tientes.

Se sostuvieron las miradas un instante mientras Mandy continuaba inmóvil de pura sorpresa. Finalmente, J.T. llamó a retirada. La miró molesto.

—¿Tanto poder tiene sobre ti este gilipollas?

Mandy miró a Jordan con ganas de matarlo, y luego a J.T.

—Te agradezco que pensaras en mí. Me caes bien, pero eres un desastre... Donde tú estás siempre hay bronca, y yo me he rehabilitado.

J.T. asintió de mala gana. Hizo un par de comentarios irónicos más y luego cambió de tercio. Pocos minutos más tarde se despidió de Mandy. De Jordan, no.

—No vuelvas a hacer algo así —advirtió Mandy cuando entraron en el ascensor.

Jordan iba a contestar pero ya no estaban solos, así que guardó silencio hasta que abandonaron el ascensor en la tercera planta. Entonces, la tomó del brazo suavemente, haciendo que se detuviera, y le habló con su seguridad habitual.

—Es un gilipollas. Un colgado que no quiero ver al lado tuyo. Si vuelve a aparecer le parto la cara, ¿está claro?

—Te estás pasando, Jordan.

—Ya lo sé. Y si vuelvo a verlo me voy a pasar del todo —se acercó a Mandy con los ojos brillantes de rabia y se lo soltó—. *No quiero verte con ese capullo*. No te lo voy a repetir.

A continuación, se alejó por el corredor bajo la mirada iracunda de Mandy.

—Joder… —rezongó rabiosa.

Se dirigió a la habitación de Jordan a paso vivo y llamó con los nudillos dos veces. Un Jordan tan enfadado como ella abrió la puerta.

—Qué.

—¡¿Te has vuelto loco?! —Mandy exhaló el aire ruidosamente y lo miró, encendida de rabia— Es mi vida. Si alguien me conviene o no, lo decido yo. *No vuelvas a hacer algo así* —le dijo imitando su tono anterior.

—Demándame —replicó él, desafiante y volvió a cerrar la puerta.

Y por si le quedaba alguna duda de que sería lo último que le diría aquella noche, lo siguiente que oyó Mandy fue que había puesto música:

Usher sonaba tan alto que parecía estar allí dentro, tocando en directo con todos sus músicos.

Las cejas de ella eran dos arcos perfectos, coronando unos ojos como platos, que miraban la puerta cerrada con expresión tan sorprendida como iracunda.

No podía creer que Jordan hubiera hecho algo semejante.

CAPÍTULO 13

La sesión de fotos había ido bien. Eran cerca de las once de la mañana cuando llegaron a Rochester y una hora más tarde Mandy ya estaba con el periodista del *All Country Magazine* para la entrevista de "media hora, sin preguntas personales" que había acordado Jordan la noche anterior.

No habían hablado mucho. Ella continuaba enojada. Jordan, evidentemente, también. Más de una vez había descubierto a alguno de los chicos del grupo enviándole a otro alguna mirada con mensaje. Pero a medida que fue pasando el día, Mandy hizo un descubrimiento; su rabia se diluía.

Así que ahora en vez de rabiosa, estaba confundida.

Para la hora del concierto, no solo no estaba enfadada con Jordan, quería, *necesitaba*, que olvidaran el asunto y todo volviera a la normalidad. Pero no lo había vuelto a ver.

"Cinco minutos" escuchó que le anunciaban tras unos golpes en la puerta.

Y Jordan sin aparecer.

Mandy se arregló el pelo coqueta. Tras echarse un último vistazo en el espejo, se dispuso a salir del camerino.

Cuando abrió la puerta, él estaba ahí.

—Empezaba a pensar que te habías largado —dijo ella, apartando la vista de aquellos ojos hechiceros. Últimamente cada vez que lo miraba, se sentía muy rara.

Jordan anduvo a su lado por el túnel que llevaba al escenario, con las manos en los bolsillos de su cazadora.

—Tenemos que hablar y este no es el momento —empezó a decir él suavemente.

A Mandy se le aceleró el corazón. Lo miró brevemente intentando que no se notara en su mirada que se sentía como un flan. Su mente revisaba lo dicho la noche anterior... Había sido una discusión como otras que habían tenido. ¿De qué tenían que hablar?

Él se detuvo, y la hizo volverse y enfrentarlo. Sus ojos le miraban el pelo, la frente, la nariz, pero no los ojos.

—Perdóname —dijo él al fin y en aquel momento sus miradas se encontraron—. Ese capullo me desquicia... Luego hablaremos, pero no quiero que sigamos enfadados. Me pasé y lo siento... ¿Me perdonas?

Ella suspiró. No pudo evitarlo. Sintió como si le hubieran quitado un enorme peso de encima.

Jordan sonrió.

—¿Eso es un sí?

La música introductoria empezaba a sonar. Tenía que salir al escenario.

—No —respondió ella con toda su sensualidad—. Quiero cena de cinco tenedores, solos tú y yo. Y que me lleves a bailar. Después, me pensaré si te perdono o no...

Él la vio alejarse hacia el escenario con aquel impresionante vestido rojo y su melena leonina cayéndole en rizos sobre la espalda... Aquellos contoneos femeninos lo volvían loco. Jordan bajó la cabeza. Se restregó el pelo nerviosamente. Diez minutos después de que ella lo hiciera volar de rabia, se moría por verla.

Ya no soportaba no tenerla cerca.

En un par de días Mandy volvería al rancho y él a la carretera, a negociar sus actuaciones en los festivales regionales.

¿Cómo iba a arreglárselas días enteros sin verla cuando solo diez minutos ya le parecían un suplicio?

♦ ♦ ♦ ♦ ♦

Aquella noche Mandy había flotado sobre el escenario, excitada como una niña de quince años ante la idea de que tendría a Jordan todo para ella durante unas horas. Disfrutarían de una buena cena, y luego, de unas cuantas canciones, lentas mejor.

Y así fue; lo tuvo para ella, aunque no sucedió exactamente como esperaba.

La cena de cinco tenedores acabó siendo unos tacos y unas fajitas en un local del centro de Rochester, en compañía del grupo. Estaban contentos por lo bien que iban las cosas y querían celebrarlo con ella. No podía negarse.

Era cerca de la una de la madrugada cuando Mandy acabó la última partida de billar que había anunciado que jugaría aquella noche, y volvió a la mesa junto a Jordan.

—¿Te apetece una cerveza? —ofreció él gentilmente.

—¿Tú que estás bebiendo?

—*Bourbon*.

—¿Puedo?

—Jordan le acercó su vaso y se quedó mirándola. Ella bebió un sorbo y lo dejo sobre la mesa.

—Todavía me sigues debiendo mi cena y mi baile, pero quiero que aclaremos lo que haya que aclarar... —dijo ella mientras jugueteaba con el vaso sobre el cristal de la mesilla.

Había llegado la hora de la verdad. Jordan se inclinó hacia delante, apoyó sus antebrazos en las piernas y empezó a hablar lo bastante alto como para que ella lo oyera por encima del ruido del local, pero no tanto como para que la conversación dejara de ser privada. Mandy se acercó más a él y prestó atención.

—No sé si eres lo mejor que ha parido esta tierra después de Janis Joplin —dijo aludiendo al comentario que siempre hacía Jarvis. La mirada de Mandy se volvió tierna—, pero eres especial. Tienes todo lo que hace falta para estar en lo más alto y quiero verte ahí... —Jordan hizo una pausa para beber—. Tienes que dejarme hacer mi trabajo sin sentir que intento imponerte nada. Estos últimos dos años te hicieron mucho daño, Mandy. Arreglar eso va a llevar tiempo y es necesario que todo el mundo vea que vas en serio, que estás bien asesorada... Que ya no hay más escándalos, ni más fotos comprometedoras, ni más estupideces de diva... Que ahora haces tus deberes, y los haces bien.

Mandy apartó la mirada.

—La cagué, Jordan, pero no soy idiota...

La voz de él sonó suave como una caricia.

—¿Crees que no lo sé?

—¿Lo sabes? —le preguntó. Sus ojos brillaban—. Anoche me hiciste sentir una completa imbécil...

—El imbécil fui yo. Sé que no irías con ese tipo ni a comprar el periódico... —respiró hondo y la miró—, pero no lo soporto. Cada vez que lo miro lo veo en tu cama. No entiendo cómo pudiste estar con ese esperpento.

—Ya te he dicho que no tuvimos nada.

Jordan le dedicó una mirada llena de ironía.

—Él estaba en cueros, Mandy... Y tú, por el estilo...

Ella sintió que un calor abrasador se instalaba en sus mejillas.

Recordarlo le resultaba violento. Y sentirse violenta la ponía mucho más violenta. ¿Qué más daba si estaban desnudos o vestidos? ¿Qué más daba si se habían enrollado o no? A la Mandy de entonces le habría dado exactamente igual.

Pero a la de ahora… La de ahora se había sonrojado por lo que aquel vikingo que tenía enfrente pudiera pensar de ella.

—No *estaba por el estilo*. Tenía mi ropa interior perfectamente puesta donde debía. Y él estaba desnudo porque quería fiesta… —Mandy lo miró desafiante—. *Yo* no quería. Así que, como comprenderás, si ni estando borracha consiguió meterse entre mis piernas, es que como te dije, no tuvimos nada. Paso de J.T. No me va. ¿Quieres que te lo ponga por escrito y así lo olvidamos de una vez?

Jordan la miró con dulzura y negó con la cabeza.

—Quiero decidir los pasos que tienes que dar y en qué dirección debes darlos. Y quiero que tú te relajes, me dejes hacer y te concentres en cumplir tu parte; súbete al escenario, cómetelos, y olvídate de lo demás. Te conozco Mandy. Sé lo que te gusta y lo que no te gusta. Confía en mí ¿de acuerdo? Si tengo alguna duda, te prometo que lo consulto contigo…

—No me mangonees —replicó ella, cortante—. No me gusta que un tío se plante delante de mí a decirme lo que debo y no debo hacer.

—No soy un *tío*. Soy Jordan.

Ella lo miró burlona.

—Soy el único tío del mundo que puede decirte lo que debes y lo que no debes… —añadió él, con una sonrisa maliciosa.

—Yo que tú no me fiaría.

Jordan se acercó más a ella y le habló al oído.

—¿Por qué te haces la dura conmigo? A un diez por ciento de ti puede que le cabree, pero al resto de Mandy le encanta… —buscó su mirada—. Te encanta que te pare los pies.

Era cierto. Y no entendía por qué, pero le gustaba. Que fuera a admitirlo era otra cuestión.

Ella lo miró con expresión seria.

—Yo que tú, *no me fiaría.*

Jordan bajó la cabeza. Estaba sonriendo. Mandy miró a otro lado. También sonreía.

—Joder… Te habría zurrado cuando te despachaste con el "demándame"—admitió ella, riendo.

Jordan soltó una carcajada y se dejó caer contra el respaldo del sillón. Rieron un buen rato antes de que la conversación volviera al tema trabajo.

—Por cierto, ¿quién es el periodista que tiene que volver dentro de tres vidas?

—Tuck Harris. El que dejó caer que andabas con drogas cuando empezaron a fotografiarte con J.T.

Mandy asintió.

—Entonces, mejor que sean cinco vidas.

—No podemos darle largas mucho tiempo… —Jordan se acomodó mejor contra el respaldo—. No nos conviene. Pero cuando esta semana me llame, *porque me va a llamar*, le voy a dejar caer que va a ser más fácil convencerte de que cooperes, si puedo mostrarte una buena crítica firmada por él...

Mandy sonrió traviesa. Jordan le guiñó un ojo y bebió un trago de whisky.

—Hace mucho que no oigo sonar tu móvil…

—Lo apagué —contestó él—. No para de sonar

Era verdad. Cada vez que lo miraba, y lo miraba montones de veces por hora, Jordan hablaba por teléfono, o con alguien en persona mientras tenía una llamada en espera.

—Contrata a alguien para que se ocupe.

—Sí. Cuando vuelva de viaje me pondré con eso.

—¿De qué viaje?

—La semana que viene me toca hacer kilómetros… —bebió un sorbo de whisky. Solo con pensarlo se le quedaba la idea atravesada en la garganta—. No puedo negociar cláusulas secretas por teléfono, Mandy. Tenemos que vernos las caras.

Los festivales regionales, claro. Mandy tomó tierra estrepitosamente.

—¿Cuándo te vas?

—Mañana.

—¿No vienes a Camden? —él negó con la cabeza—. ¿Cuándo vuelves?

—Lo antes que pueda. Pero aunque se diera fatal, corto y me reúno contigo en Boston, antes del concierto del sábado.

Mandy contuvo el aliento y no se dio cuenta hasta que suspiró. Apartó la mirada e intentó concentrarse en lo que pasaba en los billares, donde los chicos jugaban su partida número un millón.

Casi una semana sin verlo. Seis días. Iba a estar insoportable. ¿Volver a pasar otra semana como la que había tenido cuando Jordan estaba en Nashville?

—Como no me llames, te vas a enterar —advirtió. Le había salido del alma.

Jordan la miró con los ojos brillantes, notó que ella seguía con los suyos fijos en la partida de billar. Tragó saliva e hizo lo propio, completamente consciente de que dentro del pecho, su corazón corría las *1.000 Millas de Indianápolis*.

¿Era el estilo Mandy de darle a entender que lo echaría de menos?

CAPÍTULO 14

Hacía frío, lloviznaba de a ratos y su ánimo de los últimos tres días era más o menos el mismo; insoportable.

Mandy se acercó a la ventana de su habitación en la primera planta de la casa victoriana de los Brady y dejó que la mirada se perdiera en el horizonte.

Le gustaba estar con los suyos, pero llevaba cuatro días malhumorada. La razón era Jordan, y eso empeoraba su humor.

Se pasaba el día esperando su llamada como si eso fuera lo único que le importara en el mundo y mientras lo oía, se sentía genial. Luego, volvía el sopor. Y también el mal humor.

Cuatro días. Tres llamadas. Eran las cinco de la tarde del jueves y todavía no la había llamado. Tampoco era que él se estuviera esmerando mucho con la comunicación… ¿Y ella qué? ¿Por qué no lo llamaba si tanto le apetecía hablar con él?

Porque era Jordan, por eso. Cuando él estaba de por medio todo era distinto: no dejaba de pensar cada movimiento mil veces y se sentía rara.

Dios. ¿Por qué no lo llamas de una vez?

Mandy miró su móvil sobre la cama. Llamar o no llamar.

Lo cogió y respiró hondo.

¿Por qué no suenas, trasto?

Abrió la agenda, avanzó con el cursor por la lista uno a uno. Jane. Jarvis. Jeremy…

Siguió avanzando.

Si estuviera libre me habría llamado.

Jil. Johnny…

¿O no? ¿Te estás haciendo desear, chaval?

Continuó avanzando. John-John… Jordan.

¿En qué estás, Jordan? ¿Por qué no me...

El corazón de Mandy estuvo a punto de detenerse cuando su teléfono empezó a sonar. Y después de un instante, volvió a la carga con una fuerza inesperada, retumbando en su interior.

Se llevó el móvil al oído sin pensar, sin mirar, casi sin respirar. Del otro lado empezaron a hablar.

—*¿Cómo está mi chica favorita?* —dijo una voz que le resultó vagamente familiar.

Vagamente familiar.

El corazón de Mandy, lentamente, volvió a latir con normalidad y ella, a ser consciente de que fuera lloviznaba y estaba oscuro. Y también de que llevaba cuatro días de un humor de perros.

—Tu chica favorita está muy bien. Y la respuesta sigue siendo no, J.T.

◆ ◆ ◆ ◆ ◆

En Nashville, Jordan tomaba una cerveza con Jason en el Club Perseus. Estaba libre, pero no llamaba a Mandy.

El *quarterback* tenía plan para la noche, pero cuando lo vio al otro lado de la puerta de su apartamento, supo que algo sucedía e hizo los arreglos oportunos para encargarse de averiguar por qué razón Jordan Wyatt estaba en su casa, cuando debía estar a seiscientos veinticinco kilómetros, exactamente. En el rancho Brady.

Y allí estaban los dos, en el local más *cañero* de la ciudad, rodeados de tías buenas de las que su acompañante parecía no darse por enterado y Jason, esperando pacientemente a que Jordan se dignara a soltar lo que le rondaba la mente de una vez.

Cosa que no ocurrió hasta dos horas más tarde, sobre las once.

—Estoy metido en esto hasta el cuello, tío. No sé si puedo seguir sin... —Jordan exhaló el aire contrariado y miró a su amigo—. Sin perder los papeles.

Jason respiró hondo. Cerca, a pocos metros, dos *gatitas* bailaban. Y los miraban. A una la conocía, la había visto varias veces rondando los vestuarios del estadio cuando los Titanes jugaban de locales. A la morena no la conocía, pero ella no le quitaba ojo de encima a Jordan.

—Esto es alucinante —dijo acercándose a su amigo y señalándole con la mirada la pista de baile—. ¿Qué hago aquí aguantándote la *neura*? ¿Y por qué no te dejas de historias y echas un polvo, tío? Mañana, Dios dirá.

Jordan lo miró de reojo, valorando la situación y luego echó un vistazo a la pista.

Cuatro días desesperado por ver a Mandy. Cuatro días metido en una vorágine de trabajo que él mismo creaba con la única finalidad de no tener tiempo libre. Porque cada vez que tenía diez minutos, pensaba. En ella. En realidad, pensaba en ella siempre, pero cuando no había carretera que atender, cláusulas que negociar, promotores que visitar, casi tenía que programarse para *no* llamarla. Sacaba el móvil y seleccionaba su memoria mil veces por día. Y un segundo antes de hacer algo irremediable, volvía a guardarlo. Una llamada al día. Eso era todo lo que podía permitirse. Mandy le había dicho "si no me llamas, te vas a enterar". Una llamada estaba bien. Pero hoy no había podido hacerla. Había acabado con su última gestión hacía horas y si la llamaba, se plantaría en Camden.

Y perdería los papeles.

¿Camden y dos días con sus noches completamente libres para estar con ella? Perdería los papeles, *seguro*. Y había demasiadas implicaciones en el tema como para perderlos sin más.

No. Debía mantenerse lejos del móvil y de Mandy un día más. Llegar a Boston con tiempo suficiente para verla cinco minutos antes de que saliera al escenario, y luego, disponer de dos horas para recuperarse del efecto, y volver a ser el de siempre.

—Sí, supongo que mañana Dios dirá.

Jason le palmeó el hombro, satisfecho.

◆ ◆ ◆ ◆ ◆

—¿Qué haces aquí con este frío que pela?

Mandy volvió la cabeza y vio que Gillian se acercaba a ella, frotándose los brazos.

Era cierto. Hacía frío. Pero todos estaban en el salón, más pendientes de ella que de la película, el bendito móvil seguía sin sonar y tenía la esperanza de que el frío hiciera algún milagro con sus neuronas y volviera a ser la de antes, la de siempre. La que no se pasaba el día pensando en un hombre.

Mandy se encogió de hombros. ¿Qué podía responder?

Gillian avanzó hacia ella mirándola con picardía. Se apoyó contra la barandilla del porche, a su lado.

—Le estás dando demasiadas vueltas a este tema, Mandy.

Ya. Era consciente de eso. Pero no podía dejar de hacerlo.

—Es que es *todo* un tema, ¿sabes? —dijo al fin.

—Para el resto de los mortales, seguramente. Para Amanda Brady, no.

Mandy la miró brevemente, notó que sonreía y volvió la vista al frente, al paisaje helado.

—Amanda Brady… —murmuró— ¿y dónde está esa?

Gillian apoyó los antebrazos en la barandilla, junto a Mandy, y le tocó el hombro con el suyo, cariñosamente.

—Está aquí, ¿dónde, si no?

Ella prefirió no responder.

—No eres del tipo de mujer que se sienta y espera —dijo Gillian—. No eres del tipo que deja que un hombre marque las pautas. Ni tampoco de las que dan tantas vueltas a estos asuntos. No eres así, Mandy. Tú decides qué y cómo, y vas a por ello.

—Ya.

Con Jordan no podía hacerlo así. No sabía por qué, pero con él las cosas no funcionaban de esa manera.

—Mira, nena… Puede salir genial o fatal, pero si juegas a un juego que no es el tuyo, aunque salga genial, no lo vas a ver claro. Y creo que tampoco lo vas a disfrutar… —Gillian la miró con picardía—. Para ti el "cómo" es tan importante como el "qué" ¿o no?

—Diría que más.

—¿Lo ves? —Gillian volvió a darle un empujoncito cariñoso con el hombro—. Coge el bate y batea, Mandy… No pienses en lo que él piensa. ¿Cuándo te importó a ti lo que ellos pensaran?

Mandy movió la cabeza como si considerara las posibilidades.

—Me importa lo que Jordan piense. Ese es el problema. Y tampoco tengo claro que él… Ya sabes…

Gillian se volvió de frente a su amiga y la observó mientras hablaba. ¿Era posible que Jordan estuviera jugando tan bien sus cartas como para tenerla así de confundida? Le parecía increíble.

—Cuando volvió de Tennessee me dijo que estaba *loco por volver conmigo* —continuó Mandy, con retintín—, pero luego estuvo una semana pensándoselo, sin llamarme… Y bueno, es un encanto, como siempre, pero no veo claro que le interese. *Yo*, quiero decir…

—¿Estás de guasa?

Mandy negó con la cabeza.

—Le voy, ya lo sé... ¿a que tío no le voy? Pero no en *ese* plan, ¿me entiendes? Y seguro que piensa en todo lo que hay por medio, en que es mi mánager, amigo de Jason, casi parte de la familia… Jordan es así. Piensa en todo. Y hace bien, ésto es una locura.

—Exacto. Él es de los que lo piensan todo. Hace bien en pensárselo.

Pero tú eres de las que apunta y dispara. Y harías bien en hacerlo. Venga, Mandy… ¿Qué es lo peor que podría pasar? ¿Tan *coladita* estás que no aguantarías una calabaza suya?

Mandy miró a Gillian. Enarcó una ceja como hacía Mark cuando un tema no le gustaba, y las dos empezaron a reír.

—Sobreviviría, seguro —sentenció Mandy con toda su vanidad—. No siempre ganas cuando arriesgas, ya sabes, pero si no arriesgas…

—Exacto, preciosa. Si hay algo que me maravilla de ti es esa capacidad de hacer las cosas a tope, vivirlas mientras duran y luego seguir con tu vida sin rencores, sin reproches. Francamente, creo que seguiríais como amigos aunque algo más entre vosotros no funcionara. Por ti, porque tú eres así… Y si funcionara… —Gillian la miró con picardía. Se acercó para hablarle en confidencia—. ¿Te imaginas llegar a tu suite después de bajarte del escenario y encontrarte a ese *bellezón* sureño en tu cama?

Mandy soltó una carcajada. Gillian la miró con estudiada sensualidad e insitió en la idea, que intuyó estaba teniendo una excelente acogida.

—¿Te imaginas ese mismo plan cada noche de la semana? Dios… Necesito un tío que me alegre el cuerpo ya mismo —añadió, quejumbrosa—. No hago más que estudiar. ¡Hasta empiezo a mirar a Jeffrey con cariño, imagínate!

Al final, las dos reían. Igual que cuando eran niñas y encerradas en la habitación de Mandy hablaban de sexo a escondidas de mamá Eileen.

♦ ♦ ♦ ♦ ♦

Era muy tarde cuando Mandy encendió la luz y cogió su móvil.

No sabía qué pasaba con Jordan ni tampoco lo que pasaba con ella misma, pero, efectivamente, no era de las que se sentaban y esperaban. Llevaba horas necesitando escuchar su voz. Y él no llamaba.

Se sentó en la cama, se apoyó en el espaldar y seleccionó su memoria. Esperó, oyendo cómo los latidos de su propio corazón retumbaban en su interior mientras el móvil conectaba la llamada.

Sonó una vez, dos, tres…

Consultó el reloj de la mesilla. Eran casi las cuatro de la madrugada.

Si me hubieras llamado, no tendría que despertarte en plena noche. Así que te jodes, guapo.

Siguió sonando. Cuatro veces. Cinco. Seis. Siete…

El buzón de voz no saltó y después de dejarlo sonar dieciséis veces sin que nadie respondiera, Mandy cortó.

—Si hubieras cogido el bate y bateado, ahora no estaría follándose a otra —murmuró con los ojos clavados en la pared de enfrente—. Así que la que se jode eres tú…

Mandy apretó los párpados con fuerza.

—¡Cabrón! —exclamó, iracunda.

La siguiente andanada de rabia dejó su móvil desperdigado en trozos por el suelo después de estrellarse contra la pared.

♦ ♦ ♦ ♦ ♦

Cuando el teléfono dejó de sonar, Jordan exhaló un suspiro largo. Tomó conciencia de que llevaba reteniendo el aliento desde que había saltado de la cama a sacar el móvil del bolsillo de la cazadora, y sus ojos se habían clavado en la señal luminosa parpadeante que ponía "Mandy".

En aquel momento, el contacto de la piel caliente de la morena que había conocido en el Club Perseus contra su cuerpo desnudo le produjo un escalofrío.

—Creí que Jordan Wyatt era soltero y sin compromisos —susurró ella mientras se pegaba a él, con movimientos deliberadamente sexuales.

Jordan se apartó un poco con el móvil aún en una mano y la miró interrogante. ¿Acaso lo conocía?

—Sales en las revistas —aclaró ella—. Y además ¿quién te llama a estas horas y tú no contestas?

Jordan volvió a guardar el móvil en su cazadora sin decir nada. La mujer se acercó a él nuevamente. Sintió cómo la mano femenina se deslizaba entre sus piernas en una caricia sensual, oyó su voz suave que le decía:

—Estás helado. Volvamos a la cama.

Sí. Estaba helado. Desde que había visto el nombre *Mandy* parpadeando en la pantallita de su móvil, más que helado.

A menos cincuenta grados.

—Ya voy —murmuró con una media mueca de sonrisa mientras con la mirada le indicaba que primero pasaría al baño.

Ella le acarició el brazo.

—No tardes.

Jordan negó con la cabeza, la miró mientras ella volvía a meterse en la cama.

Estaba congelado.

Pero sentía el corazón rozando las doscientas pulsaciones por minuto.

Y la razón no era aquella morena.

CAPÍTULO 15

Jordan estaba llegando a Boston y seguía sin dar con Mandy. Sonaba, pero nadie lo cogía. Empezaba a estar atacado de los nervios, así que su siguiente intento fue hablar con Sharon.

—Soy Jordan. ¿Qué pasa con el móvil de Amanda?

Sharon le hizo señas a Mandy de que esperara. Ambas acababan de llegar al hotel después del ensayo general en el Teatro de la Ópera.

—No funciona. Acabo de darle otro, pero todavía no está conectado. ¿Dónde estás?

Mandy, que se disponía a meterse en la ducha, miró a Sharon, interrogante. "¿Es Jordan?" le preguntó, haciendo mímica con los labios, y cuando vio que su asistente asentía, un escalofrío le recorrió el cuerpo.

—A doscientos kilómetros —respondió él—. ¿Está allí?

—Sí, a punto de darse una ducha. Espera a ver si se puede poner…

Mandy respiró hondo. Se moría por oírlo.

Y tenía ganas de matarlo.

Necesitaba tiempo para ponerse en situación, de modo que le indicó a Sharon que ella lo llamaría cuando hubiera acabado. A continuación, cerró la puerta del baño, se sentó sobre la tapa del inodoro, y miró alrededor. *Jacuzzi*, aroma a lilas, velas… Extendió la mano y acarició la bata negra perfectamente doblada sobre el sillón que había a su lado. Tenía sus iniciales grabadas en el bolsillo. Y seguro que las sales serían de cereza y el jabón, de arcilla. Jordan sabía de ella todos los detalles, hasta el más mínimo. Conocía incluso sus preferencias en cuanto a higiene femenina a pesar de que nunca se lo había consultado. Con su meticulosidad habitual, se encargaba de que todo estuviera exactamente como a Amanda Brady le gustaba.

¿Pero qué sabía Jordan de Mandy, la mujer?

Si había sido capaz de estar cuarenta y ocho horas sin dar señales de vida, desde luego, no lo bastante.

Era hora de abrirle los ojos a aquel vikingo.

Jordan recorrió los doscientos kilómetros restantes de trayecto, circulando por encima del límite de velocidad. Mandy no lo había llamado después de ducharse. A menos que para hacerlo necesitara dos horas.

Desde el lunes llevaba mal no verla. Pero a partir de que ella lo llamara de madrugada y él no contestara después de dejarlo sonar dieciséis veces, la cosa se había puesto *malísima*. Sabía con certeza lo que Mandy habría deducido; que él estaba en la cama con otra mujer y por eso no atendía.

Y ahora, vete tú a saber lo que estaría pensando.

Algo, sin embargo, estaba claro. Si no se había puesto al teléfono ni le había devuelto la llamada, no podía ser nada bueno.

Había vuelto a intentarlo, pero esta vez, Mandy estaba en una entrevista, y era cierto; él mismo la había concertado con un periodista del *Country Today*.

Tan pronto los del equipo vieron aparecer a Jordan, marchando a paso vivo por el túnel que llevaba al área de camerinos, varios atinaron a acercarse para ponerlo al día: Sharon, Harry Newland, uno de los técnicos de sonido... Un simple gesto de la mano sirvió a las mil maravillas para dejarlos a todos con la palabra en la boca.

Jordan golpeó dos veces la puerta del camerino de la cantante. Entonces, vio en su reloj que faltaban cinco minutos para que empezara el concierto y no esperó a que ella contestara; abrió la puerta y entró.

Mandy volvió la cabeza y sonrió al verlo. Tras colocarle el microauricular, el asistente le estaba ajustando el aparato a la cintura trasera de los pantalones.

—¿Te molesta?

Mandy le guiñó un ojo a Jordan y sonrió al chico.

—¿Aterrizamos en la Luna y no podemos inventar algo más cómodo que esto? Te hace polvo la oreja…

—Lo propondré a la NASA —comentó el asistente divertido, y salió a prisa del camerino después de saludar a Jordan con un movimiento de la cabeza.

Ella dio una vuelta completa sobre sus tacones y lo miró sonriendo.

—¿Qué? ¿Estoy bien?

Jordan la recorrió con la mirada.

Mejor que bien.

El negro la favorecía y la nueva Amanda Brady, la que vestía ropa más casual y bastante menos sugerente, a Jordan le parecía infinitamente más sensual. Camiseta negra de mangas tres cuartas con cuello princesa. Pantalones de cuero negro de corte recto. Botas negras, sobrias, de tacón muy alto. Los escotes, los ceñidos y la provocación brillaban por su ausencia. Y aún así…

—Preciosa —admitió él, y se esforzó porque su sonrisa fuera tan natural como su cumplido.

Mandy sonrió agradecida y se acercó a él, acomodándose el cinturón.

—Y dime… —dijo, arreglándose el cabello coqueta— Tú… ¿qué tal?

Jordan se recostó contra la puerta cerrada y asintió varias veces con la cabeza.

—Fue muy bien.

Hablaba de trabajo.

—¿Sí? —preguntó, ilusionada.

—Sí —repitió él con una sonrisa satisfecha—. Muy, muy bien.

—Genial —Mandy se puso las manos en los bolsillos de atrás de su pantalón y lo miró con la cabeza ladeada—. ¿Y anoche? ¿Qué tal fue?

Jordan apartó la mirada. Ni le gustaba hablar de sus asuntos personales ni tampoco cómo habían resultado las cosas.

Y no tenía la menor idea de qué responder.

Pero Mandy no lo dejó procesar. Apartó el micro hacia atrás y completó la distancia que los separaba. Luego, sin mediar palabra, tomó la cara masculina entre sus manos y lo besó.

Fue un beso suave, sensual, con sabor a menta, que Jordan devolvió instintivamente, tan sorprendido como ella del montón de sensaciones que a ambos les navegaban por la sangre...

Tan sorprendido como ella, al comprobar que en vez de apartarse, de parar y pensar —que era lo que debió haber hecho—, la atrajo más hacia él, tomándola por la nuca, y se coló en su boca con voracidad.

—No siempre funciona ¿no? —susurró ella sobre sus labios, robándole besos pequeños—. A veces, solamente tu cuerpo está ahí. Lo demás, está muy lejos…

Para cuando unos golpes en la puerta les hicieron saber que Mandy tenía que salir al escenario, los estremecimientos de los dos eran evidentes para ambos.

Mandy suspiró. Él continuó acariciándole la frente con los labios, aturdido.

—Tengo que irme —murmuró ella al tiempo que respiraba hondo, intentando recuperarse. Luego, lo miró con una sonrisa pícara en su rostro—. Gracias por inspirarme. Hoy seguro que lo bordo...

Jordan apenas sonrió mientras se apartaba. Abrió la puerta y la dejó salir. La miró alejarse por el túnel. La vio echarse un vistazo en un cristal y retocarse el contorno de los labios con la punta de los dedos. Entonces, ella se volvió brevemente y le regaló una sonrisa. Continuó camino hasta que él ya no la vio más. En su lugar, oyó las ovaciones y los aplausos que conformaban un ruido atronador.

Jordan volvió a meterse en el camerino y cerró la puerta.

Y volvió a tomar conciencia de sí mismo.

Aún continuaba temblando...

Y queriendo más. Más de aquella sensualidad que lo agitaba como una maraca. Más de aquella ternura que estaba ahí siempre, en el fondo de sus ojos, en el tono de su voz, en sus modos desenfadados...

Más de Mandy. De toda ella.

¿Cuánto hacía desde la última vez que había sentido aquellos labios carnosos, acogedores sobre su piel?

Más de diez años.

Dios... ¿Cómo había podido pasar diez años sin eso?

◆ ◆ ◆ ◆ ◆

Jordan había hecho mucho más que inspirarla. Le había confirmado que hoy, ahora, lo que necesitaba era precisamente él. Saberlo le había puesto el ánimo por las nubes. También sabía que él, sin embargo, sería cauto. Y eso le gustaba. Aunque no fuera propensa a pararse y pensar, aunque la gente que meditaba mucho las cosas le resultara terriblemente aburrida, Mandy tenía claro que hacía falta que alguno de los dos mantuviera la cabeza fría. Y ella, por descontado, no iba a ser.

De camino a los camerinos, firmaba autógrafos a los fans y agradecía felicitaciones como siempre, mientras interiormente no dejaba de preguntarse qué sucedería cuando volvieran a verse las caras.

Jordan iba a querer mantener una conversación seria. Mandy estaba segura de ello; él era ese tipo de persona.

Pero cuando abrió la puerta del camerino, él no estaba allí. Tampoco en la limusina que la llevó de regreso al hotel.

Mandy sonrió ante sus propios pensamientos.

¿Te he dejado nocaut, guaperas?

◆ ◆ ◆ ◆ ◆

Efectivamente, así había sido. Lo había dejado fuera de combate. Sin embargo, cuando los latidos de su corazón se serenaron y la sangre recuperó temperatura normal, el cerebro de Jordan volvió a hacer lo que estaba programado para hacer.

En un pub cerca del hotel, ante su segundo Chivas Regal servido en un vaso de boca ancha con dos piedras de hielo, Jordan analizó cuidadosamente la situación.

Estaba completamente loco por Mandy. Llevaba diez años colado por ella. ¿Qué posibilidades tenían de ser algo más de lo que eran, y que saliera bien? ¿Qué buscaba Mandy exactamente con él?

Se sentía como un idiota preguntándose esas cosas, pero si cualquier otra mujer lo hubiera besado, él lo tendría claro. Con Mandy, no. Con ella podía significar cualquier cosa. Desde simple coqueteo a "solo sexo". Y viniendo de aquella mujer le apetecía cualquier opción, pero no todas eran viables. En realidad, solo una lo era; que ella estuviera tan loca por él como él lo estaba por ella. Cualquier otra opción, le haría un daño terrible, uno del que no se recuperaría.

Si se acercaba tanto a ella, si ella al final "cambiaba de marca" como le había visto hacer montones de veces a lo largo de los años… Jordan se había pasado toda la semana desesperado por verla, y evitándola por miedo a perder el control. Y ahora, acababa de caer en la cuenta de que ya no dependía de él. Mandy, para variar, había cogido el buey por las astas.

Jordan apuró su whisky y se puso el abrigo.

Había vuelto junto a ella por una razón. Posiblemente, no estuviera preparado para el cambio de tercio que Mandy había impuesto al tema, pero su razón, la que lo había hecho regresar junto a ella y aceptar su "nuevo proyecto" continuaba tan viva como el primer día.

◆ ◆ ◆ ◆ ◆

Mandy no estaba en su suite, tampoco en la de Sharon así que Jordan se dirigió al *lounge* del hotel.

Ella, que estaba allí charlando con Harry y Jarvis, el único del grupo que había desistido de hacer un tour de locales por Boston, lo vio antes de que los ojos de Jordan la localizaran, sentada a la barra. Él, para variar, estaba hablando por el móvil y Mandy decidió disfrutar de esos segundos de mirar sin ser vista. Él vestía un chaquetón marinero azul, unos elegantes pantalones a juego y calzaba botas cortas negras. El abrigo estaba abierto, lo que permitía ver que debajo llevaba uno de esos jerséis gruesos con motivos alpinos.

La manera en que la atención de los presentes se concentraba en él a medida que avanzaba mostraba claramente que no pasaba desapercibido ni siquiera a los de su mismo sexo. Algo que a Mandy no le extrañó en absoluto, ya que en su opinión, Jordan era sencillamente un hombre espectacular.

Fue cuando él se disponía a guardar el móvil tras acabar de hablar, que la vio. No lo pensó dos veces y se dirigió directamente hacia ella al tiempo que desconectaba el aparato; no quería interrupciones.

—¡Jordan! ¿Dónde te habías metido, hombre? —dijo Jarvis, dándole la bienvenida— Trish me tenía asfixiado…

Los ojos de Jordan se detuvieron brevemente en Mandy de camino hacia Jarvis.

—¿Por qué te tenía asfixiado? —Jordan palmeó el hombro de Harry ignorando la mirada con mensaje que le devolvió Jarvis a modo de respuesta—. ¿Todo bien?

—Diez puntos —respondió el responsable de seguridad de Mandy— ¿Qué bebes?

—Tónica. Gracias —respondió mientras se quitaba el abrigo. Luego, se dirigió a Mandy—. Buen concierto. Me gustó.

—¿Buen concierto? —soltó Jarvis riendo— ¿Pero cómo eres tan tibio, tío? ¡Estuvo descomunal!

—¿A qué sí? —terció Mandy, riendo. Miró a Jordan con picardía—. Hoy estaba muy inspirada… No sé, me encanta Boston…

El barman sirvió la tónica y Jordan exhaló un imperceptible suspiro de ansiedad. Había llegado el momento de poner las cartas boca arriba.

—Tenemos que hablar… —dijo echándole una mirada rápida a Mandy. Luego, se concentró en coger su tónica y el abrigo, dispuesto a dirigirse hacia alguno de los cómodos sillones que había cerca de los ventanales.

—¿Has pedido hora a mi asistente?

Jordan la miró con un cuarto de sonrisa y no pronunció ni una palabra.

Vale, la cosa no estaba para bromas, pensó Mandy, que se apresuró a recoger su copa y despedirse de los demás.

Siguió a Jordan hasta unos sillones donde ambos tomaron asiento. Mandy esperó pacientemente, disfrutando con anticipación de las consecuencias de haberlo puesto en jaque. Disfrutando tanto, que le estaba costando horrores mantener a raya la sonrisa que pugnaba por salir y delatarla.

Jordan se tomó su tiempo antes de empezar, pero cuando lo hizo no se anduvo por las ramas. La miró y disparó a bocajarro:

—¿Movías ficha o solamente liberabas presión?

Mandy sonrió. Aquellos preciosos ojos azules la estaban taladrando, como si quisieran escudriñar dentro en busca de la verdad.

—¿Y qué más da?

La mirada de él se volvió mucho más intensa, y su expresión, seria. Mandy en cambio, continuó observándolo relajadamente.

—Da más —sentenció él—. Si solamente has quitado el corcho, te diría que nuestro contrato no incluye servicios personales. Pero si has movido ficha... Entonces, voy a querer que me aclares un par de cosas para que yo, a mi vez, pueda aclararte otro par.

Mandy se arrellanó en el amplio sillón.

—Soy una mujer y te besé. ¿Necesitas un experto en códigos para entenderlo?

Él continuó mirándola en silencio, expectante. Mandy sonrió suavemente, y descodificó el mensaje.

—Me gustas, Jordan. Me pareces un tío espectacular. Y te besé. Esto es lo que hay... ¿Ahora, qué?

Jordan se estremeció. Mandy no había quitado el corcho para liberar presión. Había sido un movimiento de ficha en toda regla. Su voz, sin embargo, sonó contenida y segura cuando habló mirándola directamente a los ojos:

—Uno: en público, ni me mires. Dos: esto queda entre tú y yo. Ni una palabra a los chicos del grupo, ni al personal, ni a tu familia ni a la mía. Privado total, ¿está claro?

Mandy asintió y bajó la cabeza para esconder la sonrisa tridimensional que lucía en su cara. Se moría de ganas de subir a la mesa y bailar, más feliz que unas pascuas.

Acababa de poner a aquel vikingo exactamente donde quería; a dos besos de su cama.

CAPÍTULO 16

Mandy apuró su tónica sin mirar a Jordan. Tenía que esforzarse para mantener a raya la sonrisa. Después de tantas semanas, le parecía increíble que los dos se encontraran en un tercio diferente. Y además, Jordan no había dicho "ni lo sueñes". Había puesto sobre la mesa las normas de la casa, lo cual era una forma de darle luz verde. Solo con pensar que él pudiera estar planteándose tener *algo más* con ella...

Se le reía el alma.

Pero a pesar de que a Mandy le hubieran gustado aquellos besos, y de que estaba más que feliz con el cambio de tercio, era una mujer. Una que había descubierto que le importaba, y mucho, lo que aquel hombre pensara de ella y él le había dicho que *no le gustaba* la parte juerguista de su personalidad.

—¿A qué hora tengo esa sesión?

—Siete y media —respondió él, y dejó que sus ojos volvieran a recorrer el cuerpo de aquella preciosidad por la que, desde hacía unas horas, estaba mucho más loco que antes.

Mandy se puso de pie y cogió sus cosas.

—¿Por qué son siempre tan temprano? —comentó sin mirarlo. Jordan se levantó de su asiento como un resorte. ¿Ya se iba?—. Ni yo puedo tener buena cara a esas horas...

¿Bromeas? Tú siempre estás preciosa.

—¿Las prefieres más tarde? —preguntó él, con expresión seria.

Mandy se despidió de Harry y Jarvis, que aún seguían en la barra, con un movimiento de la mano, y se dirigió hacia los ascensores.

—¿Quién prefiere que le hagan fotos a las siete y media de la mañana, Jordan? —dijo risueña—. Estoy roque a esas horas. Da igual cuándo me haya acostado.

Las puertas del ascensor se abrieron y ambos entraron.

—Roque sigues igual de preciosa —comentó él sin mirarla cuando las puertas volvieron a cerrarse—. Pero si prefieres otra hora, las próximas serán a otra hora.

Mandy lo espió por el rabillo del ojo. Él tenía las manos enlazadas en la espalda y los ojos fijos en el tablero luminoso que, cerca del techo, indicaba el movimiento del ascensor de piso en piso.

—¡Qué amable! Gracias —replicó, con coquetería.

Le encantaba picarlo. Desde que habían compartido besos, más. Le causaba una gracia tremenda haberlo "descolocado" de semejante manera.

—De nada.

Mandy se recostó contra la pared lateral y lo miró abiertamente, estudiándolo. Era tan escueto y a la vez tan explícito en todo lo que decía… En él no había insinuaciones. No había frases a medias. Se preguntó si en lo personal sería igual de escueto y explícito. Sonrió ante el pensamiento que le cruzó la mente.

—¿Por qué no me llamaste el jueves?

Jordan la miró de reojo con su sonrisa seductora. Ella no estaba preparada para oír la verdad ni él para decírsela. Por lo tanto, tocaba maniobra de distracción. A ver qué tal resultaba.

—Ya lo sabes. ¿Por qué preguntas?

Las puertas se abrieron en la quinta planta antes de darle tiempo a contestar, pero Mandy ya había empezado a reír. Salieron del ascensor y se dirigieron hacia su suite caminando uno junto al otro.

—¿Esperas que me trague que esa niña te tuvo tan ocupado?

Jordan le echó otra mirada de reojo, pero no respondió. En cambio, continuó andando con una sonrisa en los labios. Mandy soltó una carcajada.

—¿En serio? ¡Venga, Jordan…! ¿Quién era?, ¿la mujer atómica?

Ambos se detuvieron frente a la puerta de la habitación de Mandy. Jordan tomó la tarjeta electrónica de la mano de ella y abrió la puerta. Mandy entró, pero no mostró intención alguna de dejarlo pasar. Permaneció junto al marco de la puerta, escrutándolo.

—No te creo. Te estás marcando un farol.

—El atómico soy yo —replicó él—. Y tú, puedes creer lo que te de la real gana…

Y lo dijo mientras la miraba a los ojos, lo que le permitió comprobar que la expresión de Mandy pasaba de pícara a sorprendida. En otras palabras; maniobra de distracción culminada con éxito.

—Vale. Es tarde. Me voy a dormir —dijo con una gran sonrisa. A continuación, hizo el ademán de acercarse a él, pero dejó el movimiento a medias y lo miró—. ¿La puerta de mi suite se considera público o privado?

Jordan sonrió meneando la cabeza. Quizás el éxito todavía no estaba decidido. Ella acababa de poner en marcha su contra-maniobra.

—Público, ¿no? —añadió ella, toda picardía—. Mala suerte. Que descanses, Jordan.

—Si doy un paso hacia ti, ya no va a ser público.

Pero fue Mandy quien lo dio. Dio un paso fuera de la habitación y se colocó frente a él. Lo miró a la cara con total desafío, y cuando empezó a hablar su voz sonó tan desafiante como sensual.

—Me gustas, Jordan —él la miró desde su altura con los ojos brillantes—, así que voy a ser buena —él tragó saliva y se concentró en que la expresión de su cara no mostrara el maremoto que estaba teniendo lugar allí mismo, en su interior—. Voy a descubrir una de mis cartas y te voy a dejar verla, ¿de acuerdo?

Él continuó en silencio. Mirándola. *Admirándola,* como llevaba haciendo desde hacía años.

Y deseándola, como nunca había deseado nada ni a nadie.

—Te besé —continuó ella, mirándolo a los ojos con dulzura—. Podría repetirlo. Puede que, de hecho, lo haga; besas muy bien —él respiró hondo, se puso las manos en los bolsillos—. Pero si hay algo más que esos besos entre tú y yo, no va a ser por mí. Has dicho que esa parte de mi personalidad no te gusta y me he dado cuenta de que me importa lo que pienses de mí. Así que… esta es mi carta descubierta; no te lo voy a poner fácil.

La mirada de Jordan hacía innecesaria cualquier explicación, pero aún así la dio.

—Lo sé.

Mandy asintió.

—Vale. Entonces, hasta mañana, Jordan —añadió, y desapareció tras la puerta de su habitación.

Él respiró hondo con los ojos clavados en la puerta cerrada.

Diez años esperando que lo que compartieran fuera más que conversaciones sobre conciertos y sesiones fotográficas, y allí estaba, sucediendo ante sus propios ojos.

Mandy había dicho que su carta descubierta era dejarle saber que no se lo pondría fácil, pero ambos sabían que no era esa. La verdadera carta era otra; a ella le importaba lo que él pensara.

Casi tenía que pellizcarse para convencerse de que no soñaba, de que aquella preciosidad que había vivido su vida según sus propios criterios, sin hacer caso siquiera de lo que dijera su propia familia, a la que adoraba, estuviera admitiendo ante él, que le importaba su opinión.

Había sido una gran concesión la que ella le había hecho admitiendo algo así. Una que Jordan se proponía aprovechar al máximo.

◆ ◆ ◆ ◆ ◆

Jordan le echó una mirada a Sharon que a ella debió resultarle tan explícita que volvió a cerrar la puerta del camerino después de farfullar una disculpa. Mandy bajó la cabeza para evitar que él la viera reír.

Desde los escasos cinco minutos que habían conseguido arañar a primera hora de la mañana, después de la sesión fotográfica, no habían vuelto a estar en un mismo lugar a solas en todo el día. Cuanto había podido complicarse lo había hecho, incluido la avería de dos equipos.

—¡Qué día! —se quejó él, apoyándose contra la puerta, frustrado—. No puedo creer que no hayamos podido tener cinco minutos tranquilos…

Mandy se recostó contra la puerta, a su lado, y lo miró con expresión divertida.

—Pues están a punto de avisarme que me toca subir, así que…

Desde esa distancia él no solamente tenía una panorámica preciosa de los hombros delicados de aquella mujer, también olía a Mandy.

Dios… *Donna Karan. Jazmín.*

No le gustaba esa fragancia hasta que ella empezó a usarla. Y desde aquel momento, le pareció el aroma más embriagador del universo. En nadie olía tan bien. Se le iba la cabeza. Literalmente.

Jordan respiró hondo.

—Va a haber que poner más atrás los cordones de seguridad, porque como te huelan, saltarán en masa sobre el escenario.

Una sonrisa inmensa iluminó la cara de Mandy.

—Vaya, gracias…Y gracias por la rosa del desayuno.

—¿Qué rosa?

Jordan la miraba de reojo, sonriendo con picardía.

—¿No era tuya? ¡Pues ahora qué comecocos! —volvió la cabeza y lo miró. Él ya no sonreía y su mirada se había vuelto intensa—. Porque si no es tuya, ¿de quién es?

Era suya.

Jordan no respondió. Cada vez que la miraba, perdía la noción de todo. Desde la noche anterior, cuando había vuelto a sentir el contacto de su boca caliente, la firmeza de su cuerpo, todos sus sentidos estaban completamente despiertos. Atentos a cada gesto, a cada mensaje, a cada

109

movimiento. No podía dejar de mirarla. Ni podía dejar de sacudirse interiormente. Esos besos de Mandy habían agitado tanto sus sentimientos como sus emociones. Habían sacudido un amor que, aletargado, esperaba en un rincón de su corazón ,y habían encendido un deseo básico, primario, que también dormía en su sangre. Y ahora, rugía.

—¿Cenamos en tu suite después del concierto? —le preguntó, intentando mantenerse sereno.

Mandy sonrió.

—¿Me estás preparando la cama, *guaperas*?

—Sí.

Había sido un "sí" envuelto en un suspiro largo. Jordan se sentía a punto de explotar, de desbordarse sin control. Y ella, evidentemente, se había dado cuenta.

La vio bajar la vista unos instantes justo cuando alguien le avisaba que tenía que salir al escenario. Ella continuó donde estaba, moviendo suavemente la cabeza y considerando la situación.

Al final, se apartó de la puerta mirándolo con suavidad. Jordan sonrió, le acarició un mechón de cabello con un dedo.

—Tengo plan para esta noche —respondió Mandy con ternura—. Lo siento.

Puso una mano en el pomo y lo miró instándolo a que se apartara de la puerta.

Jordan no podía decir que no lo hubiera imaginado. Haber admitido que su opinión le importaba había sido una gran concesión, pero no dejaba de ser algo que la hacía sentir vulnerable. Los Brady odiaban sentirse así. Y como una buena Brady que era, le estaba plantando cara a esa vulnerabilidad.

Jordan asintió, y se apartó de la puerta sin dejar de mirarla.

Ella, que ya estaba en el corredor cuando él la llamó, se volvió sonriendo suavemente.

—Tu plan de esta noche soy yo —dijo él. Ella ladeó la cabeza y lo miró divertida. Jordan se creció—. Es lo que nos apetece. A ti y a mí.

—No voy a cenar contigo en mi suite —dijo Mandy riendo—. ¿Qué propones?

Los ojos de él se iluminaron.

—¿Y en la mía?

Mandy meneó la cabeza sonriendo y empezó a alejarse en dirección al escenario. Jordan la siguió muerto de risa. No había resistencia, ella solo jugaba.

—Vale, vale, vale... Te debo cena y baile ¿no? —buscó su mirada. Ella asintió varias veces con la cabeza—. Bien. Entonces, ponte zapatos cómodos…

Lo vio hacerle un guiño con aquella expresión *superseductora*, y respiró hondo. Dios, cuánto le gustaba él y cuánto le gustaban sus maneras... Subió al ascensor que la llevaba al escenario, sin dejar de sonreír.

¿Noche de cena y baile con aquel vikingo solo para ella?

La sonrisa de Mandy se hizo más grande.

Estaba a punto de dar *otro* concierto espectacular.

◆ ◆ ◆ ◆ ◆

Jordan y Mandy habían disfrutado de una cena variada en un restaurante, a las afueras de la ciudad, principalmente frecuentado por universitarios, donde las carnes y las verduras las cocinaba cada comensal en una parrilla gigantesca de forma circular. Ahora, tomaban una copa en la barra del Wally's Café.

Acostumbrada a que todos intentaran deslumbrarla, la normalidad de las elecciones de Jordan le parecía un auténtico descubrimiento.

—¿Cómo…? —Mandy apoyó la cabeza sobre la palma de la mano, y formuló su pregunta de otra forma—. No entiendo cómo pudiste acabar con alguien como ella. ¿Qué hacía cuando la invitabas a sitios así?

Por "ella" se refería a Tyler Bradford.

—No la invitaba a sitios así.

Estaba claro. Tan claro como que él estaba evitando contestar a la primera parte de su comentario. Bien. Era hora de cambiar de tema.

—¿Voy a participar en el *Bayfest* el año que viene? —preguntó Mandy sonriendo con su cara de niña feliz.

—En el *Bayfest*, el *Fan Fair* y el *Country Thunder*, sí.

—¡Que bien! —dijo, y tocó con su tónica el vaso de *bourbon* de Jordan— ¡Chinchín!

Mientras él se quitaba el jersey, Mandy aprovechó para echarle un vistazo a su indumentaria. Excepto por la prenda que acababa de quitarse, que era de un blanco refulgente, vestía de negro, camisa *supermoderna* y pantalones de corte recto. Zapatos de gamuza acordonados, también negros.

Impresionante.

Jordan la sorprendió mirándolo y sonrió; ella le devolvió la sonrisa y apartó la mirada.

—Me ayudó a relacionarme en Nashville —continuó él, retomando el asunto Tyler Bradford. Había sopesado bien cada palabra antes de pronunciarla; lo que podía decir para responder a su pregunta, y lo que

111

no debía decir si quería evitar que ella echara a correr despavorida.

Mandy se removió incómoda en su butaca.

—Ya.

—Tú sabes de qué va esto. Otra mujer, no, pero tú sí… —añadió, y la miró travieso—. Estábamos a lo que estábamos. Nada más.

—¿Era ella la del jueves?

Jordan frunció el ceño. ¿Sabía que él había estado en Nashville? A Jason no se le podía haber escapado esa información, así que ¿cómo lo había averiguado?

—¿Eso no es mucho preguntar?

Mandy soltó una carcajada. El desparpajo de aquel vikingo le gustaba cada vez más.

—Tienes razón. Besarte me dejó un poco alucinada. No me hagas caso….

Y a él.

Cada vez que el recuerdo de aquel momento ardiente regresaba a su mente, tenía que programarse para frenar la sonrisa de satisfacción que forcejeaba por salir, y dejarlo completamente al descubierto. Y lo peor, era que con el recuerdo volvían las sensaciones, arrasando todo vestigio de racionalidad, llevándoselo todo por delante.

El móvil de Mandy empezó a sonar, devolviendo a Jordan a la realidad, pero solo durante un instante. Lo bastante como para enterarse de que quien llamaba era Gillian. Luego, volvió a dejar la realidad para sumergirse de lleno en sus sensaciones, mucho más intensas después de aquellos besos compartidos.

Era tan hermosa, con esa belleza inapelable, perfecta, que resultaba imposible no fijarse en ella. Era preciosa sin necesidad de esforzarse en parecerlo.

Cuando Mandy aparecía en su campo visual, los ojos de Jordan parecían no obedecer instrucción alguna. La seguían, hechizados, recorriéndola una y otra vez, como si nunca tuvieran bastante. Empezaban por donde empezaban casi siempre, por sus ojos claros, y bajaban por cada curva del camino, regocijándose en la visión...

La mayoría de las veces, a mitad de recorrido él se obligaba a dejar de mirar. Otras, como ahora, lo intentaba sin conseguirlo.

De la cintura baja de los pantalones negros asomaba un tanga color fucsia, igual que su jersey. Concentrada en la conversación que mantenía con Gillian, Mandy se había inclinado hacia delante para apoyar los codos en la barra, y la posición hacía que una parte pequeña de su espalda, apenas visible, entre el borde del jersey y la cintura de los pantalones, quedara expuesta.

Jordan no conseguía apartar los ojos. Su mente no dejaba de mandar mensajeros químicos que se clavaban en el centro de su cuerpo, justo entre las piernas y allí, explotaban peligrosamente.

Peligrosamente para un sitio tan concurrido, un contacto que no debía suceder en público y un corazón que, pese a todo, continuaba teniendo un miedo espantoso a quedar tan expuesto como aquel tanga rosa del que no podía quitar la vista.

Se esforzó por volver a sus ojos, y de ahí, a su boca. Mandy reía.

Con todo lo que su belleza exterior lo dejaba grogui, lo verdaderamente importante era otra cosa. No estaba tan colado por ella por nada que pudiera verse. Eso solamente añadía combustible a un fuego que ardía hacía mucho tiempo.

Lo que a Jordan lo enamoraba de verdad, desde que era un crío, era la dulzura espectacular que fluía de ella y lo envolvía todo. Ni dos años hundida en alcohol y rodeada de malas compañías había conseguido alterarla. Estaba en ella aún cuando jugaba a ser la Mandy caprichosa y rebelde. Y ahora, desde que había tomado nuevas decisiones y cambiado el rumbo de su vida, empezaba a verse también en sus actitudes; estar con ella era mucho más fácil que antes.

—¡Ya somos familia numerosa otra vez! —exclamó Mandy con una sonrisa inmensa después de dejar el móvil sobre la barra—. Desde esta mañana somos dos más…

—¿Mark se está estrenando como padre de acogida?

—Sí. Hoy a media mañana lo llamaron de urgencia para pedirle que se hiciera cargo de dos hermanitos. No tienen madre y el padre está en la cárcel. Vivían con la abuela, pero a la pobre mujer le dio un ataque… —Mandy suspiró—. Vaya historia… pobres críos…

—Bueno, ahora están con los Brady, así que su historia ha pasado de mala a fenomenal.

Mandy sonrió. Lo miró con ternura.

—Me muero de ganas de ir a casa… ¿A qué hora nos vamos mañana? Me gustaría comprarles algo antes de embarcar…

—El vuelo sale antes del mediodía, a las once y pico.

La vio asentir sonriendo y luego titubear.

—¿Y tú? ¿Vienes, o estás de viaje?

—Estoy de viaje, pero voy —replicó él, divertido. No quería ponerse serio. Esos viajes eran necesarios aunque a él se le hicieran eternos.

Mandy lo miró interrogante.

—Estaré en Camden un par de días —aclaró él—. El martes salgo de viaje.

Ella asintió.

—¿Hasta cuándo? —añadió al cabo de un rato, sin mirarlo.

Pero entonces, el móvil de Mandy volvió a sonar. La vio mirar la pequeña pantalla y esta vez, no hubo sonrisas. Algo hizo que él siguiera atento a cada palabra que ella decía.

—Sí… Tienes razón. Surgió un imprevisto y se me olvidó completamente… —Mandy calló de repente.

Obviamente, del otro lado de la línea acababan de tomar la palabra y no la soltaban.

Dios… ¿Era verdad? ¿Habías quedado?

Jordan la miraba con incredulidad. Pero Mandy volvió a hablar y él se obligó a concentrarse en lo que ella decía.

—Oye… Lo lamento. He tenido un día durísimo y se me pasó…

Mandy volvió a callar, y a escuchar.

Jordan tensó las mandíbulas. De modo que mientras él se moría por diez minutos a solas con ella...

Joder, Mandy.

—Lo lamento. ¿Qué quieres, Pete? ¿Qué me flagele con un látigo de siete puntas?

Otra vez la interrumpían.

¿"Pete"? ¿Y quién es Pete?

—Voy a cortar —dijo Mandy de muy mal humor—. Cuando pueda te llamo. Cuídate.

La vio volver a dejar el móvil con evidente incomodidad. Luego, ella apuró su tónica.

Él respiró hondo.

Vale, Jordan. Tranquilo, tío.

—¿Lo conozco? —preguntó él, seductor.

Mandy ocultó detrás de una sonrisa pícara, la sorpresa que le produjo que él hiciera semejante pregunta.

—¿Por qué quieres saberlo? —replicó, y apartó la mirada rápidamente para ponerla en el barman al que acababa de hacer señas para que se acercara—. ¿Quieres otro *bourbon*?

Jordan negó con la cabeza y continuó estudiándola. Ella hablaba con el barman, le pedía otra tónica y parecía tan normal…

—Me gusta saber con quién compito —respondió Jordan al fin, y disfrutó del panorama.

La vio quedarse cortada un momento, luego erguirse en un gesto muy característico de los Brady y volver la cabeza para mirarlo.

—¿Crees que esto es una competición? —dijo Mandy. Él asintió masculino; ella sonrió con ironía—. ¡Venga ya, Jordan, por favor…! No hay competición porque no hay nada que ganar, ¿sabes? No vas a quedarte con la chica. Y él tampoco. La chica solamente se divierte, nada más.

Jordan la miró con ternura.

—¿En serio?

Mandy asintió, mantuvo la mirada.

—¿En serio? —repitió, divertido. Ella volvió a asentir. Entonces, Jordan se acercó un poco a ella y le habló bajito—. Piénsalo mejor, Mandy.

Al oírlo, la imagen de la *muñequita de quirófano* regresó a su mente, disparando unos celos insoportables. Los mismos de la noche de la entrega de premios. Se preguntó que pasaría si él y aquella *barbi*… Y no fue capaz de completar la frase en su mente.

Como si le hubiera leído el pensamiento, Jordan asintió varias veces con la cabeza.

—Ni te interesan ni te apetecen. Hoy por hoy, nos interesa esto. Podemos aceptarlo sin más y vivirlo a tope… O jugar a las escondidas. Pon tú las reglas. Mientras sean equitativas, para mí estarán bien.

Mandy bebió un sorbo de su bebida, ganando tiempo para responder.

Jordan aprovechó el momento para volver a la carga con cara de niño que no ha roto un plato.

—Voy a ser buenísimo. Voy a descubrir una carta y dejar que la veas —empezó él, imitándola. Ella le regaló una mirada burlona—. Seguiré aquí, Mandy. Pase lo que pase entre nosotros, pase lo que pase con "ellos" y "ellas"… Voy a seguir aquí, contigo.

Debía resultarle amenazador. A la Mandy de otras épocas le habría disparado todas las alarmas. A esta, curiosamente, le resultó un alivio. Tuvo la impresión de que, por primera vez en toda su vida, algo, fuera del rancho Brady, era estable, firme. No dependía de las circunstancias ni de los estados de ánimo, ni de los errores que pudiera cometer. Era seguro y permanente como el afecto de sus padres, de sus hermanos, de Gillian.

—No era hoy —dijo ella al cabo de unos instantes.

—¿Qué no era hoy?

—La cita —Mandy respiró hondo, y lo miró—. Era ayer.

El corazón de Jordan latía tan fuerte que, instintivamente, se apartó un poco. Tenía la sensación de que de otro modo, ella lo oiría retumbar.

—¿Mentiste? —preguntó él, empezando a sonreír.

Mandy se puso roja y miró a otra parte.

—*Mentiste* —repitió Jordan con una sonrisa que no le entraba en la cara.

Mandy esbozó una sonrisa incómoda. Las mejillas le ardían.

—Estuvo a punto de colar… ¿O no?

Jordan negó con la cabeza. Ya no había sonrisas y si las miradas pudieran derretir, los dos serían historia.

—Quiero más —dijo él en un murmullo.

Pensó que ella acortaría distancias, a pesar de que era una muy mala idea. O que, como mínimo, intentaría tocarlo. Una caricia discreta y corta en la mano, así como quien no quiere la cosa, al tiempo que soltaba alguna pulla y reía con aquellas carcajadas contagiosas que tenía.

Pero no ocurrió nada de eso.

La vio respirar hondo tras el primer momento de sorpresa y volver la cara, con las mejillas rojas y los ojos brillantes, como si algo hubiera atraído su atención justo al otro lado del local.

Jordan tragó saliva y aguantó el tirón.

Recordaba aquellos signos físicos... Esa forma de apartar la vista para no sentirse descubierta.

Aunque hacía más de diez años desde la última vez, los recordaba muy bien.

CAPÍTULO 17

Eran cerca de las dos de la madrugada cuando las puertas del ascensor se abrieron en la quinta planta y los dos se dirigieron hacia la habitación de Mandy.

Jordan repitió su ritual galante; tomó la tarjeta electrónica de la mano de Mandy, y abrió la puerta. Ella dio un paso dentro de la suite y se volvió sonriendo.

—Lo he pasado muy bien, gracias.

Él la observó unos instantes con expresión divertida. ¿Pensaba mandarlo a la cama sin postre otra vez? No sonaba nada a la Mandy que conocía.

—El gusto fue mío.

La sonrisa de ella se hizo más grande.

—Bueno... Hasta mañana, Jordan.

Mandy se apartó para cerrar la puerta, pero él se lo impidió. La mantuvo abierta con su mano.

—¿No te apetece que entre? —le preguntó.

La miraba con aquellos ojos de mirada serena y sus maneras seductoras... Y le preguntaba cosas tan obvias.

Claro que le apetecía. Vaya pregunta. La Mandy de hacía cuatro meses lo habría puesto a calentar motores en el ascensor hasta conseguir que fuera él quién la guiara dentro de la habitación, cerrara la puerta y empezara a desnudarla, sin mediar palabra. Pero *esta* Mandy se sentía tan seducida como vulnerable. Hacía y decía cosas que no podía evitar hacer ni decir, pero continuaba siendo, en muchos sentidos, la Mandy de siempre. Y a ella, sentirse vulnerable la enfriaba.

Además, a aquel *bellezón* sureño "no le gustaba nada el lado juerguista de su personalidad".

—Por momentos, sí. Ahora es el momento que no —respondió Mandy con sencillez, y volvió a intentar cerrar la puerta.

Jordan, nuevamente, la mantuvo abierta.

—Doble razón para entrar y esperar al momento bueno.

Notó que él le ofrecía su sonrisa de siempre. Si algo en la situación le molestaba, no era aparente. Y eso a Mandy no le gustaba: si ella se sentía vulnerable, como mínimo, quería que él se sintiera molesto.

Mandy se cruzó de brazos y soltó el bombazo.

—Doble razón para dejarlo. Reconozco que para alguien que me conoce tan de cerca como tú, estas cosas deben sonarte muy poco a Amanda Brady. Y sí, en algunas cosas he cambiado aunque no sé si tomarme muy en serio, la verdad. Soy como el viento; muy, muy cambiante... Pero en esto sigo siendo igual: cuando digo no, es no. Los insistentes me repatean, Jordan. Así que, por favor, no me repatees...

Oh-Oh.

—Perdona si te he hecho sentir incómoda... —dijo él con dulzura, sin ocultar su incomodidad. Un instante después, sin embargo, volvió a sonreír... Y a imitarla—. Tienes razón. Que me besaras me dejó alucinado. No me hagas caso...

Mandy soltó una carcajada. Aquel vikingo era dulce como la miel.

Y más listo que el hambre.

—Me voy —anunció Jordan, apartándose de la puerta—. Que descanses...

—Tú también.

Ella continuó apoyada contra la puerta mientras él empezaba a alejarse por el pasillo.

—Si te despiertas en un "momento que sí", ya sabes, no te cortes —añadió él, con expresión pícara al tiempo que se volvía brevemente.

Mandy sonrió, burlona. Él le hizo un guiño y reanudó el camino hacia los ascensores.

—Claro que voy a cortarme, Jordan —murmuró Mandy mientras cerraba la puerta—. Tú "quieres más", ¿no? Pues, *yo también.*

◆ ◆ ◆ ◆ ◆

Realmente, Jordan no esperaba que la nueva Mandy lo llamara en mitad de la noche para invitarlo a su suite, pero, por descontado, quería que lo hiciera. Llevaba dos días con el nivel de temperatura corporal subiendo imparable y todas sus alarmas se habían encendido. Concretamente a las dos y diez de la madrugada, cuando ella le había soltado en plena cara y sin atajos "que no, era no".

Pero aquella noche el teléfono de Jordan no sonó, de modo que, varias horas más tarde las alarmas continuaban encendidas y el mercurio no dejaba de subir.

La mañana siguiente se habían despedido del resto del grupo de músicos, asistentes y técnicos en el aeropuerto de Boston y cada cual había tomado su vuelo. Mandy y Jordan, el mismo.

Ella había dormido la mayor parte del viaje. Él había dedicado parte del tiempo a mirarla dormir con disimulo, y el restante, a revisar papeles.

Ahora, tras recoger las maletas, caminaban uno junto a otro en dirección al aparcamiento del aeropuerto regalándose miradas con tanta carga explosiva que ni las gafas de sol lograban ocultar del todo. Jordan empujaba el carro con el equipaje de los dos.

—¿Donde está tu coche? —preguntó él cuando entraron al aparcamiento.

—Allí —Mandy señaló su Land Cruiser negro, aparcado diez metros más adelante, en una fila con todas las plazas ocupadas.

Ella sonrió cuando él, con su gentileza habitual, le sacó la llave de las manos y accionó el mando a distancia. Jordan se encargó de poner el equipaje en el maletero y volver a cerrarlo. De a ratos, la miraba y sonreía. Luego, él abrió la puerta del lado del conductor y la mantuvo abierta para que ella subiera.

—Gracias...

—De nada —respondió masculino. Echó un vistazo rápido alrededor mientras Mandy se sentaba al volante, y volvió su vista a ella.

No cerró la puerta. En cambio, se agachó un poco, extendió una mano y le subió las gafas de sol hasta ponérselas de diadema.

Una sonrisa divertida iluminó el rostro de Mandy.

—Es un aparcamiento, Jordan. No puede ser más público... —dijo ella con suavidad, escondiendo detrás de su sonrisa, unos nervios de quinceañera en su primera cita, tan inesperados como inexplicables.

—Seguro que ese Pontiac nos guarda el secreto —respondió él, mientras se quitaba las gafas.

Mandy lo vio acercarse a ella despacio. Por momentos, sus miradas se encontraban; la mayoría de las veces, no. Ella lo miraba a los ojos; él, la boca.

—¿Puedo? —susurró él, cuando estaba a diez centímetros de sus labios.

Pero no esperó luz verde. Recorrió la distancia que los separaba sin darle tiempo a nada más, y se metió en su boca sin prolegómenos, buscándola.

—¿Te gusta así? —le dijo en un susurro caliente, en medio de un beso aún más caliente. Mandy no atinó a nada—. Mejor que me lo digas ahora...

Jordan se apartó apenas un poco, lo suficiente para dejarla respirar. Ella inspiró con los ojos cerrados, y él volvió a la carga.

—Porque exactamente igual me voy a meter entre tus piernas —murmuró, y se adueñó de la boca de Mandy en un beso voraz.

Durante unos instantes, ambos se dejaron llevar por aquel huracán de emociones que los arrancó de la realidad para introducirlos en un mundo en el que solo existían ellos dos y la pasión que crecía entre ambos. Pero entonces, en medio de sus propios estremecimientos, Jordan la sintió temblar y comprendió que había llegado la hora de largarse de allí. Con un esfuerzo que le resultó casi sobrehumano, él consiguió despegarse de aquellos labios de fuego. Se apoyó contra el marco de la puerta, y respiró a todo pulmón en un intento de recuperar el centro de gravedad.

Mandy se recostó contra el reposacabeza y lo miró en silencio. Los latidos del corazón retumbaban en su garganta. No podía pensar. No podía hablar. Solo mirarlo, y sentir cómo las hormonas rugían en su interior.

—Tomaré eso como un sí —añadió él en un suspiro largo. Con evidente esfuerzo, se apartó y cerró la puerta—. ¿Puedes conducir o quieres que te lleve?

Pretendía ser una broma, cortar la intensidad del momento, pero cuando volvió a mirarla no encontró lo que esperaba. Ella no sonreía. Continuaba mirándolo con los ojos brillantes, una expresión que él nunca antes había visto en ella.

Mandy tardó siglos en lograr articular una palabra, y cuando lo hizo la expresión que cambió fue la de Jordan.

—Sube —susurró, indicándole con un gesto de los ojos que ocupara el asiento del acompañante—. Vamos a tu casa.

Jordan volvió a respirar hondo, soltó el aire en un suspiro...

Y no se lo pensó dos veces.

Prácticamente no hablaron, y aunque no se desviaron de la ruta, les tomó dos horas hacer un recorrido que normalmente se hacía en poco más de una. Pararon cuatro veces. Para besarse sin riesgo de estrellarse.

Al llegar, entraron en el edificio donde vivía Jordan desde el aparcamiento, esperaron el ascensor y mantuvieron las distancias hasta que él abrió la puerta de su piso.

Entonces, se desató la locura.

—Vamos a la cama —murmuró él, empujándola suavemente con intención de guiarla hasta el dormitorio.

Pero Mandy se dio la vuelta sin dejar de besarlo, hizo que él la abrazara y se recostó contra la puerta cerrada del piso.

—Dios... vamos a la cama, Mandy —insistió él, besándola apasionadamente mientras manipulaba su ropa para quitársela.

—Me parece que hoy vas a hacer ejercicio —susurró ella al tiempo que le mordisqueaba los labios—. ¿Estás en forma?

Jordan exhaló un suspiro ardiente. Se apartó un poco para bajarle los pantalones.

—Dios... Si seguimos así... —dijo él, y volvió a pegarse a ella.

—¿Qué? ¿Vas a correrte tan pronto?

Cuando él sintió que Mandy le bajaba la cremallera y colaba una mano por debajo de la cintura del slip, la retuvo y habló con decisión:

—Sí. Quita el pie del acelerador.

Entonces, vio como ella le regalaba una sonrisa sensual y empezaba a abrir los corchetes de su camisa vaquera uno a uno, sin dejar de mirarlo. A continuación, la vio sacar una bolsita metalizada del bolsillo y ponérsela en el tanga.

Los ojos de Jordan siguieron el recorrido de aquellas manos, como si estuvieran encantados.

—¿Vamos bien? —murmuró ella mientras se abría la camisa de par en par.

A aquella mujer no le hacía falta un WonderBra de encaje negro, pensó Jordan, pero era lo que llevaba.

Espectacular.

Espectacular cómo el calor abrasador que se instaló en su entrepierna y empezó a treparle por la espalda cual serpiente de fuego. Sus ojos ascendieron despacio hasta encontrar la mirada de Mandy. Ella sonreía.

—¿Bonito, verdad?

Él no respondió. Volvió a respirar hondo al sentir que la mano femenina se deslizaba sobre su pierna, en una caricia larga, y la abrazó, buscándola apasionado.

—Vamos a la cama...

—No —replicó ella, jugueteando en su oreja mientras con movimientos certeros lo desnudaba prenda a prenda.

Tras liberarlo de la última y dejarla caer con una sonrisa traviesa, Mandy le rodeó el cuello con los brazos y sosteniéndose en él, se elevó y le abrazó las caderas con las piernas

—No quiero ir a la cama —añadió.

Mandy jugaba, era su estilo y a él le encantaba, pero no hoy. No, entonces.

En aquel momento, Jordan no estaba para juegos.

Él la aprisionó entre su cuerpo y la puerta. Sus besos no tardaron en volverse agónicos. Desabrochó el sostén casi con desesperación, y coló una de sus manos por debajo, mientras con la otra sostenía a Mandy.

Ella suspiró cuando sintió la mano masculina apretándole un pecho posesivamente.

Jordan volvió a ponerla de pie en el suelo sin dejar de besarla. La empujó con suavidad contra la pared y descendió por su cuerpo dejando un reguero de besos. Tomó el preservativo que ella guardaba en su ropa interior, enredó sus dedos en las tiras del tanga y se lo quitó. Ella dio el visto bueno, empujando sus caderas contra él.

Entonces, Jordan volvió a erguirse. Echó la cabeza hacia atrás, buscando aire, como si estuviera a punto de ahogarse.

Ella era su sueño hecho realidad; sensual, apasionada, ardiente...

Se iba. Su mente se iba; su cuerpo, también.

Con desesperación, se metió en la boca de Mandy, besándola apasionado mientras la empujaba con su cuerpo. Al fin, a trompicones, los dos entraron en el salón y ella se dio contra la mesa. La alzó como si fuera un pluma, y la depositó sobre la fría superficie metálica.

—Vaya dotación —susurró Mandy, dejando un rastro de besos ardientes sobre el cuello masculino, mientras su mano, igual de ardiente, le acariciaba el pene en erección plena—. Y dime... ¿follas igual de bien que besas?

Jordan exhaló una bocanada de aire que a punto estuvo de fundirla como la nieve al sol. Luego, retuvo la mano de Mandy, la retiró de la zona de peligro, y la colocó despacio sobre su propio pecho. Durante un instante, ambos se miraron ardiendo de pasión. Entonces, él tragó saliva.

—Voy a tope —consiguió decir.

La vio mover las cejas sensualmente y recorrerse despacio el filo de los dientes superiores con la lengua. Incapaz de dejar de mirarla, él se puso el condón de memoria. Sus ojos continuaron pegados a cada gesto femenino, a cada movimiento.

Al final, respiró hondo.

—No durará mucho...

En aquel momento, sin darse cuenta, Jordan dejó de hablar.

Ella acababa de echarse hacia atrás, recostando el peso del cuerpo sobre los codos. Ahora, apartaba las rodillas, ofreciéndole una tentadora perspectiva del placer que le esperaba.

—Ya —susurró Mandy—. Pero me va a encantar, ¿no?

Jordan no respondió. Permaneció inmóvil, de pie frente a ella, con los ojos clavados en aquella visión mientras sentía el corazón galopando en el pecho, y su erección pulsaba dolorosamente.

Mandy estiró la mano. Descendió con un dedo por el pecho de Jordan, a través de una manta tupida de bello rubio.

—En el aparcamiento —continuó ella, en un susurro—, me pediste que te dijera si me gustó cómo me besabas.

Los ojos de Jordan se desplazaron del rincón íntimo que se moría por explorar, a los de Mandy. Se miraron en silencio un instante; ella remató la faena.

—*Me encantó*.

Como atraído por un poderoso campo electromagnético, Jordan recorrió la corta distancia que los separaba. La rodeó con sus brazos en un abrazo pleno, lloviendo besos sobre ella, mientras por la proximidad, su miembro se enterraba en el pubis de Mandy. Sintió cómo se estremecía, en una sucesión de escalofríos que la recorrieron de parte a parte, y luego, su mano, suave, delicada, guiándolo inexorablemente hacia su vagina.

—Me enfrío...

—¿Qué?

—Que me enfrío —repitió ella, con un hilo de voz.

Él estrechó el abrazo.

—No me abraces, Jordan... *Háblame*, ¿entiendes?

Claro que entendía.

Jordan exhaló un suspiro. Empujó sus caderas, profundamente. Ella también suspiró cuando con ímpetu acompañó los movimientos de él. Pronto sincronizaron el ritmo y la pasión empezó a dispararse. Entonces, él cerró el abrazo y empezó a hablarle al oído.

Claro que entendía.

O eso fue lo que él creyó, que lo había comprendido. Mandy se refería a "fuego". Jordan le dio pasión...

Y ternura.

Toneladas de una ternura desbordante que Mandy supo que acabaría convirtiéndose en una adicción.

Emocionalmente fue como estar en el cielo.

Sexualmente... Casi.

CAPÍTULO 18

Mark estaba irreconocible. Sus ojos brillaban de alegría cuando hizo las presentaciones de rigor. Los dos morenitos, los hermanos Matt y Timmy White, que aún se sentían extraños y afectados por el giro que acababa de dar su vida, eran una meta conseguida; ser padre de acogida. Y algo que lo acercaba más a su gran aspiración personal, seguir los pasos de su padre, John Brady.

Gillian no se quedaba atrás en alegría. Le encantaban los niños y para ella, el acogimiento sería una de las pocas opciones de que dispondría para tener *personitas pequeñas* en su vida, ya que su biología le impedía tener hijos.

Para el resto de los Brady era un gran momento. Volver a tener el rancho repleto de niños ajenos era algo que, aunque había dejado de suceder hacía cinco años por expreso pedido de los hijos de la familia, todos echaban mucho de menos.

En el caso de Mandy y Jordan existía una historia sucediendo en paralelo a la que estaba teniendo lugar en aquel momento. Su reciente intimidad había hecho emerger unas emociones que empezaban a ser demasiado intensas, demasiado urgentes, para pasar inadvertidas. Intercambiaban miradas y al hacerlo comprendían que los dos se sentían de la misma manera. Y que cada minuto que pasaban a tres metros de distancia, rodeados de familia, aquella locura que los embargaba era cada vez más evidente; se morían por tocarse, por besarse, por repetir la experiencia de estar juntos.

Así que, ya casi no se miraban.

Evitaban que sus ojos se encontraran, siquiera de forma accidental, e intentaban involucrarse en conversaciones con distintos miembros de la familia allí presente. Conversaciones en las que les resultaba casi imposible mantener el interés.

—¿Sabíais que en este rancho se preparan las mejores tartas de frutas del estado? —dijo Mark mirando a los niños con cariño.

Timmy continuaba bastante callado. Era evidente que se sentía cohibido. Su hermano Matt, más desenfadado, se ocupó de responder.

—¿Hoy es día de tarta? —preguntó con cara de pillo—. A él le gustan de chocolate. A mí, me da igual. Me gustan todas.

—¿Aquí? Siempre es día de tarta —intervino Gillian—. Y también se comen las mejores tartas de chocolate del estado. También son mis favoritas. Me doy un atracón cada vez que abro la nevera y veo que toca de chocolate...

Mandy miró de reojo a Jordan y saltó como un resorte.

—¿Y qué tal si en vez de hablar tanto de tartas, las catamos? —rodeó la mesa sonriendo y cuando pasó junto a Jordan, añadió—: ¿Me echas una mano con los platos y las cucharillas?

—Claro... —A Jordan le faltó tiempo para decirlo.

Gillian los vio desaparecer por la puerta del salón, uno detrás de otro, y miró a Jason con el ceño fruncido; él se la devolvió portando un mensaje que decí: "¿Qué está pasando aquí?".

Eileen, sin proponérselo, estropeó la huida de Mandy y Jordan en busca de intimidad.

—Están en el alféizar. No las van a encontrar... —dijo poniéndose de pie.

Gillian hizo ademán de detenerla, pero Jason, con expresión traviesa, se lo impidió.

◆ ◆ ◆ ◆ ◆

Mandy y Jordan, obviamente, no buscaban las tartas.

Llegaron a la cocina en tiempo récord, y tan pronto pusieron un pie allí, se apartaron de la puerta y dejaron que su piel se expresara. Fundiéndose en un abrazo apasionado, compartieron besos aún más apasionados, casi agónicos. De a ratos, enredados en palabras.

—Dios... —susurró él, inclinándose hacia Mandy mientras le recorría el cuerpo con las manos—. Me estaba volviendo loco...

—Y yo.

Mandy deslizó una de sus manos sobre la bragueta de Jordan

—Eres una tentación... —añadió, acariciando su miembro.

Él la hizo volverse. La apoyó de espaldas contra su cuerpo e hizo que le rodeara el cuello con los brazos. En su camino de regreso, las manos de Jordan le abarcaron los pechos, acariciándolos posesivamente.

Ella suspiró y respiró hondo.

—No pares... —pidió.

—Tú sí que eres una tentación... —le susurró al oído al sentir sus pezones endurecidos—. ¿Fue… bien lo de antes?

Casi bien.

Mandy sabía que tendría que deletreárselo, y él acababa de servirle la ocasión en bandeja. De modo que pegó su espalda contra él, guió las caricias de las manos de Jordan sobre sus pechos...

Y lo hizo. Se lo dijo, con suavidad y mucha sensualidad mientras se rendía a sus caricias.

—La ternura, sexualmente, no me enciende… ¿Entiendes?

Jordan se estremeció.

Era la cercanía femenina, la forma en que lo estaba besando. Y también sus palabras. Estaba loco por ella. No podía imaginar estar con Mandy y ser algo diferente que intensamente tierno con ella.

Uno de los brazos femeninos le rodeó el cuello, obligándolo a bajar la cabeza. Ella buscó sus besos, apasionada, y él se los dio.

—Eres espectacular, Jordan… Con ternura y todo, eres lo más espectacular que he visto en mi vida.

"Espectacular", pensó él, "haría lo que fuera por oírtelo decir mil veces".

La rodeó en un abrazo cerrado, posesivo, y la besó plenamente, como si fuera el último abrazo y el último beso, hasta que la sintió temblar. Entonces, además llovió caricias sobre ella, sin recato. Exploró cada rincón de su cuerpo, ardiente. Y ella hizo lo mismo.

Flotaban, sumergidos en un maremoto de emociones que los sacudían intensamente, cuando oyeron pasos acercándose.

Al primer instante de confusión sobrevino la reacción; se separaron de un salto, como si los hubiera alcanzado un rayo, e iniciaron una actividad febril; buscando cucharas y platos, preparando las bandejas...

Cuando Eileen apareció en la cocina, Mandy se volvió sonriendo lo más recuperada que pudo.

—¿Dónde están las tartas...? —preguntó.

—A eso venía... Las dejé enfriándose en el alféizar —dijo Eileen, dirigiéndose a la ventana.

Entró primero una tarta y luego la otra. Las dos eran de frutas y queso.

—De moras —aclaró, mirando a Jordan. Sabía que era su favorita. Fue entonces cuando vio las marcas junto a su boca. Del mismo color que el pintalabios de Mandy.

Eileen apartó la mirada, intentando contener la risa. Mandy, que había seguido el recorrido de los ojos de su madre, también la apartó.

—Bueno... Ya que os encargáis vosotros, yo vuelvo al salón —dijo Eileen sonriendo con picardía.

A continuación, desapareció tras la puerta de la cocina.

—¿Qué? —preguntó Jordan al ver la expresión de Mandy.

Ella se acercó, muerta de risa, tomó una servilleta y le limpió la mancha.

—Esto —respondió, enseñándole el paño sucio de pintalabios.

Jordan miró a otra parte con las mejillas coloreadas de un tono similar al pintalabios de Mandy.

—Vaya *planchazo...* —comentó con una sonrisa violenta.

"Ni que lo digas", pensó ella.

Aquellas manchas de carmín correrían cual reguero de pólvora entre los Brady, que en adelante no solo estarían mucho más atentos a lo que ocurría entre ellos, sino que buscarían pillarlos en una exclusiva que confirmara lo que ya se imaginaban.

Cuando regresaron al salón con las bandejas, los dos tuvieron la sensación de que habían estado hablando de ellos y acababan de dejarlo de golpe cuando los vieron aparecer. Jordan se limitó a evitar las miradas. Mandy, más espontánea y desenfadada, no las evitó en absoluto.

Las tartas tuvieron un éxito total entre los niños, que las degustaron sin remilgos. La conversación continuó, amena, sobre el último partido de los Titanes de Tennessee, sobre los exámenes de Gillian y también sobre Mandy y las buenas críticas que la prensa especializada le estaba dedicando.

Y la locura entre Jordan y Mandy siguió creciendo imparable. Ahora, que estaban sentados a la mesa, uno junto a otro, la mano femenina, además, subía con descaro por la pierna de Jordan, en una caricia caliente, sensual...

Insoportable.

Él se puso de pie casi de un salto, farfulló una disculpa y enfiló hacia el baño; Mandy, con una desesperación bastante inusual en ella, empezó a maquinar alguna forma de que los dos pudieran quitarse de en medio, aunque fuera cinco minutos.

¿Qué le estaba sucediendo? ¿Desde cuándo estar con un hombre le apetecía tanto como para que se le fuera la cabeza de aquella manera loca?

Era su casa. Su salón. Toda la familia estaba allí. Menuda locura.

Una vez en el baño, Jordan se refrescó la cara y se entretuvo en acomodarse la ropa, y luego, el cabello. En realidad, estaba haciendo tiempo para reunir el coraje necesario para volver a enfrentarse a la situación.

Desde que aquel mediodía la había hecho suya, se sentía diferente. Es que era otro hombre, otro Jordan Wyatt.

En este nuevo no quedaba ni pizca del "controlado y cerebral" Jordan. Todo su sentido común se diluía ante la intensidad de lo que sentía por Mandy. La experiencia de tener físicamente a la mujer de la que estaba perdidamente enamorado desde que era un adolescente, había despertado en él necesidades nuevas. Los besos, las caricias, los olores y sonidos, el éxtasis... Ahora eran tan diferentes...

Ahora deseaba a una mujer a la que amaba profundamente, y eso lo cambiaba todo.

Ella lo cambiaba todo.

Jordan supo entonces que esa parte de su vida nunca volvería a ser igual.

Y lo peor, también supo que ya no podría vivir sin aquellos besos, sin aquellas caricias, sin ella...

Sin Mandy, él se volvería loco.

♦ ♦ ♦ ♦ ♦

Cuando Jordan reapareció en el salón, los niños inspeccionaban excitados los dos reproductores de mp3 que Mandy les había traído Mandy.

Él se unió por cortesía durante un pocos minutos, pero al final indicó que se marchaba. El *Huracán Mandy* había dejado un caos hormonal en la última embestida, y necesitaba recuperarse. Además, aún tenía que pasar por la casa de sus padres. Les había prometido ir a verlos tan pronto regresara a Camden.

Después de que él se despidiera de todos en el salón, Mandy lo acompañó. Sabía perfectamente que, aunque su familia no hubiera salido con ella al porche a despedirlo, seguían el acontecimiento desde la ventana del salón.

—¿Vas a casa de tus padres? —preguntó Mandy, apoyándose contra la barandilla del porche.

Suavemente tiró de la cazadora de Jordan y lo instó a ponerse frente a ella. Él obedeció, pero frunció el ceño. Mandy hizo las aclaraciones oportunas.

—Contigo delante, a mí no me ven. Y de ti, solo ven la espalda.

Jordan asintió, sonriendo divertido.

—Lo tienes todo estudiado...

—Conozco el paño. He vivido veintiséis años con estos cotillas...

¿Qué? ¿Vas a casa de tus padres? —repitió ella curiosa.
—Sí.
—Pensaba que querías librarte de mí.
Jordan la miró de reojo. Ella sonreía con picardía.
—No me apetece en lo más mínimo —admitió él, masculino—, pero está claro que hoy no repetimos postre... Así que, mejor me voy...
—Me muero por besarte —susurró ella, y bajó la vista divertida ante su propio ataque de sinceridad.
Él no la apartó. Cada vez le costaba más dejar de mirarla.
De acuerdo. No podía besarla, pero tal vez pudiera tocarla. La oscuridad y su propia envergadura, les concederían un poco de intimidad.
Jordan no se lo pensó más. Deslizó su mano por debajo del abrigo de corderito de Mandy, sobre su estómago, y empezó a acariciarlo suavemente.
—Es mutuo —respondió.
La sintió estremecerse. Y se estremeció.
—Dios... —susurró ella, sonriendo algo violenta. Puso su mano sobre la de Jordan y acompañó sus caricias.
—¿Qué te apetece hacer mañana?
Lo mismo que ahora, chaval.
Pegarse a él y dejar volar la imaginación.
—Pasar el día contigo —respondió Mandy, manteniendo las formas.
Jordan la miró con incredulidad. "Pasar el día contigo" le había sonado demasiado serio y formal para aquella preciosidad rubia.
Entonces, vio cómo una sonrisa aparecía en la cara de Mandy. Una inmensa, preciosa... *y muy pícara.*
—En la cama —añadió ella, muerta de risa.
—Ya me parecía...
Ambos rieron. Bromearon un rato más.
Finalmente, Jordan le palmeó el estómago con ternura y apartó la mano. Le tiró un beso con los labios. Ella le tiró otro.
Se dijeron el resto con miradas, y él se marchó.
Jordan se fue a la casa de sus padres; Mandy volvió dentro, con los suyos.
Sus emociones permanecieron en el porche.

CAPITULO 19

Mandy cerró la carpeta y se apoyó contra el respaldo de la silla. Dos días sin Jordan y cada vez le costaba más mantener el interés en otra cosa, distinta de su móvil, del que no se despegaba para nada, desesperada por oírlo sonar y que fuera él.

¿Cómo había pasado de ser una mujer divertida a aquel muermo con tacones?

Mejor aún, ¿cómo se las había ingeniado Jordan Wyatt para conseguir tenerla así de desinteresada en cualquier otra cosa que no fuera él? ¿Cómo había empezado todo aquello?

Mandy no tenía la menor idea acerca de cómo había sucedido. Un día disfrutaba de su compañía igual que había hecho siempre; al siguiente ya no podía prescindir de lo que sentía cuando estaban juntos. Y cuanto más intimaban, cuanto más estrecha era la relación, más imprescindible se volvía él. Necesitaba sus modos amables, lo fácil que era todo a su lado, la manera en que la trataba, con tanta sensualidad como respeto...

Y su ternura... Dios, aquella ternura que la arrullaba como una nana.

Lo peor era que a ella empezaba a notársele. Era cuestión de días que empezaran las preguntas. ¿Qué iba a responderles? Los dos habían acordado que lo mantendrían en secreto, incluso para los Brady.

Y ahora que su padre acababa de entrar en la cocina, con su sonrisa y aquella mirada traviesa, Mandy se dio cuenta de que ni siquiera era cuestión de días.

—¿Qué hace mi niña bonita aquí, tan sola? —preguntó John después del reglamentario beso en la frente.

Niña bonita. Así la llamaba desde que, efectivamente, era una niña.

Solo que ahora era una mujer.

Mandy se encogió de hombros.

—¿Trabajando? —insistió él. Le señaló con la mirada la carpeta que había sobre la mesa mientras se sentaba frente a ella. Mandy asintió—. ¿Qué es?

Ella abrió el dossier, y hojeó el contenido.

—Algunos proyectos sociales que promueve el gobierno de Arizona. Tengo que decidir quiénes se quedan con el veinte por ciento de mi caché por actuar en un festival en junio...

—¿Y?

Mandy miró a su padre. Notó que él la observaba satisfecho. Aquella era su expresión de "padre orgulloso", la que mostraba cuando hablaba de la gestión de Mark en el rancho, o de los logros de Jason.

—Todavía no lo sé. Hay tanta gente trabajando por cosas importantes que necesitan dinero para financiarse... Tengo que estudiar estos papeles con calma y después hablar con Jordan.

—Haces bien. Son cuestiones importantes que hay que meditar detenidamente. Y también haces bien en tener en cuenta lo que piensa Jordan. Puedes confiar en él.

¿Días? No, pensó Mandy. Las preguntas ya estaban allí, disfrazadas de comentarios indirectos que sondeaban el terreno.

—¿Tú crees? ¿Estabas tú cuando dijo que "dejara las cuestiones sociales para activistas y políticos"? Me parece que sí... —replicó mientras se estiraba a coger la jarra de la cafetera, tras echarle una mirada irónica a su padre—. ¿Café?

John fue a buscar dos tazas y las puso sobre la mesa. Mandy las sirvió.

—Es abogado. Y es tu mánager. ¿Qué esperabas que dijera? Te protege. Te ha protegido siempre. Y puedes confiar en él porque te quiere bien.

Mandy tragó saliva. ¿Hablaba de amor, o de cariño? En aquel momento se dio cuenta de que las manos se le habían helado.

—¿Sabías que, desde hace años, colabora económicamente con varias organizaciones no gubernamentales? —escuchó que su padre le preguntaba.

No, no lo sabía. Mandy tuvo la sensación de que, a pesar de los años que llevaban juntos, de Jordan no sabía gran cosa. La mayoría de lo que conocía tenía que ver con lo que hacían juntos a nivel profesional.

—No voy a fingir que no me doy cuenta de que hay algo entre vosotros, cariño —continuó John. Mandy se esforzó por sostenerle la mirada—. Y no voy a hacerte preguntas. No lo habéis dicho; vuestras razones tendréis, y yo las respeto. Pero sí me gustaría decirte dos cosas, ¿puedo?

Mandy empezó a sudar.

Sus manos, además de heladas, estaban pringosas. ¿Había algo más embarazoso que hablar de asuntos personales con tu padre?

Sí, que él hablara de *tus* asuntos personales *contigo*.

—No te pongas roja, Mandy —John le acarició las mejillas con ternura.

—Dios, esto no está sucediendo... —replicó ella al tiempo que apartaba la mano de John de su cara.

—¿Puedo o no puedo? —insistió él, suavemente.

Ella volvió a su café y exhaló el aire en un bufido. No tenía la menor idea de qué podía tener que decir su padre al respecto. Si era malo, no quería oírlo. Y si era bueno... Tampoco quería oír más cosas buenas sobre Jordan. Tal como era, la tenía pendiente del móvil todo el bendito día...

Pero John se le adelantó:

—Lo voy a decir igual. Si no quieres oírlo, tápate las oídos y ya está...

Ella volvió a recostarse contra el respaldo. Se preparó para escuchar sentencia con la expresión más relajada que pudo poner.

—Quienes nos rodean —dijo él—, pueden ayudarnos a volar y ser quienes estamos llamados a ser o pueden ayudarnos a mantener las alas plegadas y no llegar a volar jamás. Para crecer, necesitas rodearte de personas que te apoyen, que estén de tu parte... Has decidido darle un giro a tu vida. Uno que, admito, llegué a pensar que empezaba a tardar demasiado... —Mandy pestañeó cuando los ojos se le llenaron de lágrimas—. Y la primera de las dos cosas que voy a decirte es que me siento orgulloso de ti. No espero que mis hijos sean infalibles, pero sí que rectifiquen cuando se equivocan, intenten reparar el daño que hayan causado, y sigan adelante. Y tú lo has hecho. Con sobresaliente.

Mandy tomó la taza de café con manos crispadas en un intento vano de cortar la emoción que le cerraba la garganta, haciéndola sentir como una niña.

John hizo una pausa para que ella se serenara y luego continuó.

—Y lo segundo que voy a decirte es sobre Jordan. Tienes una gran deuda con él, cariño. Se ha ganado el derecho a esperar de ti una honestidad total. Hagas lo que hagas, jamás lo olvides.

Mandy no olvidaría aquella deuda mientras viviera. Eso lo sabía muy bien. Lo que aún no sabía era cómo podría saldarla, o al menos, compensarla de alguna manera. Jordan no era como ella, no se metía en camisa de once varas. Era reflexivo, maduro y fiable. Ser completamente honesta con él era lo menos que podía hacer.

Aunque tuviera sus bemoles ser *completamente honesta* con el primer hombre que le interesaba, de verdad, en toda su vida.

Pero incluso en el caso de que, efectivamente, lo consiguiera, para Mandy seguiría sin ser suficiente.

—¿Algo más? —preguntó, con la ceja enarcada como hacía Mark cuando algo no le gustaba.

John negó con la cabeza. A continuación, tomó la mano de su hija y, con infinita ternura, depositó un beso sobre ella.

Le había llevado *nada más* que tres horas decidirse por dos de los cinco proyectos que contenía la carpeta. Ahora solo quedaba que lo hablara con Jordan y tomar la decisión final. Así las cosas, Mandy decidió que se merecía un premio por haber conseguido dedicar tres horas completas a pensar en otra cosa distinta que aquel rubio de metro ochenta y mucho que se había colado en su vida hacía dos décadas y en su cama, hacía cuatro días.

Tenía pensado premiarse con un buen paseo a caballo por el río. No nevaba, tampoco llovía y el frío era soportable, pero cuando iba acercándose a la cuadra, unas risas llamaron su atención. Venían del predio de adiestramiento. Allí dos negritos acababan de tirar al suelo a Mark y le hacían cosquillas mientras decían cosas que a esa distancia Mandy no acababa de entender. Desde la alambrada, Gillian festejaba las risas.

—Difícil decir quién es el adulto, ¿no? —comentó Mandy, riendo al ver a su hermano devolviendo las cosquillas a los pequeños.

—Está feliz —confirmó Gillian—. Hacía años que no lo veía tan contento... Y eso que los críos no están llevando nada bien lo de la abuela...

Mandy miró a los niños. Tenían nueve y once años. No habían empezado a vivir aún, y ya habían sufrido pérdidas terribles.

—¿Y el padre?

Gillian se encogió de hombros.

—Si sabe que sus hijos están aquí, no se ha dado por aludido... Le quedan seis años de condena y por lo que comentó la trabajadora social que los trajo, parece que no es candidato a la condicional. Así que...

—Bueno —Mandy le pasó un brazo por el hombro a Gillian—. Mark Brady, el *superpapá* oso, está a cargo. Esos críos han ganado la lotería... Y además, tienen a *supermamá* Gillian en la reserva... ¿Qué más pueden pedir?

—Pues piden más —Gillian se acercó para hablarle al oído—: Matt quiere tener quince años más para poder pedirte que seas su novia.

Mandy se apartó mirándola, alucinada.

—¡Estás de guasa!

Gillian meneó la cabeza.

—No. Arrasas, chica. Aunque me parece que eso le traerá algún que otro problema con cierto señor rubio y alto que ya tiene los quince años más...

Tema Jordan Wyatt sobre la mesa por segunda vez en una misma mañana.

Mandy le echó una mirada irónica.

—¿Y tú? ¿Arrasas, o sigues mirando a Jeffrey con cariño?

—Yo estoy plenamente dedicada a mis exámenes, mis terneros y ahora, mis dos "sobrinos" de acogida... —dijo risueña y añadió en voz baja—. Y lo de que miraba a Jeffrey con cariño era broma... Es moreno, Mandy, ¿cuándo me has visto a mí con un moreno?

Mandy estaba riendo cuando Mark pasó al otro lado de la alambrada de un salto y se dirigió hacia ella.

—¡Pero bueno, si es Mandy...! —dijo codeando a Gillian—. Y no está hablando por móvil...

—¿Ya te has rajado? —dijo Matt trepando a la alambrada. Miraba a Mark con cara de pillo.

—Me tomo un descanso. Sois dos contra uno ¿qué pasa?

—¡Venga ya! Si casi es la hora de comer... Para cuando aprendamos a montar a caballo, vamos a ser ancianitos…

—Haya paz... Sigo yo —intervino Gillian, pasando al otro de la alambrada—. Venga, por turnos. Diez minutos cada uno. Primero tú, caballerito —señaló a Matt.

Mark se apartó los rizos rubios de la cara, empujándolos hacia atrás con las dos manos.

—Son inagotables —comentó con una sonrisa satisfecha.

—Mira quien habla —replicó su hermana.

Él recostó la espaldas contra uno de los postes de la alambrada y se cruzó de brazos.

—Aquí la única que habla eres tú. Por móvil. Y un montón...

Mandy volvió la cabeza y miró a su hermano con la ceja enarcada.

Él soltó una carcajada.

—Me imitas fatal...

—Mientras entiendas el mensaje... —dijo ella, burlona.

—Eres de la familia, pero que sepas que voy a apostar por Jordan.

—Sé que voy a arrepentirme de preguntártelo, pero ¿de qué estás hablando?

Mark meneó la cabeza.

—Estáis enrollados, pimpollo —sentenció, y la miró de reojo. Mandy se obligó a no mover ni un músculo de la cara—. Es un tío con un par de pelotas, las ideas *clarísimas* y toda la habilidad que no tenía ninguno de los fantasmas que han pasado por tu vida. Si además es un tigre en la cama, tiene todos los números para llevarse el gato al agua. Y a juzgar por lo pendiente de ese trasto que te tiene, diría que lo es. Yo apuesto a ganador, así que voy a apostar por él. Y te voy a decir una cosa; me alegro de que vayas a perder esta apuesta. Jordan Wyatt es lo mejor que te ha pasado en la vida, Mandy.

Ella continuó mirándolo con su expresión mitad desafiante, mitad burlona. Imposible adivinar si algo de lo dicho, había hecho diana en ella o no. Como buena Brady, cuando se lo proponía, era bastante eficiente a la hora de controlar la expresión de sus emociones. Especialmente, con sus hermanos.

Pero aunque no las expresara, las sentía. Y las palabras de Mark, definitivamente, habían tocado ciertos resortes emocionales.

Para empezar le aclaraban una duda: su familia *sabía* lo que había entre Jordan y ella, porque si Mark afirmaba que "estaban enrollados", era porque todos los Brady lo tenían tan claro como su hermano. Lo que de por sí, era toda una afirmación. Que ella estuviera "enrollada" con alguien, lo era. Ni hablar de que ese alguien fuera Jordan. Sobre la cuestión de que el vikingo lograra llevarse el gato al agua, bueno, eso eran palabras mayores. El gato era ella, Amanda Brady. Y si Mark, tan famoso por su claridad mental como por su sinceridad escandalosa, había dicho que la mano la ganaba Jordan, era que la ganaba.

Mandy no sabía qué era exactamente aquello que sentía ni cuánto duraría, pero eso, lo que fuera, resultaba evidente para todos ellos. Por primera vez en su vida, lo que sentía, la ponía a merced de un hombre, de *aquel* hombre. Era así. Y no podía evitarlo.

Pero no tenía por qué darse por aludida.

—Decir que estamos enrollados es muchísimo decir, ¿no crees? Yo no "me enrollo", solo "me divierto". Y lo de llevarse el gato al agua... —Mandy sonrió divertida—. Antes te enlazan a ti que a mí, guapo.

Mark rió de buena gana.

—¿A mí? Mira, no te ofendas, pero es mucho más fácil que un tío te enamore, que aparezca una mujer capaz de pasar mi prueba del algodón... ¿Cuántas treintañeras conoces que sean inteligentes, femeninas y que lo que les interese en la vida sea ejercer de esposa y madre?

—Ninguna —concedió Mandy, riendo—. Eso no es de este siglo, chaval.

Mark asintió varias veces con la cabeza.

—Lo que yo digo. La diferencia entre tú y yo, *pimpollo*, es que yo no voy a firmar por menos de lo que quiero. Y no hay amor que valga.

—¿Apuestas algo? —Mandy lo miró desafiante.

Mark frunció el ceño.

—¿Lo dices en serio?

—Claro. Pon tú la cifra, yo la doblo.

Él meneó la cabeza divertido.

—Vas a perder, Mandy, pero si tú quieres... Cien pavos a que te enlazan antes... —hizo una pausa—. No, mejor vamos a dejarlo bien claro. Por enlazar quiero decir casar —Mandy soltó la risa. ¿Boda? Estaba loco—. Nada de andarnos por las ramas... Cien pavos a que tú te casas primero, ricura... Bueno, primero y último, porque si cuando estaba solo ya era difícil, ahora que traigo a dos morenitos de acogida bajo el brazo... En fin, ya me entiendes.

Mandy siguió riendo un buen rato bajo la mirada divertida de Mark. Se había tentado de la risa. Pensar en cualquiera de los tres hermanos Brady casados le parecía un chiste. Mark porque era demasiado exigente y ninguna mujer parecía dar la talla. Jason porque aunque llevaba loco por la misma mujer desde antes de que le saliera el bigote, era demasiado vanidoso para admitirse vulnerable y la mujer por la que estaba loco, demasiado importante para la familia como para que él se animara a considerar siquiera la posibilidad. Y ella, Mandy... Nunca se había enamorado. Nunca había tenido un novio, un noviete de instituto, nada... Llevaba la *friolera* de cinco días saliendo con Jordan, y todavía no se sentía capaz de admitirlo ante sí misma.

Pero de los tres hermanos, del único para el que casarse formaba parte del plan, era Mark. Era su visión de la vida; casarse con "una mujer de las de verdad", formar una familia, tener hijos y seguir los pasos de su padre. Si había algún Brady para quien casarse fuera una posibilidad, sin duda, era Mark.

—Doscientos pavos a que te casan a ti primero.

Mark asintió sonriendo y chocó los cinco con ella.

—Hecho, preciosa. Vas a perder. Ya lo sabes, ¿no?

—¿Yo? —rió Mandy—. *Tú* vas a perder doscientos pavos...

Mark negó con la cabeza.

—Sí —insistió ella—. Los vas a perder. Y yo me voy a reír en tus narices.

Mark le guiñó un ojo y volvió a saltar la alambrada en dirección al predio donde los dos niños estaban acabando con los nervios de ambos, caballo e instructora.

Estaba encantado. Tenía dos niños fenomenales en su vida y doscientos pavos fáciles en camino. Porque dijera lo que dijera su hermana, el vikingo se estaba llevando el gato al agua con un arte digno de quitarse el sombrero.

Debería triplicar la apuesta, pensó.

No podía perderla.

♦ ♦ ♦ ♦ ♦

Gillian codeó a Mark con disimulo. La expresión de la cara de Mandy había cambiado tanto al oír sonar su móvil, que quien llamaba no podía ser otro que el mismísimo Jordan Wyatt.

—¡Hola vaquero! ¿Qué tal te tratan dondequiera que estés?

Jordan se acomodó mejor en la cama de su suite. No era como tenerla al lado, pero después de tres días sin verla, su voz era un regalo.

—Bien... Acabo de dejar a tu hermano.

Hermano = Nashville = Tyler Bradford.

Mandy bajó la cabeza. Mark y Gillian no le perdían pisada y no quería que se notara que lo que acababa de oír no le había gustado en absoluto.

—¿Y tú? —continuó Jordan. El silencio de ella duraba demasiado y él necesitaba oírla, saber que estaba bien, que lo echaba de menos. Y que no estaba pensando en Tyler.

—Aquí en casa, viendo la *tele* con Mark y Gillian... Íbamos a bajar a la ciudad, pero está diluviando.

Jordan respiró aliviado. Ella no parecía molesta.

—¿Te ha enviado Sharon la agenda del fin de semana?

—Sí.

—¿Te parece bien? Es mucha cosa... Si quieres podemos posponer la entrevista de Tuck Harris —Jordan sonrió—. Te dio caña, así que ahora que aguante...

Mandy se tocó el cabello en un gesto nervioso, y controló el panorama. Hacían que miraban el partido, pero los oídos de Mark y Gillian seguían con atención la conversación que ella mantenía con Jordan. Y Mandy no tenía la menor intención de dejarlo correr. Se puso de pie y salió del salón.

—La agenda está bien —respondió ella, cortante y directa—. Lo que quiero es saber qué estás haciendo en Nashville y por qué no me has dicho que ibas.

Jordan se enderezó de golpe. Su tono de voz había cambiado en un

137

segundo. Esta era la Mandy belicosa y parecía muy molesta.

O celosa. De Tyler.

—No estaba en mis planes —respondió él. Procuró sonar natural, no dejar que algo en su voz o en su forma de hablar reflejaba lo emocionado que se sentía por esos celos. Mandy era perfectamente capaz de sacarlo con cajas destempladas—. Me pusieron pegas en California... Así que tuve que dar un rodeo.

—¿Qué rodeo?

—El peso pesado de los patrocinadores, Steven Bradford II.

—¿Bradford? ¿No es ese el apellido de tu *muñequita de quirófano*?

—Sí —contestó él con dulzura.

—*No* —replicó ella. Se dirigió hacia la cocina, entró y cerró la puerta —. Ni hablar. Borra ese jodido festival de la lista y contacta al siguiente.

—Mandy... —empezó a decir él con dulzura, pero ella lo interrumpió.

—Deja de usar ese tono conmigo.

Jordan se quedó cortado. Molestia, no, enojo. Enojo puro y duro era lo que recibía a través de la onda.

—Puede que la haya fastidiado en el pasado —continuó ella—, pero sigo siendo Amanda Brady. Si te pusieron pegas están en su derecho. Quita sus nombres de la lista y llama al siguiente. No voy a actuar para ellos porque ahora la que no quiere soy yo. ¿Está claro?

Jordan pensaba decir que era una pésima idea. Que aunque le hubieran puesto trabas, Steven Bradford creía, como la mayoría de los promotores, que Amanda era una estrella tan rutilante como imprescindible del panorama country y que, por supuesto, convencería a los demás organizadores de que dejarla fuera, desluciría el evento. De modo que, posiblemente, ya no tuviera la alternativa de "no actuar para ellos". En otra época lo habría hecho. Se lo habría dicho. Pero ahora, él no era solo su mánager, también era su hombre.

—Está claro —respondió Jordan.

Mandy respiró hondo. Aún no había acabado.

—Dime que no has recurrido a ella para llegar hasta su padre, Jordan. Dime que no la has visto.

Él sonrió.

—No me hace falta recurrir a nadie para ver a ese hombre, preciosa. Y no, no he vuelto a verla... Pero si fuera necesario, por ti, lo haría.

Mandy sonrió, pura ironía.

—Seguro que sí.

—Eh... ¿qué pasa? ¿no me crees?

Aquella ternura, el tono acaramelado que Jordan ponía cuando le hablaba, tenía su efecto, pensó Mandy. Muy a pesar de ella, tenía su efecto.

—Claro que no. ¿Con quién crees que hablas? Le echarías un polvo sin pensártelo dos veces. Uno… *o varios* —añadió, sardónica—. Y no lo harías por mí, así que déjate de historias…

—Vale, no ha colado. Me pondría las botas como un señor —Jordan sonrió cuando la escuchó reír—. Pero la primera parte era cierta. Ni la necesito, ni la he visto, ¿de acuerdo?

Los dos rieron unos instantes. Mandy aprovechó el momento de distensión para aclarar las cosas.

—Me has dicho que pusiera las reglas del juego, ¿te acuerdas?

—Me acuerdo —respondió él, suavemente. Volvió a recostarse en la cama, con un brazo a modo de almohada y una sonrisa feliz en la cara.

¿Reglas? ¿Amanda Brady? Menudo notición.

—Ahí va la primera —empezó ella—. Si te pillo con otra, te doy puerta. De mi cama y de mi vida.

Jordan contuvo el aliento. Sentía el corazón latiendo tan fuerte que, por un instante, le pareció que no oía más que eso. No solamente no había esperado algo así de una mujer como ella, es que aunque lo había oído no acababa de creerlo. Celos era ya muchísimo suponer en aquella preciosidad rubia. ¿Fidelidad? ¿Eran imaginaciones suyas, o ella empezaba a tomarlo en serio?

—¿Sigues ahí? —preguntó Mandy, con tono sugerente al comprobar que él no respondía.

—Sí.

—De acuerdo, entonces ahí va la segunda —continuó ella con actitud definitiva—. Si me la pegas con Tyler Bradford, antes de darte puerta, te machaco. Y después, voy a por ella. ¿Está claro?

Jordan cerró los ojos.

No eran imaginaciones suyas. *Estaba ocurriendo.*

Se preguntó cómo reaccionaría Mandy si supiera que él llevaba media vida enamorado de ella. ¿Echaría a correr?

Posiblemente, sí.

—Entonces, ocúpate de tenerme contento —replicó, seductor.

—¿Más?

—Mucho más.

—¿No será demasiada marcha para un chico serio y formal como tú?

Jordan sonrió feliz.

—Me las apañaré, no te preocupes. —Hizo una pausa y decidió cambiar de tema. Seiscientos kilómetros, tres días sin verla y dos reglas inesperadas eran demasiadas emociones—. ¿Y tú qué tal?

Loquita por verte.

—No me quejo —Mandy sonrió con picardía anticipando lo que diría a continuación—. Pensé que iba a ser peor… No verte, quiero decir.

Él soltó una carcajada. A otro perro con ese hueso. Ella estaba tan desesperada por verlo como él. La llamada diaria de rigor de antes de intimar, se había convertido, como por arte de magia, en una media de ocho, de la que cada día Mandy subía su porcentaje un poco más. Aquel mismo día, lo había llamado *dos* veces. Todo un récord.

—Entonces, no hace falta que llegue antes, ¿no? —dijo él—. Pensaba llegar mañana sobre las cuatro y llevarte a picar algo antes del concierto, pero si no lo llevas tan mal, voy a aprovechar para hacer unas cosas…

Mandy sonrió de oreja a oreja.

—Hecho. Tú pones el picoteo y yo el postre —dijo, sensualmente.

—Primero el postre, ¿vale?

Ella meneó la cabeza.

—Me gustas, Jordan.

—Es mutuo.

—De acuerdo —Mandy suspiró—. ¿Sobre las cuatro, entonces?

—Ya sé lo que piensas y no te critico. Los tíos no somos de fiar —empezó a decir él con suavidad—, pero aunque no vas a creerme te lo voy a decir igual.

Mandy sonrió, y se adelantó.

—Jordan, el pez por la boca muere.

—No soy ningún santo.

—No, no eres ningún santo —confirmó ella con picardía. Todo lo contrario. Había sido un barba roja desde los dieciséis. Y era de dominio público.

—Sí —admitió él—. Pero desde que te tengo, lo que me interesa es tenerte —Mandy se estremeció. Permaneció en silencio cuando Jordan hizo una pausa ex profeso. Él, por si acaso, se apresuró a matizar—. No estoy diciendo que vaya a durarme toda la vida. O que a ti vaya a durarte… Pero hoy por hoy, en este momento, es así. Cumples mis expectativas…

Jordan volvió a hacer una pausa, intentando adivinar qué acogida tenían sus palabras. Intuyó que iba por buen camino, de modo que continuó:

—Lo que era de esperar porque, bueno, eres Amanda Brady; cumples las expectativas de millones de tíos de este planeta… —Mandy rió—. Y yo soy bastante más listo de lo que parezco. No te cabrearía por estar con otra, ¿qué sentido tendría? ¿Qué mujer se puede comparar contigo?

Jordan la escuchó respirar hondo y esperó una respuesta con el corazón martilleando a destajo en las sienes.

—De que eres listo, no tengo la menor duda —replicó ella—. Que descanses, Jordan. Te veo mañana.

A seiscientos kilómetros de Camden, él cerró los ojos.

—Sí... Que descanses tú también.

CAPÍTULO 20

Tan pronto escuchó que tocaban a la puerta, Mandy reaccionó por puro impulso. Corrió a abrirla con una sonrisa que le ocupaba toda la cara. La expresión de Jordan se llenó de sorpresa al ver el recibimiento de lujo que su chica le estaba dando.

—¡Dios! ¡Ya estás aquí! —exclamó ella, y se colgó de su cuello.

Jordan la elevó en un abrazo, sonriendo.

—Vaya —dijo dándole besos pequeños en los labios—, sí que te alegras de verme...

—Dame un segundo y te voy a demostrar lo contenta que estoy de verte... —replicó ella más feliz que unas pascuas.

Jordan la sostuvo con firmeza mientras ella se estiraba hasta alcanzar el borde de la puerta con la punta de los dedos, y la empujaba para cerrarla. Y mientras lo hacía, sus ojos repararon en el cuerpo que sostenía entre sus brazos. Olía genial, como siempre. Llevaba el cabello húmedo y aún sin peinar. Y su albornoz de toalla negra acababa de abrirse un poco, dejándole ver que estaba desnuda. Tentadoramente desnuda.

Pero conseguido el objetivo de cerrar la puerta, ella volvía su atención hacia él, y Jordan se apresuró a subir la vista de aquella porción genenosa de piel que el movimiento había dejado al descubierto hasta los ojos de Mandy.

—Bájame —susurró ella sobre sus labios al tiempo que tomaba la cara masculina entre sus manos.

—¿Tan pronto? —preguntó él, pero obedeció.

Ella no libero su rostro cuando él volvió a ponerla en el suelo. Al contrario, lo tomó mejor y se coló en su boca, obligándolo a doblarse sobre ella, que descalza apenas alcanzaba su barbilla.

—No me abraces, quítate la ropa —susurró ella entre besos cuando notó que sus brazos la rodeaban.

Jordan se adueñó de la boca de Mandy en un beso corto, pero apasionado. Un segundo después empezó a desnudarse.

—A la orden, mi sargento —murmuró.

Mandy lo miró de reojo y se dedicó a desabrocharle el cinturón con movimientos precisos.

—Mi *General* —lo corrigió, traviesa.

Jordan apenas rozó sus manos cuando empezó a bajarse la cremallera de los pantalones, pero la sintió estremecerse.

—No voy a discutir contigo cuestiones de autoridad —le dijo suavemente mientras se quitaba lo último que le quedaba encima, y la abrazaba por las caderas, estrechándola contra él—. Ahora, no.

Mandy se pegó a él buscando sus besos apasionadamente.

—Genial, porque, ¿sabes?, con una suite llena de espejos hay un montón de cosas mejores que hacer… Gracias, me encantó el detalle.

Él la abrazó más fuerte y río bajito en su oído.

—Sabía que te iba a gustar.

En realidad, no eran espejos propiamente dichos, sino cuadros pintados sobre trozos irregulares de espejo. En una suite de tres mil dólares la noche, de estilo futurista, con mucho metal y muchas tonalidades de gris, aquellos cuadros abstractos pintados sobre trozos de espejo, creaban una sensación de estar en el espacio. Y añadían bastante picante para quien buscara entretenimientos en pareja.

Y él, desde que estaban juntos, los buscaba.

Mandy lo empujó suavemente contra el primero de los cuadros, al final del pequeño recibidor. Lo vio contraer instintivamente los hombros al sentir el contacto frío del espejo contra la espalda.

Ella movió las cejas sensualmente.

—Brrr…

—Joder, está helado… —susurró sobre el cuello de Mandy, mientras le desataba la bata y la abría de par en par. Cuando se pegó a ella, la sintió estremecerse—. Helado por detrás, ardiente por delante…

—¿Te morías por verme tanto como yo me moría por verte a ti?

Jordan cerró los ojos. Se le iba la cabeza. Sentía el aliento caliente de Mandy sobre el pecho. Ella de a ratos lo besaba, y de a ratos le hablaba en susurros.

—Más… —atinó a decir.

Se dobló sobre ella, la abrazó por la cintura en un abrazo cerrado, y se enderezó con ella, alzándola. Luego, apoyó la parte superior de la espalda contra la pared. Mandy le rodeó la cintura con las piernas y siguió con sus besos *susurrantes* en el cuello.

—¿Más? ¿Seguro?

—Seguro —dijo él en un suspiro—. Fue un jodido suplicio...

Jordan la sujetó con un solo brazo, se afirmó bien sobre sus piernas, y acomodó mejor los hombros contra la pared, fijando la posición. Con su mano libre empezó a recorrer el perfil de Mandy, ascendiendo desde el tobillo, anunciando su presencia con determinación. Ella suspiró, sus manos comenzaron una apasionada sesión de caricias sobre el torso masculino. Transpiraban deseo, el mismo con que su lengua le acariciaba los labios y el filo de los dientes

—¿Vamos a la cama? —sugirió él.

Mandy apretó el abrazo de sus piernas, y sus caricias se desplazaron de la boca al cuello de Jordan. Un escalofrío le recorrió el cuerpo cuando sintió que ella le acariciaba los pliegues de la oreja con la punta de la lengua.

—La cama me aburre —susurró ella mientras sus labios jugaban a besarle el lóbulo de la oreja. Él volvió a estremecerse y apretó el abrazo —. De pie contra la pared, sobre una mesa o en la bañera. Por este orden de preferencia.

Jordan dejó un rastro ardiente de besos sobre el cuello de Mandy que continuó entre sus pechos.

—Donde tú quieras.

—En casa se lo huelen... —dijo ella en un suspiro cuando sintió que la mano dominante de Jordan ascendía por el centro de su espalda, caliente, *exasperantemente* despacio, con los dedos abiertos—. *Dios...*

Mandy contrajo los hombros en un intento de que él hiciera una tregua en esa caricia.

Él volvió a ponerla en el suelo, pero no se apartó.

—Normal —replicó—. En la mía también.

Sin dejar de abrazarse y besarse, avanzaron con torpeza por el pequeño recibidor hacia el interior de la suite. Entonces él la empujó con apasionada brusquedad contra otra cuadro de espejos.

Mandy encogió los hombros al sentir el frío contra la piel.

—*Dios...* —repitió ella, y aprovechó que tenía toda la espalda masculina accesible sin obstáculos para acariciarla a placer—. ¿Qué vamos a decirles?

—Nada.

Si de Jordan dependiera, lo publicaría en primera página de todos los periódicos con un titular bien conciso: "Amanda Brady es mía". Pero se trataba de Mandy, no de cualquier mujer. Se trataba de aquella que tenía en sus brazos, tan vehemente como rebelde, tan apasionada como escurridiza. No quería que ninguna broma o insinuación de formalidad o mirada pícara la hiciera sentir más vulnerable de lo que seguramente ya se sentía, y lo estropeara todo. Al contrario. Jordan se proponía que todo aquello le pareciera casual, incluso temporal. Y placentero. Lo bastante placentero para que Mandy quisiera más.

Cuando ella se acurrucó entre sus brazos y empezó a buscarlo apasionadamente, Jordan supo que con su escueta respuesta había vuelto a acertar, y suspiró aliviado. Mandy, sin embargo, no lo tomó precisamente por alivio.

—Si estás cansado del viaje… —murmuró al tiempo que colaba una mano entre las piernas masculinas—, y sin que sirva de precedente, podemos usar la cama…

Jordan buscó su mirada con deseo mientras, interiormente, afirmaba una idea: sin ternura.

Sin ternura.

—De pie contra la pared. Sobre una mesa. En la bañera. Por este orden de preferencia —le susurró al oído mientras la elevaba entre sus brazos y se metía en su cuerpo sin preámbulos—. Dime que hoy *no* necesitamos protección…

—Hoy no necesitamos protección —repitió ella mecánicamente, en un susurro, media ida.

—Bien —dijo él—. Entonces, que empiece la fiesta…

—*Dios*, cómo me gustas, Jordan.

Él buscó su mirada. El impulso fue besarle la nariz, pero no lo hizo.

"Sin ternura", se repitió mentalmente.

—No voy a preguntarte qué es lo que te gusta tanto de mí ahora —le dijo en voz baja al oído, acompañando sus palabras con un movimiento de caderas.

Ella entreabrió los ojos, lo miró mientras él le recorría el contorno de los labios con la punta de la lengua.

—Pero después, sí —añadió.

—Hecho —susurró ella.

Y se quedó con su lengua.

◆ ◆ ◆ ◆ ◆

Mandy despertó tarde aquel sábado. Un concierto en medio de dos sesiones intensivas de sexo, la habían dejado de cama.

Tarde, y sola.

A pesar de que su ternura le siguiera jugando malas pasadas, Jordan bordaba el protocolo de las citas. Sabía que podía quedarse, pero se había marchado. Había abandonado la suite de Mandy sobre las dos de la madrugada de forma bastante silenciosa. De no haber sido porque al salir a oscuras, la cremallera de su cazadora había golpeado uno de los cuadros de espejo, ella no se habría enterado.

Esta vez había sido muchísimo mejor que las anteriores, y no solamente porque Jordan fuera cada vez más apasionado -y menos tierno-, sino también por ella. Sentirse emocionalmente tan cómoda con él, cada vez le resultaba un poco más familiar, menos extraño. Empezaba a reconocerse como Mandy en aquel confort extraordinariamente acogedor.

Por esa razón, el resto del día había resultado doblemente duro; a la necesidad de ver a Jordan, tuvo que añadir la de volver a sentir aquel raro confort que solamente experimentaba cuando estaban en sus brazos.

Pero no pudo tocarlo ni besarlo ni abrazarlo durante horas. Solo verlo a ratos, guardando la debida distancia y corrección, desesperada porque dieran las cinco para volver a tenerlo en sesión privada hasta que empezara el concierto.

Y ansiosa por descubrir qué tal reaccionaba al plan que había preparado especialmente dedicado a él.

◆ ◆ ◆ ◆ ◆

Jordan se llevaba el vaso de *bourbon* a la boca cuando la puerta de la habitación se abrió. En un segundo, la visión de aquella mujer lo ocupó todo. No había nada más.

Volvió a apoyar el vaso sobre la barra, y se puso de pie. Sus ojos, como si no fueran suyos, hicieron sus propios planes para los próximos segundos. Bajaron recto por el cuello de aquella preciosidad de piel blanca, hacia el canal que había entre sus pechos, que el escote de vértigo mostraba en detalle.

Luego, lentamente, bajaron palmo a palmo por las formas voluptuosas que aquel vestido de cuero negro -ceñido, cortísimo-, delineaba a la perfección.

Y continuaron camino por unas piernas...

Impresionantes, como todo en Mandy, enfundadas en unas medias oscuras y plantadas sobre unas sandalias con tacón de aguja.

Cuando su mirada volvió a los ojos de Mandy, Jordan sentía los latidos del corazón pulsando en la sien.

Y no era lo único que sentía pulsar.

Mandy recorrió la distancia que separaba la habitación de la barra con la seguridad de una mujer que se sabe admirada. Jordan Wyatt babeaba por ella como todos los demás hombres del universo, pero tenía algo que los demás no tenían, algo que jamás ninguno había tenido; la tenía a ella. Había habido muchos hombres en su cama. En su vida, ninguno. Excepto Jordan, aquel magnífico ejemplar que ahora la miraba exactamente como Mandy había planeado que lo hiciera, con lujuria.

Y lo había planeado porque eso era lo que quería de él y aún no tenía.

Tenía su atención; Jordan era un hombre gentil, atento por naturaleza y con ella, mucho más.

Tenía su admiración, podía leerla en sus ojos, sentirla en sus caricias.

Tenía su ternura, para todo y en todo momento; Jordan era tierno con palabras o sin ellas, siempre.

Pero lo que no tenía era su locura. Por alguna razón que Mandy no entendía, Jordan calentaba motores como todos los otros hombres que había conocido en el plano íntimo, pero llegado un punto, su ternura tomaba el relevo, y evaporaba todo rastro de lujuria.

Era intenso, sí. También apasionado. Y amarse físicamente era excitante, pero para una mujer como ella resultaba claramente insuficiente. Tenía la sensación de que las revoluciones de él iban demasiado bajas. O las de ella demasiado altas. En esas circunstancias, la ternura de Jordan la hacía sentir fuera de contexto. Tanto que, invariablemente, Mandy acababa desacelerando hasta su nivel, y luego, lamentándolo.

Pero hoy había decidido que no tendría piedad. Podía vivir sin la ternura de Jordan. Sin sentirlo transpirando locura por cada poro de la piel, no.

Ya no.

Voy a por ti, guaperas, así que junta aire.

Como si hubiera oído los pensamientos de Mandy, Jordan inspiró profundamente. A continuación, esbozó una especie de sonrisa, mitad tierna, mitad sensual.

—Vaya... Estás... *preciosa* —dijo masculino.

Pero no pensó en "preciosa".

Mandy sonrió. Descansó los codos sobre la barra, mirándolo divertida.

—¿Preciosa? —preguntó. Apoyó la barbilla sobre una mano y dejó que el peso de su cuerpo descansara sobre la barra-bar de su suite.

Jordan bajó la mirada; de unos ojos que el maquillaje realzaba volviéndolos casi magnéticos, hasta el panorama espectacular de sus pechos que ella le ofrecía generosamente. Visión bastante amplia, aunque obstaculizada por el brazo en el que ella apoyaba su cara, que se alzaba justo delante.

—Impresionante —se corrigió él. Su mirada volvió a los ojos de

Mandy, algo más brillante, bastante más agitada.

—¿Impresionante? —volvió a preguntar ella. Coqueta, se tomó un mechón de la melena con la mano con la que antes sostenía su cara, y empezó a enredarlo entre sus dedos.

La mirada de Jordan volvió a bajar.

El brazo seguía obstaculizando la visión, pero menos. Podía ver el canal central abriéndose hasta que se cerraba de golpe al entrar en contacto con la barra. Podía ver el costado de uno de sus pechos. Lo bastante para comprobar que no llevaba sostén.

Él volvió a respirar hondo.

—Descomunal —se corrigió Jordan otra vez. Su mirada regresó a Mandy, mucho más brillante, mucho más agitada. Y luego bajó, esta vez a su boca rojo carmín.

—¿Descomunal? —Mandy tamborileó sus dedos sobre la barra y los ojos de Jordan, como encantados, bajaron de su boca a sus pechos nuevamente. El brazo seguía allí—. Mira mejor, Jordan...

Cuando él volvió a sus ojos, Mandy sonreía sensualmente, y le indicaba con movimientos suaves de la cabeza que mirara algo situado detrás de ella.

Jordan lo hizo, y las pulsaciones de su cuerpo aceleraron ritmo e intensidad.

—Curioso lugar para poner un espejo, ¿no? —añadió ella, con picardía.

Y muy oportuno.

En la pared, un espejo tipo vitral mostraba unas piernas impresionantes más allá del final de las medias. Mucho más allá. Donde se unían a dos nalgas desnudas que formaban el mejor trasero que había visto en su vida...

La mirada del vikingo empezó a evidenciar signos alarmantes de agitación. Mandy sonrió satisfecha, y volvió a tamborilear los dedos. Jordan continuó enganchado a la visión del espejo.

—¿Sigues pensando que *descomunal* me describe bien? —le preguntó con desparpajo.

Él volvió a mirarla a los ojos. Negó con la cabeza y tragó saliva. Entonces, Mandy se irguió, dio vuelta a la barra y se detuvo delante de él, invadiendo ostensiblemente su espacio vital.

—No soy descomunal —dijo con toda su sensualidad, sin un ápice de dulzura—. Descomunal era esa *muñequita de quirófano* que te llevaste a los CMA y necesitó ¿cuántas? ¿Diez operaciones, para poder menearse contigo del brazo por ahí?

—Eres un *bombón* —dijo él, fogoso.

Intentó abrazarla, pero ella lo esquivó instintivamente. Sentía su propio corazón acelerándose por segundos.

Bombón. Así solía llamarla antes, hacía siglos.

En general, no le gustaba cuando otros hombres se lo decían, pero en Jordan tenía otro sentido. O tal vez fuera su ternura, que hacía que todo fuera diferente cuando provenía de él. Pero hacía años que no la llamaba así, y al escucharlo, Mandy se dio cuenta de lo mucho que echaba de menos lo que sentía cuando lo oía de sus labios.

Pero no podía decirlo. Ni mostrarlo.

No quería ternura.

—O sea, una tía buena... ¿Y ya? —se burló ella, que volvió a esquivarlo, esta vez con premeditación.

—El *otro bombón* —aclaró él, en un susurro—. Sensual, tentador y delicado por fuera… Increíblemente dulce, *adictivo*, por dentro...

Mandy contuvo el aliento. Jordan aprovechó el segundo de inmovilidad para acortar distancias y colarse en su cuello, con besos húmedos, calientes.

—Eres como un bombón de chocolate con nueces relleno de cerezas al brandy. Lo mejor de ti está dentro, no fuera.

Por eso siempre le había sonado distinto en sus labios.

Porque era distinto. Como todo en aquel hombre increíble.

Distinto y perfecto.

Mandy suspiró y volvió a apartarlo.

Él ya era lo bastante bueno a sus ojos, sin necesidad de decirle aquellas cosas que a su corazón le gustaban tanto como a sus oídos.

Jordan la tomó por la cintura y la atrajo hacia él, buscándola. Pero Mandy se echó hacia atrás, apartándose un poco de él para poder mirarlo, y continuó hablando:

—¿Qué?, ¿entras en calor?

—¿Tú qué crees? —dijo él.

Jordan se inclinó sobre ella, la empujó contra la barra hasta que Mandy dio contra el borde, y empezó a recorrerle el contorno con manos ávidas.

Ella volvió a estirarse hacia atrás para poder mirarlo. Notó que le brillaban los ojos y que su expresión se había teñido de deseo.

Pero aún no lo bastante.

—Te voy a decir lo que yo creo, Jordan —empezó ella, evitando con delicadeza sus besos que empezaban a ser muy calientes, sin conseguirlo del todo—. Creo que soy un *cañonazo* de mujer. Que llevo años poniéndotela dura sin necesidad de escotes ni provocación...

Jordan la besó. La obligó a callar, forzándola a abrir la boca, y enredó su lengua en la de Mandy. Sus manos hicieron algo parecido entre sus piernas, haciéndola estremecer.

Al fin, ella consiguió apartarse un poco y siguió hablando. Hablaba, se estremecía, y seguía hablando, cada vez más bajo y más entrecortado.

Las caricias de Jordan no le concedieron la menor tregua.

—Creo... que te inspiro pensamientos salvajes... *Dios*... —echó la cabeza hacia atrás mientras la huella caliente de los labios de él le recorría el cuello, y una de sus manos se colaba dentro del tanga en una caricia sensual—. Creo... que si consiguieras olvidarte de... *Dios*...

Jordan la alzó apasionadamente. Hizo que se sentara sobre la barra. A continuación, le separó las piernas con su propio cuerpo y se pegó a ella.

—¿Si consiguiera olvidarme de qué? —susurró él, en un murmullo caliente sobre la porción de canalillo que asomaba por el escote del vestido.

Mandy respiró hondo. Con el movimiento, sus pechos se elevaron y los labios de Jordan se pegaron a su piel. Sintió que él abría la boca y empezaba a morderla. Eran mordiscos suaves, breves, calientes... Cada vez que él apretaba ligeramente los dientes, una corriente eléctrica la recorría entera, sacudiéndola.

—De que nos conocemos desde que éramos niños... —ella respiró hondo otra vez—. De mi familia. De que eres amigo de mi hermano... Si... —tragó saliva— consiguieras olvidar todo eso, creo que harías locuras... *Me las harías a mí...*

Mandy se irguió. Tomó la cara de Jordan entre sus manos, obligándolo a mirarla. Cuando él, al fin, abrió los ojos cansadamente, lo que vio la hizo estremecer.

Había fuego en aquellos ojos.

—Creo todo esto —añadió, acariciándole el labio inferior con la yema del dedo. Él se las arregló para devolverle las caricias con la punta de la lengua sin perder el contacto visual—. Pero quiero verlo. Quiero sentirlo... *Oírtelo decir* —los dos se estremecieron—. Después, sé tierno. Ahora no, Jordan.

Hubo una pausa que a ella le pareció interminable, en la que temió haber sido demasiado directa.

Dios, no quería herirlo. Solamente...

Pero no ocurrió nada de eso, al contrario.

Tras la pausa fue como si el Jordan que ella conocía se hubiera ido y otro hubiera ocupado su lugar. Uno apasionado, vehemente, que se pegó a ella mientras la recorría ardientemente con sus manos y su boca, y a ratos, susurraba naderías entre suspiros.

—*Eres un bombón* —le dijo empujándola sobre la barra con su propio cuerpo—. Un pedazo de mujer que me inspira mucho más que pensamientos salvajes...

Jordan apoyó una rodilla sobre la barra y se subió a ella ante la mirada ardiente de Mandy. Le bajó la cremallera del vestido, y éste hasta la cintura, de un solo movimiento. Luego, apoyó apenas un dedo en su hombro, y sin dejar de mirarla, la empujó hasta que estuvo echada de espaldas sobre la barra. A medida que el cuerpo de Mandy se desplazaba sobre la superficie metálica, las cosas que había en ella caían al suelo. Primero fue el cenicero, luego la cubitera, al final el vaso de *bourbon* de Jordan.

—Ponérsela dura a un tío es fácil… —continuó él, en un susurro.

Y empezó a bajar entre sus pechos con la punta de la lengua. Instintivamente, ella tomó su cabeza y la guió suavemente hacia abajo. Jordan tiró de los bordes del vestido hasta que se lo quitó completamente. Lo dejó caer en el suelo, y siguió su recorrido húmedo donde lo había dejado.

—Haces que no pueda mirarte sin volverme loco por desnudarte y meterme entre tus piernas... Haces que no pueda pensar más que en...

Jordan dejó de hablar.

Mandy tragó saliva. No escuchaba más que los latidos de su propio corazón, retumbándole en el pecho, pero sentía con una intensidad enloquecedora... Sentía escalofríos que la recorrían de arriba a abajo con cada respiración caliente de él sobre su ombligo, con cada roce de sus labios, con cada caricia de sus manos. Como si todos los receptores nerviosos de su cuerpo hubieran decidido expresarse a un mismo tiempo y con una intensidad que bordeaba peligrosamente la demencia.

Jordan se incorporó un poco, y se quitó la camisa con movimientos precisos. Abrió el cinturón, el botón de la cintura y bajó la cremallera. Cuando sus ojos volvieron a Mandy, ella miraba el bulto, mucho más evidente al liberar la presión de la cremallera cerrada. Y a continuación de su mirada, fue su mano, femenina y sensual, deslizándose por debajo de la cintura del slip.

—¿Decías...? —susurró Mandy, sin dejar de acariciarlo.

Jordan respiró hondo y cogió la botella de Jack Daniels.

—Creo que necesito algo fuerte —admitió, en un suspiro largo.

Mandy le dijo con la mirada que no se le ocurriera echarse atrás.

Jordan no tenía intención de hacer tal cosa. Extendió el brazo con el que sostenía la botella hasta que estuvo sobre el pecho femenino, le dio la vuelta y la sacudió un par de veces. Mandy encogió los hombros instintivamente al sentir el contacto del *bourbon* frío sobre su piel ardiente. El líquido se deslizó hacia abajo por el centro de su cuerpo y rellenó el hueco de su ombligo. Jordan volvió a sacudir la botella sin dejar de mirarla a los ojos. El *bourbon* empezó a buscar otros caminos, rodeando sus pechos, cayendo por los costados de su abdomen, de su vientre...

Más movimientos instintos de los hombros, más escalofríos y una sensación ardiente que crecía entre sus piernas, cuando Jordan se inclinó sobre ella, y recorrió con la lengua los mismos caminos que antes había recorrido el licor.

Todos y cada uno de esos caminos.

—Pienso muy poco —continuó él, en susurros interrumpidos frecuentemente por besos pequeños—. Cuando te tengo a tiro se me va la cabeza... Pero dos segundos antes de que se me vaya... pienso que haría cualquier cosa por volver a sentir cómo te estremeces cuando me tienes dentro... Por oír tus jadeos, esos gemidos que me vuelven loco... —se apartó un poco para mirarla, se acercó a sus labios y los lamió sensualmente—. Y como no quieres que ahora sea tierno, te pido disculpas de antemano... ¿Me disculpas por lo que voy a decir?

Mandy se concentró en dejar de temblar y articular alguna palabra. Y como no pudo, lo miró con fuego en los ojos y asintió varias veces.

La mirada de Jordan se encendió, tragó saliva. Luego, le habló en un susurro caliente, apasionado, a diez centímetros de su cara mientras la miraba a los ojos.

—Voy a *follarte* hasta que tus gritos alerten a Seguridad. Voy a correrme en cada rincón de tu cuerpo y cuando ya no te queden fuerzas ni para pestañear, volveré a empezar. Hoy, bombón, te vas a enterar de las cosas que me inspiras... *Y empiezo ya mismo. ¿Estás lista?*

Mandy no respondió.

No le salieron las palabras.

Solo pudo hacer lo que hizo: pegarse a él, colarse en su boca y besarlo apasionadamente.

CAPÍTULO 21

Hora y media antes del concierto seguían diciéndose mutuamente que tenían que parar y volviendo a enredarse en besos enloquecidos dos minutos más tarde.

Continuaron besándose en la limusina, en el aparcamiento subterráneo del centro de convenciones donde Mandy actuaba aquella noche. Incluso en el camerino, entre la sesión de la estilista y la de la maquilladora.

Besos agónicos, caricias apasionadas y una creciente sensación de locura fuera de control que ninguno de los dos parecía poder evitar.

El último recuerdo de Mandy sobre aquella noche los situaba en el jacuzzi, de madrugada, después del concierto. Pero cuando a las nueve de la mañana la despertó el sonido del teléfono, llevaba puesto el albornoz y estaba sola en la suite.

Y el otro lado de la cama, seguía con las mantas estiradas. Jordan no había dormido allí.

Los dos habían desayunado con todo el equipo en un Starbucks. Cada uno tomaba un vuelo distinto. Volvían a casa, con la familia, de vacaciones hasta el dos de enero, cuando se reunirían en Los Ángeles, primer punto de la gira de tres meses que los llevaría por distintas ciudades de la geografía americana, con cuatro actuaciones por semana.

Y ahora, Jordan y ella, tapados hasta las orejas, paseaban por la zona rural de Woodstock en Nueva York, calentándose las manos enguantadas con sendos vasos de café caliente que habían comprado en la gasolinera donde habían repostado combustible, cerca de allí.

Continuaban colgados de las intensas emociones que habían

compartido las últimas horas. No había habido muchas palabras. Y ahora, seguía costando recuperarlas; llevaban más de una hora solos, y apenas habían intercambiado un par de frases.

—¿Estás bien? —preguntó él. La miró brevemente.

Mandy notó que él tenía los ojos brillantes. Se preguntó si sería por el aire frío.

Sonrió algo incómoda, y meneó la cabeza. Cuando volvió a mirarlo, él también sonreía. Mandy dejó de andar y echó un vistazo alrededor. Estaba frío, desierto y nublado. Y además había viento.

—Las cosas que hacemos por estar juntos a solas... —comentó con una sonrisa incrédula—. ¿Por qué no nos sentamos en esos troncos?

Mandy no esperó respuesta. Se dirigió hacia los tocones, junto a una arboleda frondosa, mientras bebía sorbos pequeños de su café. Jordan la siguió y esperó a que se acomodara.

—¿Estas bien? —volvió a preguntarle.

Mandy lo miró interrogante.

—Claro...

Él se sentó junto a ella, estiró las piernas y volvió a mirarla de refilón.

—¿Seguro?

—¿Qué quieres saber? —dijo ella al fin. No podía creer que él le estuviera preguntando lo que ella pensaba que estaba preguntándole.

Dios, era evidente que estaba mejor que bien. ¿O no?

Jordan bebió un sorbo de café de su vaso, sin mirarla. Al final, resopló molesto y habló con voz suave.

—Iba a mil. Espero no haberme... —la miró con los ojos brillantes y una expresión violenta en el rostro—. Espero no haberme pasado de vueltas.

Mandy le acarició la mejilla con su mano enguantada.

—Me encantó.

Él apoyó su mano sobre la de ella, que reposaba sobre su mejilla.

—¿Te encantó?

Ella asintió.

—Fue bestial. *Eres* bestial —lo miró pilla—. Repite cuando quieras...

Repetir, ya.

Le había costado un esfuerzo sobrehumano ponerle el albornoz, meterla en la cama y marcharse de su suite. De hecho, había intentado despertarla con besos un par de veces. No deseaba irse. Quería seguir junto a ella, *dentro de ella*. Y doce horas después, seguía sintiéndose de la misma forma.

Jordan sonrió suavemente. Depositó un beso tierno sobre una mano enguantada de Mandy, y la retuvo entre las suyas.

Había sido bestial, desde luego.

Ahora entendía a qué se refería ella cuando decía que la ternura no la excitaba.

Ahora sabía cómo era aquella preciosidad rubia cuando se encendía de verdad.

Y era la experiencia más alucinante que había vivido en toda su vida.

Se preguntó si para Mandy había sido igual, si habría sentido aquella locura desbordante antes, con otro hombre. Se preguntó si también se habría acurrucado contra él...

Si le habría pedido que la abrazara fuerte y la meciera.

Si habría dormitado en sus brazos.

Jordan tenía mil preguntas. Un millón de cosas que necesitaba saber. Y que no podía preguntar, que *no debía* preguntar.

—¿Me quedé dormida? —quiso saber ella.

Lo vio asentir varias veces.

—¿Después? —añadió.

Él negó una vez. Entonces, Mandy sonrió, incrédula, y apartó la mirada. Le ardían las mejillas.

—No me lo puedo creer…

—Te dije que era explosivo —apuntó él, con picardía.

Lo era. Un auténtico cóctel molotov.

Pero ella era Amanda Brady. No se quedaba dormida en el momento en que las piedras soltaban chispas por la fricción. Ella era la que soplaba suavemente para encender las hojas secas.

—Lo siento —replicó Mandy, mirándolo violenta—. Discúlpame… No sé qué decir…

Con gesto divertido, él liberó la mano femenina que sostenía entre las suyas. Bebió un sorbo de café y la miró masculino.

—No —sentenció al fin. Mandy frunció el ceño—. Quiero todo tu lunes. Por la mañana, compras de Navidad. Al mediodía, comida en un restaurante de cinco tenedores. Después de comer, siesta. Y sexo. Y a las nueve, sesión de cine... O más sexo, ya veré. Luego, me pensaré si te disculpo o no.

Dios. Dios. Dios... Cómo me gustas, Jordan.

—Hecho —respondió ella, y le guiñó un ojo.

Mandy bebió un sorbo de café mientras pensaba en lo que él había dicho. Quería "todo su lunes", así que ese día estaría en Camden. Ella sabía que la Navidad la pasaría en Alberta, Canadá, donde vivía su hermana mayor con su familia. ¿Cuántos días tendría para estar con él?

—Si el martes estás, me gustaría que miráramos lo de los proyectos, ya sabes, la carpeta que me envió Sharon…

Jordan sonrió para sus adentros.

—Estoy toda la semana —aclaró él. Ella seguía mirando su vaso pero en su rostro se había dibujado una sonrisa. Leve, muy leve, pero sonrisa al fin, pensó él—. Me voy el viernes al mediodía y vuelto el sábado por la noche.

Jordan hizo una pausa y la miró de reojo. La sonrisa de su chica, empezaba a ser una en toda regla.

—Y ya me quedo —concluyo él.

—¡Qué bien! —dijo Mandy, sin ocultar su alegría. Y volvió a su café. Él en cambio continuó mirándola.

Es que cuanto más la miraba, cuanto más tiempo pasaban juntos, más loco estaba por ella.

—¿Qué quieres que comentemos de esos proyectos? —le preguntó.

Mandy apuró su café y volvió a tapar el vaso de papel.

—De Arizona, hay tres proyectos que me interesan. De Wisconsin, dos. Quiero que los veamos con más detalle y que me digas qué piensas.

—¿Qué pienso sobre qué?

Mandy sonrió burlona .

—Quiero que me des tu opinión, Jordan. Está incluido en tu cinco por ciento más, espero ¿o vas a cobrarme por aconsejarme sobre el tema?

—Está incluido —apuntó él con humor.

Ambos rieron un rato. De las mil cosas que Jordan quería saber sobre ella, la mayoría no debía preguntarlas, pero había una que sí pensaba preguntar.

—¿Por qué lo haces?

—¿Apoyar causas sociales?

—Todo. Causas sociales, ciudades pequeñas, conciertos especiales para fans… Todo. ¿Por qué lo haces?

Mandy sonrió divertida, pero debajo de los guantes de corderito, notó sus manos húmedas y heladas.

—¿Cuánto tiempo tienes? —replicó sonriendo—. Explicarlo puede llevarme un buen rato…

Jordan continuó mirándola con ternura y permaneció en silencio, lo cual constituyó un mensaje lo bastante claro para Mandy. Ella respiró hondo.

—Cuando todo te va tan bien, es fácil desconectar de la realidad… Si encima vives rodeada de gente que te dice a todas horas que eres la octava maravilla del mundo… —Mandy miró a lo lejos. Hizo una pausa larga—. No sé… Dejó de tener sentido y no me dí cuenta cuándo sucedió.

—¿Qué dejó de tener sentido?

—Mi vida. Cuando tomé tierra, tú ya no estabas y yo… Yo no sabía quién era. Volví a casa porque Gillian me lo pidió. No me apetecía, pero pensé "si ella me dice que eso es lo que tengo que hacer, seguro que es así; ella siempre lo ha tenido todo tan claro…". Y dos horas después de estar en casa, me dí cuenta…

Mandy meneó la cabeza, se restregó las manos enguantadas.

—¿Cómo pude vivir todo ese tiempo lejos de los míos? No lo sé. No entiendo cómo sucedió. Pero no podía seguir así. Me sentía incapaz de cumplir los compromisos, de volver a subirme a un escenario, de volver a esa vida… y me planteé dejarlo. Del todo. Y una tarde me encontré con una saca llena de cartas en mi habitación —Mandy lo miró con los ojos llenos de ilusión—. Cientos de cartas de fans… Me pedían que volviera… Un chico me decía que le había propuesto matrimonio a su novia mientras bailaban una canción mía… —sacudió la cabeza sonriendo—. Otra chica de un pueblecito de California siguió mi gira del 2002 por todo el país, concierto por concierto… ¿Te lo imaginas?

Mandy hizo una pausa, jugueteaba distraídamente con la nieve a sus pies bajo la atenta mirada de Jordan.

—Esa vida, *mi vida*, la que tuve y te llenó la copa, no me gustaba, pero cantar sí… Me gustó lo que sentí mientras leía esas cartas… Me di cuenta de que, de alguna manera, soy parte de momentos -buenos momentos- de la vida de mucha gente. Y me gusta. Me gusta pensar que algo que hago influye en los demás. Mark es padre de acogida. Jason entrena ese equipo juvenil de fútbol, de chicos con problemas de drogas. Pensé qué podía hacer yo. Y, bueno, se me ocurrió lo de las causas sociales. La vida me ha dado un montón de cosas… Está bien devolver algo a cambio. Cuando miraba esos proyectos me di cuenta de que hay muchísima gente poniendo su granito de arena para que las cosas sean mejores… No aparecen en las noticias, ni en las revistas, no reciben premios y nadie hace fiestas en su honor, pero marcan una diferencia en la vida de tantas personas…

Mandy volvió la cabeza y lo miró. Él la escuchaba con su expresión atenta de siempre.

—No soy una activista ni soy política. Tampoco soy de las que se arremangan y se meten a tope en las cosas, como mis hermanos… Pero esos proyectos necesitan dinero, no solo brazos. Yo puedo darles eso —asintió varias veces con la cabeza—. Voy a darles el dinero que necesitan para seguir marcando una diferencia en la vida de la gente. Y además, es una forma de mantenerme conectada, ya sabes…

—¿Conectada a qué?

—A la realidad. Desde un escenario, todo se ve brillante. Y están a tus pies. Te aplauden. Te ovacionan. Duermes en hoteles de lujo. Vas en limusinas. La gente se desvive por complacerte y te dicen que eres una maravilla... Pero no es real, ¿sabes? Soy una persona como cualquier otra que tiene un trabajo diferente de la mayoría, pero vive en el mismo mundo que los demás. En ese mundo, lo real es Matt y Timmy White. Su padre en la cárcel, su madre muerta, su abuela enferma... Tienen nueve y once años y han perdido más cosas de las que yo he perdido en mis veintiséis. Eso es real, es su vida. Lo mío es solamente un trabajo ideal...

Definitivamente, él no tenía ninguna posibilidad de salvarse, pensó Jordan. Si aquella preciosidad rubia no se enamoraba de él, no tendría la menor posibilidad: lo haría polvo y el daño sería irreversible. La diva caprichosa se había evaporado. *Su Mandy* había vuelto al mundo de los vivos, con toda su ternura y sus genes compasivos Brady. Con toda su generosidad.

Si no conseguía quedarse con su corazón, no se recuperaría.

Jordan respiró hondo y miró alrededor.

Tenía que enamorarla, completar su vida de tal forma que llegara a necesitarlo como al aire.

Más que al aire.

Mucho más.

—Quién diría que dentro de ese cuerpo de infarto hay esa maravilla de corazón... —apuntó, burlón.

Mandy rió nerviosa ante la inesperada reacción de Jordan.

—Tienes razón. Para la mayoría de las personas que he conocido en mi vida soy poco más que eso... Como dice mi padre, me rodeé de gente que me ayudó a mantener las alas replegadas... —Jordan la miró con interés y cierta interrogación en la mirada. Ella volvió a apoyarle su mano en la mejilla—. Me llevé por delante todo y te hice daño. Eres la última persona en el mundo a la que habría querido lastimar, Jordan. No puedo cambiar lo que sucedió, ojalá pudiera. Pero te prometo algo: voy a volar. Voy a ser alguien digno de la cabeza a los pies, una Brady de verdad —Mandy sonrió con su sonrisa de niña—. Vas a sentirte *tan-tan-tan* orgulloso de mí, que vas a ir por ahí como un pavo real, desplegando las plumas.

Él no sonrió. Continuó mirándola con los ojos brillantes, y una expresión que la hizo estremecer. Al final, se llevó la mano femenina a la boca y la acarició varias veces con sus labios, sin dejar de mirarla.

—¿Vamos? —murmuró él.

Ella no contestó, no pudo.

Primero había sido ese estremecimiento, luego el corazón latiendo con más fuerza para casi detenerse un segundo después, y ahora aquel suspiro que le había hecho darse cuenta de que estaba respirando con la mitad de los pulmones.

¿Qué había sucedido?

Casi no podía respirar.

Era como si en aquel lugar inmenso, a pleno raso y completamente desierto, de pronto no hubiera aire suficiente para los dos.

Jordan apartó la mirada y se puso de pie.

Mandy, todavía confusa, por puro impulso, hizo lo mismo.

Lo siguió pocos pasos detrás, con los ojos clavados en el suelo nevado que pisaba, intentando aclararse.

Ella sonreía y él la miraba en silencio. No había habido palabras, solo aquella mirada. Y ella…

Se había quedado literalmente sin aire.

Jordan la había mirado, y a ella le había dado un vuelco el corazón.

CAPÍTULO 22

Mark miró a los niños con ternura. Si ni siquiera montar a caballo conseguía animarlos, la cosa estaba mal de verdad. No era de extrañar; eran las primeras fiestas que pasaban sin la abuela y entre desconocidos. Solo hacía una semana que estaban con él, y aunque Matt, el mayor, parecía adaptarse al cambio bastante bien, a Timmy, le estaba costando.

El mayor de los hermanos Brady decidió intentar otra cosa.

—A ver, colegas, ese pobre caballo se va a caer del aburrimiento —Timmy que intentaba montar ayudado por su hermano, volvió a apoyar el pie en el suelo. Matt sonrió con picardía—. No es una montaña, así que no lo escaléis... Pie en el estribo, os cogéis de la montura, y arriba...

Matt lo miró divertido. Timmy se encogió de hombros y se dedicó a patear unas piedrecillas del suelo, ausente.

—Tengo una idea... —dijo Mark, y se puso de cuclillas frente a los dos niños—. ¿Queréis que vayamos a ver a la abuela?

La sonrisa de Timmy, la primera del día, le confirmó que su idea tenía una acogida fenomenal. Matt, no se quedó atrás.

—Entonces —Mark tomó a cada niño de una mano—, en marcha, colegas.

Desde la alambrada, Gillian, Mandy y Jordan, miraban la escena.

—Pobrecillos, lo están pasando fatal —comentó Gillian mientras Mark se acercaba con los niños.

—Nosotros nos vamos a ver a la abuela ¿te apuntas? —la invitó el mayor de los Brady.

Ella lo miró con dulzura y asintió.

—Por supuesto. Será un placer, chaval. Adelantaos, que ahora voy.

Mark les guiñó un ojo a Mandy y Jordan a modo de despedida, ayudó a los niños a pasar del otro lado de la alambrada y se alejó con ellos por el camino, bajo la mirada de Gillian.

—¿Sabéis? —dijo ella, con la vista en el hombre que se dirigía a la casa familiar con un niño de cada mano—. Es un auténtico desperdicio que este tío no tenga una docena de hijos. ¿Qué les pasa a las mujeres de Camden? No puedo creer que todavía nadie haya conseguido enlazarlo…

—¿Y tú, qué? —le dijo Jordan, sonriendo con picardía.

—¿Yo? —replicó Gillian señalándose el pecho divertida—. ¿Tienes fiebre?

—¿Por qué? —insistió Jordan riendo—. Os lleváis de fábula y a ti también te encantan los niños…

Gillian meneó la cabeza divertida. Si había un hombre que nunca se le había cruzado por la mente era precisamente Mark.

—Es un encanto. Pero no, no es mi tipo —dijo burlona.

Jordan movió las cejas sensualmente, lo que provocó que Gillian soltara una carcajada.

—*No es mi tipo* —repitió.

—Claro —dijo él, tentativamente—. Se me olvidaba que te gustan musculosos…

Mandy asintió con la cabeza varias veces.

—Rubios, altos y musculosos, sí.

—¿No hay alguien así por aquí? —le preguntó Jordan a Mandy. Gillian había apartado la mirada y reía.

—Pues sí, ahora que lo dices…

Ambos se quedaron mirándola con picardía.

—Me voy con Mark —sentenció Gillian todavía riendo—. Os veo luego.

—No irás a decir que tampoco es tu tipo… —apuntó Mandy. Le guiñó un ojo a Jordan.

Gillian que ya se había alejado, se volvió con una mano en la cintura, fingiendo una pose sensual.

—¿Tengo pinta de animadora cachonda?

Jordan soltó una carcajada al tiempo que negaba con la cabeza.

—Exacto —respondió ella divertida—. La que no soy su tipo, soy yo. Me voy, pimpollos. Sed buenos…

La vieron hacer adiós con la mano y trotar hacia la casa con su melena lacia bailando al viento.

Mandy meneó la cabeza y miró a Jordan de reojo.

—¿Qué no es su tipo? ¡Ja! Para Jason, Gillian es un diamante en bruto…

Jordan la miró con atención. Ella seguía a Gillian con la mirada, que estaba a punto de entrar en la casa. Pensó qué raro le resultaba que alguien tan aparentemente ajeno a cuestiones sentimentales como la rubia imponente que tenía ante sus ojos, hablara con tanta certeza de algo de lo que ni el mismo Jason había hablado jamás. Jordan pensaba lo mismo que ella, aunque nunca lo hubiera dicho en voz alta por respeto a Jason, pero le extrañaba en Mandy.

—¿Tú crees?

—"No creo"; lo sé —dijo Mandy con naturalidad.

Jordan frunció el ceño con expresión divertida.

—¿Cómo que lo sabes? *¿Qué* sabes?

—No soy una mujer muy típica, Jordan —empezó Mandy, y pensó que aunque últimamente hacía cosas muy raras, seguía sin ser una mujer *muy típica*, pero no lo dijo—. En estos temas creo que podría empezar la carrera en primera línea junto con mis hermanos, y acabaría ganándoles a los dos por unos cuantos cuerpos…

No hace falta que me lo digas, preciosa.

La expresión de Jordan no se hizo eco de sus pensamientos. Cuando Mandy lo miró brevemente, notó que él simplemente la atendía como siempre, así que continuó:

—Se acuesta con una distinta cada semana desde hace años, pero ¿sabes a quién lleva en la cartera? —Jordan arqueó las cejas. Mandy asintió con picardía—. Sí, ese *tío bueno* que las deja a todas en coma tan pronto lo ven, lleva una foto en la cartera. Solo una en la que salen él y Gillian, cuando tenían diecisiete o dieciocho años. ¿Qué te parece?

Jordan se quedó mirándola sorprendido. No tenía la menor idea de que su amigo llevara fotos en la cartera. Era cierto que las paredes de su piso parecían un gran álbum de recuerdos en el que las fotos de Gillian ganaban por clara mayoría, pero ¿la cartera? Le parecía un lugar demasiado personal, incluso para un amante de los recuerdos de familia como Jason.

—Está tan colado por Gillian como muerto de miedo. Seguro. Yo lo estaría —afirmó Mandy, y apartó la mirada.

A Jordan se le aceleró el corazón.

¿Lo estaría *o lo estaba*? Ella, Mandy.

—Y si yo lo estaría —sentenció—, es que él lo está.

Jordan respiró hondo con disimulo. De pronto, era como si el aire le faltara.

Mandy, más espontánea, también respiró hondo, a pleno pulmón.

A ella también le faltaba el aire. Otra vez.

◆ ◆ ◆ ◆ ◆

Matt y Timmy habían regresado muy animados de ver a su abuela en el hospital. A la hora de la comida, el ambiente había vuelto a llenarse de risas infantiles. También de comentarios pícaros relacionados con Mandy y él, pero Jordan continuaba con tres cuartas partes del cerebro más pendientes de su chica, que de las bromas que los tenían como objetivo.

Pendiente de sus miradas tiernas, a veces sensuales, cómplices desde que el alba los había encontrado juntos en la misma cama por primera vez; la cama de una de las habitaciones de invitados en la que dormía Jordan cada vez que pasaba la noche en casa de los Brady, y en la que Mandy se había colado en plena noche.

Pendiente de sus propias sonrisas que pugnaban por salir y delatar sus pensamientos, que eran los mismos de siempre pero, desde hacía unas horas, mucho más excitantes que nunca antes.

Estaba seguro de que había sido la primera vez en toda su vida que aquella mujer pasaba una noche completa junto a un hombre. Por muchos que hubiera habido en su cama, nunca habían sido más que citas y para Mandy, el protocolo era sagrado.

Y el hombre de la noche completa, era él, Jordan Wyatt. Alguien que llevaba colado por Mandy más tiempo del que podía recordar.

Se le reía el alma solo con pensarlo.

Tratándose de una mujer como ella, cada detalle, cada trocito que le ganaba a su rebeldía, era una victoria. Una que lo acercaba a su vida, que le concedía tiempo. El tiempo que necesitaba para enamorarla. Para que cuando ella se diera cuenta de lo unida que estaba a él, ya no pudiera echar a correr despavorida.

Por encima de su taza de café, mientras bebía un sorbo y pensaba, Jordan dejó que sus ojos la miraran con disimulo.

Matt le estaba explicando algo sobre un juego que habían descubierto en el móvil de Mark. Ella, seguía las explicaciones mirando la pequeña pantalla y a veces, preguntaba algo.

¿Cuántos trocitos había conseguido ganarle a su rebeldía?

Algunos.

Pocos.

Muchos menos de los que necesitaba para quedarse con su corazón.

Estaban juntos. Ella lo pasaba bien con él. Tenía en cuenta su opinión. Más aún, la buscaba y la pedía. La relación que mantenían, iba bien: en lo personal y en lo profesional.

Y sabía, porque ella se lo había dicho, que cuando no estaban juntos, "se moría por verlo".

No era mucho. Y tampoco era definitivo; Mandy se escurría entre los dedos con la misma facilidad que la arena. Pero era muchísimo más de lo que había tenido en los once años que habían transcurrido desde aquel día en la cabaña del río, cuando John Brady los pillara casi in fraganti, y se cargara su flamante tonteo con ella.

Poco, y nada fiable, y aún así para Jordan significaba tanto...

Quería gritarlo a los cuatro vientos. Escribirlo en el cielo.

"Amanda Brady es mía".

Porque lo era, cada día un poco más. Pero no podía ni gritarlo, ni escribirlo. Llevaba mal viajar tanto, pasar tanto tiempo sin ella, pero callar, mantener las apariencias... Eso lo llevaba peor que mal.

Cada vez que descubría las miradas golosas que llovían sobre ella dondequiera que estuviera... Cada vez que alguna mano masculina abría una puerta para dejarla pasar, o colocaba una silla para que ella se sentara, Jordan mordía por dentro. Tenía que hacer verdaderos esfuerzos por recordar que, de cara a la galería, solamente era su mánager.

Al día siguiente, cuando volvieran a la carretera, sería aún peor. Compartirían bus y horas con el grupo, con los asistentes, con los técnicos... Un mundo de gente, montones de ojos pendientes de los dos. Eso, mientras estuviera con ella, cuatro días a la semana. Los otros tres los pasaría firmando contratos, haciendo kilómetros, durmiendo en hoteles.

Sin ella.

Su propio suspiro, inesperado e imposible de disimular, devolvió a Jordan a la realidad para encontrarse con los ojos de Eileen y una pregunta.

—¿Tarta de moras o de fresas?

Él la vio sonreír. Su mirada le decía cosas distintas que la pregunta que acababa de formular, cosas que no tenían que ver con tartas. Pensó que seguro que acababa de ponerse rojo, ya que sentía un calor insoportable que ascendía por el cuello.

—De moras. Le encanta.

Fue Mandy la que respondió. Y no había acabado de hacerlo que ya habían vuelto a empezar las bromas.

—¿Así que le gusta la tarta de moras? —se burló Jason—. ¿Y cómo es que tú controlas tanto lo que a Jordan le gusta y no le gusta?

—¿Y a ti que te importa? —replicó Mandy con el mismo tono—. ¿Alguien te pregunta a ti por qué controlas tan bien lo que le gusta y lo que no le gusta a Gillian?

Jordan se la comió con los ojos. Ella no estaba negando la relación que mantenían, y aunque se suponía que debía, que no lo hiciera, le gustaba.

Gillian se echó a reír.

Jason se cruzó de brazos, desafiante, y le echó una mirada igual de desafiante.

—Porque la conozco muy bien —replicó el *quarterback*—, somos muy buenos amigos desde hace siglos. No es tu caso.

Eileen se dedicó a servir las tartas con una sonrisa pícara, sin hacer el menor comentario; John, a seguir las reacciones de su niña bonita y aquel vikingo al que quería como un hijo, con creciente interés.

—Ya —se limitó a contestar Mandy. Miró a Jordan que sonreía y luego a su padre que le ofrecía más café, y sonrió para sus adentros.

—Solo —volvió a decir la única mujer de los hermanos Brady—. Sin leche y sin azúcar.

—Vaya... —intervino Mark sonriendo, recordándole con los ojos la apuesta que tenían.

—¿Qué? ¿Qué sucede? —Mandy revolvía su café, acababa de guiñarle un ojo a Jordan y sonreía de lo más natural—. Este *guaperas* sabe hasta la marca de sales de baño que me gusta y a nadie le parece raro...

—Es que es tu mánager, pimpollo. Le pagas una pasta para que sepa esas cosas... —apuntó Mark, pinchándola.

Jordan la vio removerse incómoda en su silla, echarle una mirada irónica a su hermano, y volver a concentrarse en su taza de café, procesando.

Una voz de niño interrumpió el momento, puso carcajadas y libró a Mandy de tener que responder. A Jordan le pareció que había cierto alivio en su expresión cuando ella, sonriendo, volvió la cabeza para mirar a Matt.

—¿*Sus sales?* —dijo el niño, burlón—. Si yo fuera tu mánager, me sabría de memoria hasta los números de teléfono de la agenda de tu móvil... Te los recitaría como un loro para que no tuvieras que molestarte en buscarlos.

Jordan rió de buena gana. Él no pensaba aprendérselos de memoria. Lo que quería era borrarlos de su agenda y de su vida. De hecho, en eso estaba.

—¡Qué amable! Gacias, Matt... —dijo Mandy.

—¿Si me los aprendo me contratas? —insistió el niño, con picardía.

El que contestó fue Jordan, dejándolos a todos tan sorprendidos como sonrientes, especialmente a Mandy.

—No, tío, lo siento. El puesto ya está cubierto, pero gracias por la idea...

Mandy se apresuró a quitar su móvil de la vista.

—Ni lo sueñes.

Cuando vieron a Jordan mirarla y enarcar la ceja derecha imitando a Mark, toda la mesa explotó en carcajadas.

◆ ◆ ◆ ◆ ◆

La sobremesa continuó un buen rato hasta que Mark mencionó las palabras "partido de baloncesto por televisión" y la cocina se convirtió en un jolgorio liderado por los más pequeños. Todos se trasladaron al salón, excepto Jordan, que a pedido de John, se quedó a ayudarle a traer leña.

Él sonrió mientras seguía al cincuentón de mirada dulce por el camino de laja que llevaba del porche al jardín. Igual que hacía once años, eran John Brady, él y unos troncos de leña.

Pensó que John iba a hablarle de Mandy, o de los dos, pero estaban a punto de volver a entrar en la casa, cargando unos cuantos leños cada uno y él continuaba callado.

Jordan lo dejó pasar y se disponía a cerrar la pequeña puerta del porche cuando John habló:

—Mandy está muy bien. Hace años que no la veía así —dijo suavemente.

—Está muy contenta, sí. Le costó decidir lo que de verdad quería hacer, pero ahora que lo sabe, está tranquila.

John asintió varias veces.

—Sí.

Jordan también asintió. Se hizo una pausa incómoda que el padre de Mandy rompió.

—Eres la clase de hombre que quiero para ella, Jordan. Ahora sí.

Su propia reacción sorprendió a Jordan, que apartó la mirada. No pudo evitarlo. Era una niñería. En aquella casa lo querían, y él lo sabía, pero oírselo decir le había anudado la garganta.

Jordan tuvo la sensación de que nunca había estado más cerca de Mandy que en aquel instante. Y sintió el corazón hacerse gigante dentro del pecho.

Volvió a mirar a John. Quiso decir algo, mostrar lo mucho que valoraba aquellas palabras, pero solo pudo asentir varias veces con la cabeza.

John le palmeó el hombro con cariño, abrió la puerta de la casa para dejarlo pasar.

Jordan obedeció sin decir nada.

Estaba mudo de la emoción.

◆ ◆ ◆ ◆ ◆

Mandy sonrió cuando el pensamiento volvió a su mente.

—¿Qué? —preguntó Jordan divertido justo cuando ella se sopló las manos enguantadas en un intento de esconder la sonrisa.

Pero ya era tarde, él la había descubierto.

—Es la primera vez que amanezco con un hombre en la cama —dijo ella, risueña. Lo miró de reojo. Él andaba a su lado, con las manos en los bolsillos de su parka color habano, y la cabeza baja. También sonreía.

—¿Y… qué tal fue la experiencia?

Mandy volvió a mirarlo.

Bestial, Jordan, como tú.

—Estuvo bien —respondió, apartándose el cabello que el viento le echaba a la cara con coquetería.

Lo vio sonreír y asentir con la cabeza varias veces.

—Me alegro —dijo él, sin más, y continuó andando en silencio.

Ella se concentró en el paisaje. El Jordan privado, el que era cuando estaban solos, era alguien que siempre parecía saber cómo manejarse con ella. Mandy no tenía idea de si lo suyo era certeza o intuición, pero acertaba nueve veces de diez. Palabra justa, mirada justa, momento justo… Sabía cuándo abrirle un poco de su intimidad, y cuando callar y dejar que fuera ella quién preguntara y decidiera qué quería saber, y cuánto.

Como ahora.

—¿Y para ti, Jordan? ¿Estuvo bien para ti también, o prefieres lo de antes?

Ella se había detenido. Apoyada contra la valla lo miraba abiertamente, conteniéndose para no zambullirse en la dulzura de aquellos ojos hermosos que siempre le habían resultado extremadamente tentadores. Pero ahora Jordan apartaba la mirada y en su rostro había una expresión un poco pícara, un poco sensual...

Y una sonrisa.

Desde donde se encontraban, se veía la casa. Mark echaba sal en las escaleras que llevaban al porche. Gillian y los niños entraban en el jardín, en fila india, con leños para la chimenea.

Pero por más que Jordan intentaba concentrarse en lo que veía y dejar de estremecerse, no podía. Antes de tocarla por primera vez, estaba loco por ella. Ahora, veinte días después, la locura se había tornado desesperación; estaba lisa y llanamente desesperado por tenerla.

Cuando ella lo despertó con besos aquella mañana y él fingió estar profundamente dormido, en realidad llevaba horas contemplándola, pensando cómo se las arreglaría para volver a dormir sin sentir el calor de su cuerpo junto al suyo, sin tenerla entre sus brazos...

Y ahora debía responder esa pregunta. Ser lo bastante tierno y a la vez, lo bastante controlado, incluso distante, para que ella no se sintiera vulnerable y echara a correr.

—Prefiero lo que tú prefieras —le dijo, seductor. Añadió un movimiento sensual de las cejas que a Mandy la hizo reír y a él le ayudó a salvar el momento.

Eres muy listo, sí. A ver qué tal te las arreglas ahora.

Mandy sonrió desafiante y dejó que su mirada bajara de aquellos ojos hermosos a sus labios. Luego, volvió a mirarlo directamente.

—¿Y si prefiero dormir contigo?

Jordan tragó saliva y forzó una expresión sorprendida en su cara.

—¿Te refieres a… dormir-dormir?

Mandy se cruzó de brazos y sonrió de oreja a oreja. Asintió varias veces.

Jordan soltó un silbido y rió fingiendo sorpresa.

—Joder, no sé... ¿Te parece? —le dijo, mirándola de reojo haciéndose el pensativo. Mandy continuaba sonriendo.

Dios... Eres total, Jordan.

—Sí… ¿Por qué no? —respondió ella, con naturalidad—. No me acuesto con los rulos puestos y como ya has comprobado, sigo estando igual de buena sin maquillaje.

—No todos tenemos tu suerte —apuntó él, y puso un gesto delicado que hizo que Mandy soltara una carcajada—. No sé si quiero que me veas sin afeitar y oliendo a tigre, la verdad.

—No soy ninguna remilgada —notó que él continuaba sonriendo y mirando hacia otro lado—. Además, eres bestial, Jordan. Un pedazo de tío como la copa de un pino. Seguro que hasta oliendo a tigre seguirías siendo bestial…

Jordan carraspeó y la miró de reojo. Cuando el vocabulario de Mandy se volvía directo, era que sus calderas empezaban a calentar. Y si algo había tenido la ocasión de comprobar, era que cuando Mandy calentaba motores, los suyos empezaban a quemar aceite a destajo.

—¿Estás hablando en serio? —le dijo, y esta vez sí que la miró abiertamente—. Porque si es así, creo que vamos a seguir hablando de esto con algo menos de ropa y un poco más cerca.…

Mandy negó con la cabeza sonriendo pícara.

—Tranquilo. Era broma.

Ambos sonrieron.

No había sido ninguna broma.

Mandy lo sabía. Jordan lo intuía. Y sabía, *no intuía*, que si iba en serio como él creía, ella todavía daría algún rodeo más hasta encontrar la forma de decir lo que quería que sucediera, sin sentir que se exponía. Mandy, en realidad, mantenía un pulso con ella misma, no con él. Era su lado arisco que se resistía.

Y así fue.

—Estuve pensando que me vendría bien conocer los sitios donde se supone que voy a actuar, hablar con los organizadores, conocer a la gente, ver cómo viven de día…

Mandy hablaba con los ojos fijos en el paisaje, más allá. Jordan, en cambio, la miraba a ella, y en su interior el corazón latía cada vez más fuerte.

—Tengo que pensar en el próximo álbum… Seis meses no es tiempo, especialmente dando cuatro conciertos por semana. Quiero hacer algo diferente, que recoja un poco de cómo es la vida por esos sitios, pero aún no sé qué… —Mandy lo miró de reojo brevemente—. Y también me ayudará en lo de la imagen, ya sabes… Comprobarán en vivo y en directo que ahora soy una persona seria y formal.

Él continuaba mirándola atentamente. Sin embargo, ella no acertaba a tener claro qué pensaba acerca de lo que estaba oyendo.

Mandy se apartó el cabello y sonrió.

—¿Qué opinas?

—¿Qué propones? —replicó él, directo como siempre que hablaba de trabajo... A pesar de saber, *perfectamente*, que no estaban hablando de trabajo.

Mandy se recostó mejor contra la alambrada.

¿Qué propongo? Dios, algo que no suena nada a mí…

—Acompañarte en tus viajes.

Lo había dicho.

No había ninguna duda. Sentía un calor horrible abrasándole el cuello y cuando llegara a la cara sería evidente, no habría forma de ocultarlo y él se daría cuenta.

Por puro impulso Mandy volvió a ponerse en marcha evitando el contacto visual, con la esperanza de que el aire frío neutralizara el fuego que seguía trepando por su cuello. La mano de Jordan en su brazo la detuvo, y la devolvió donde estaba antes.

—Quiero que descanses, que comas bien, duermas bien y estés tranquila. Cuatro fechas por semana es mucha tralla, *bombón…* Pondrás un pie en el estudio de grabación cuando estés lista, sean seis meses o un año, yo me encargo de la discográfica. Tú no te preocupes, vas a tener el tiempo que necesites…

Mandy sonrió nerviosa y asintió. El fuego acababa de instalarse en sus mejillas; le ardían.

OK. No había colado.

Y además él había vuelto a llamarla "bombón". E igual que uno de verdad, Mandy sentía cómo se derretía lentamente.

—Quiero ir igual.

Jordan negó con la cabeza.

—No. Mira, es más importante que estés en forma y hagas tu trabajo sin sobresaltos... Tus últimos dos años están muy frescos todavía en la mente de los que firman... Va a llevar tiempo, y la mejor estrategia es que pasen los meses y vean que tú sigues ahí, dando el callo en el escenario, y manteniéndote apartada de los escándalos en la prensa del corazón... Esa es la manera de hacer las cosas. No te necesito para que ellos firmen. Lo que necesito es que hagas tu trabajo bien hecho. Del resto, me encargo yo.

La vio menear la cabeza, mirar en dirección a la casa, vio aquellas mejillas rojas... y cuando Mandy empezó a hablar otra vez, Jordan sentía el corazón latiéndole en las sienes con tanta fuerza que retumbaba como si por dentro estuviera vacío.

—No como bien. Ni duermo bien. Ni estoy tranquila... Cuando no estás, me siento mucho más rara que cuando estás...

Mandy tragó saliva. No se animaba a mirarlo y no sabía cómo seguir, pero había empezado y *debía* continuar.

—Nunca me he sentido de esta manera. No sé qué es. Y me da un miedo horroroso... Pero creo que la vida son dos días y hay que vivirla tal como viene... Quiero estar contigo —le dijo, y se esforzó por mirarlo —. No sé cuánto va a durarme, Jordan... Es posible que en quince días te hartes o sea yo la que me harto, no lo sé... Hoy sé que quiero estar contigo... Mi carrera me importa, pero mi vida siempre me ha importado más.

Jordan ignoró la polca frenética que bailaba su propio corazón, y volvió a intentarlo.

—Nos van a relacionar sentimentalmente. Y no deben relacionarnos, *bombón*, ahora no.

Mandy asintió y permaneció en silencio durante unos instantes. Él tenía razón, si eso sucedía sería muy malo para los dos.

Curiosamente, no le importaba en absoluto.

—Quiero ir —repitió con decisión, y tragó saliva—. Y quiero dormir contigo. Y si vuelves a llamarme "bombón", me voy a colgar de tu cuello y voy a besarte hasta que te derritas aquí mismo...

Pensó que si él no hacía algo se iba a morir de vergüenza. O de ganas de abrazarlo. Pero Jordan hizo algo: la abrazó completamente, pegándola contra su cuerpo. Sus manos la acariciaron con una pasión desbordante.

—De acuerdo —susurró él al fin—. Pero vamos a mantener las distancias en público, y vamos a seguir registrándonos en habitaciones separadas, ¿de acuerdo?

—No creo que las usemos, pero por mí, vale... Si eso te hace sentir menos presionado —bromeó ella.

Él se coló en su boca, ávido. Iba a decirle que no se sentía presionado, que ella tampoco se sentiría así, que esta vez era de verdad y a ella no se le pasaría en dos semanas...

Pero el sonido de la vieja campana que anunciaba la hora de la comida cuando el rancho era una plantación, hacía más de un siglo, les sacó sonrisas a los dos y ambos se apartaron un poco para mirar en dirección de la casa.

Entonces, las sonrisas se transformaron en carcajadas.

Los Brady hacían el monigote detrás de la ventana de la cocina, celebrando que acababan de cazarlos en una exclusiva.

Y Gillian, en pleno porche, bailaba el baile de los egipcios, loca de alegría.

EPÍLOGO

Camden, Arkansas.
Marzo de 2005.
Porche de la casa de la familia Brady.

Mandy movió un poco la cabeza para poder verlo mejor, y sonrió. Jordan seguía con la suya apoyada en el cojín granate de la hamaca, con los ojos cerrados. Los mechones naturales más claros, casi blancos, que poblaban su melena rubia emitían destellos bajo aquel sol de primavera.

—¿Vas a ir a ver a los tuyos? —preguntó Mandy mientras volvía a acomodarse contra el pecho de Jordan, y lo abrazaba.

Él la estrechó más fuerte y habló sin abrir los ojos.

—Hoy no. Hoy pienso quedarme así, aquí, sin hacer nada más que tenerte pegada a mí.

Ella sonrió traviesa.

—Suena bien.

—Suena bestial —apuntó él, pero hizo algo.

Mandy sintió que una de sus manos se deslizaba por el costado de su brazo, en una caricia descendente. La yema de los dedos de Jordan pasaron suavemente, de forma casi inadvertida, sobre el perfil del pecho femenino, y siguieron camino hacia el estómago.

Ella suspiró. Se movió un poco hacia atrás, dejando el torso expuesto a las caricias de aquella mano que sabía perfectamente cuándo, cómo y qué, como ninguna otra mano masculina lo había sabido de ella jamás.

—Eres observador... —dijo Mandy, con voz perezosa mientras disfrutaba de los movimientos de aquella mano que ahora, lentamente, describía círculos amplios sobre su vientre.

—Gracias.

—Y paciente... —añadió ella, envuelta en otro suspiro.

—Gracias —repitió él, seductor.

Sus ojos se desplazaron del rostro de Mandy al vientre que acariciaba sobre la camiseta blanca. Tiró de ella con suavidad para sacarla de dentro de los vaqueros y siguió acariciándola sobre la piel. Instintivamente, Mandy se volvió completamente de frente y apoyó su mano sobre la de él, acompañando sus caricias.

Detrás de la ventana, Jason y Mark se cubrieron la boca en un esfuerzo por aguantar las carcajadas y no delatar su presencia. Con un dedo, Mark tiró lentamente del borde de una de las alas de la ventana para abrirla más.

Mandy se echó el cabello hacia atrás, y dejó su mano debajo de la cabeza, a modo de almohada. Jordan sonrió. Esa faceta de mujer mimosa era nueva. Nueva incluso para ella misma, alguien que había compartido intimidad con muchos hombres, y afectividad con ninguno. Y como todo en ella, lo disfrutaba sin reparos.

—Eres alucinante... —volvió a suspirar, y continuó hablando con los ojos cerrados y una expresión placentera en la cara—. La mayoría de los tíos no tienen ni idea...

Jordan quitó la vista del vientre liso que acariciaba y se fijó en el rostro de Mandy. Dejó que las yemas de sus dedos se encargaran de las caricias. Ella se estremeció.

—Alucinante se queda corto —corrigió él. Las caricias se deslizaron dentro de la cintura del pantalón de Mandy, apenas un poco, haciendo que ella volviera a estremecerse—, pero gracias...

—Está claro —volvió a suspirar—. Si no fuera así, no habrías podido durarme tres meses y seguir invicto.

Los espectadores silenciosos se miraron justo cuando se les unía una tercera persona; Gillian. Jason se llevó un dedo a la boca y le indicó que no hiciera ruido.

—¿Qué? —susurró Gillian, asomando los ojos por el borde de la ventana. Apenas veía la parte posterior de la cabeza de Jordan—. ¿Ya se lo ha dicho o no?

Jason rió en silencio.

—No. Todavía le está dorando la píldora —respondió en voz baja.

Mark se acercó a Gillian y le habló al oído.

—Joder con el tío... Es un fiera.

Gillian asintió, divertida. A ella no le cabía ninguna duda. Para despertar semejante interés en Mandy, y conservarlo, tenía que serlo.

Jordan sintió que su corazón empezaba a latir con mucha más fuerza.

—Tres meses y veintiún días —volvió a puntualizar él, con su tono suave.

Ella abrió los ojos. Lo miró con una especie de sonrisa traviesa.

—¿Llevas la cuenta?

Jordan se inclinó hacia ella, la besó en los labios suavemente.

—Claro. Llevo todas tus cuentas, no solamente las profesionales.

Mandy movió la cabeza hacia afuera de la hamaca, buscando poner suficiente distancia entre los dos para poder verlo bien. Sonrió entre interrogante y traviesa.

—¿Lo dices en serio?

Él volvió a besarla. Esta vez el beso fue más largo. Y correspondido.

—Claro —repitió él mientras se apartaba, y volvía a su posición original.

—¿*Todas-todas-todas*? —preguntó ella con picardía. Él volvió a asentir. Entonces, la expresión pícara de Mandy se transformó en sorpresa—. Vaya, ¿hay algo que no sepas de mí?

Tras la ventana de la cocina, Jason se volvió de espaldas muerto de risa. No podía creer lo que acababa de oír.

Mark se acercó a Gillian.

—¿Quiso decir...? —le preguntó con ojos alucinados.

Gillian se encogió de hombros, roja como un tomate y a la vez, muerta de risa.

—Eso parece...

"Jo-der", fue la única, pero sumamente gráfica palabra que pronunció Mark.

En el porche, Jordan miraba a su chica con aire divertido. ¿Había hecho que Amanda Brady se sintiera violenta?

—Estás dándole vueltas a algo... —respondió él, entrelazando sus dedos con los de Mandy—. ¿Por qué no lo sueltas de una vez?

Mandy respiró hondo y apartó la mirada. Jordan la estrechó fuerte, acunándola en sus brazos.

—Sé muchas cosas de ti, pero algunas necesito oírtelas decir aunque las sepa... Dímelo, bombón, por favor —susurró él, hablándole al oído.

Ella le pasó ambos brazos alrededor del cuello y se abrazó fuerte a él.

"Bombón", otra vez. Cada vez que escuchaba aquella palabrita….

—Quédate conmigo esta semana —pidió Mandy, tan bajito que casi ni ella misma se oyó.

—Dilo más alto, Mandy.

Ella lo repitió apenas un poco más fuerte, y lo miró con las mejillas arreboladas.

—¿Aquí? ¿Toda la semana? —preguntó él, comiéndosela con los ojos.

Mandy asintió roja como un tomate.

—Solo si tú quieres... —añadió casi en un murmullo inaudible.

—Quiero —respondió él, colándose en su boca apasionadamente—. Claro que quiero.

—¿Qué estáis...

Eileen calló tan pronto vio las señas que le hacían los tres espectadores silenciosos.

Pero ya era tarde.

Mandy se había incorporado y con una ceja alzada miraba a Gillian, que tentada de la risa, se asomaba a la ventana para oír mejor justo cuando Eileen entraba en la cocina y los descubría.

—¿Querías algo? —le preguntó Mandy, burlona.

Gillian negó varias veces con la cabeza.

—Seguid a lo vuestro. Pasaba por aquí, y...

En aquel momento, el cojín granate de la hamaca se estampó en su cara, impidiéndole acabar la frase.

Un buen rato después, todavía duraban las risas en el salón.

Y Jordan y Mandy continuaban abrazados en la hamaca.

Tres meses y veintiún días con aquel hombre alucinante... A Mandy le parecía más, como si siempre hubiera sido así. Casi no recordaba como eran sus días antes de tener a Jordan. Se sentía francamente bien con él, a gusto. Daba igual lo que hicieran o dónde estuvieran. Nunca se había sentido así.

Ella volvió a mirarlo. Él tenía con la cabeza recostada sobre el cojín granate -que había regresado como un bumerán desde la ventana de la cocina, tan pronto Gillian se recuperó del shock-. Tomaba el sol, con una expresión de puro relax en la cara...

—Me gusta como eres… —dijo ella en voz baja. Él sonrió y apretó el abrazo brevemente, solo un poco, luego lo relajó.

Mandy continuó atenta a él, que permaneció inmóvil, con los ojos cerrados.

—Quiero decir… tu ternura —añadió en el mismo tono de voz baja, íntima.

Él escondió detrás de una sonrisa pícara y un comentario insinuante la súbita aceleración de los latidos de su corazón.

—¿En la cama también? —susurró él, y matizó sonriendo—. Bueno… de pie, en la bañera o sobre la mesa, quiero decir… Ya me entiendes.

Mandy se estiró un poco y le besó el mentón, suavemente.

—Tu ternura me encanta. *Siempre*. Allí, más.

Su corazón ahora latía frenético. Jordan se preguntó si tenía alguna posibilidad de responder sin que lo que sentía resultara evidente. No lo creía, pero aún así lo intentó.

Abrió un ojo y la miró divertido

—¿En serio? —le preguntó con una sonrisa feliz.

—Muy en serio.

Esta vez la sonrisa de Jordan fue inmensa. Se moría de ganas de comérsela a besos, pero no lo hizo.

—¡Qué bien! —respondió él con suavidad. Luego, la acomodó mejor entre sus brazos y volvió a disfrutar del sol más feliz que unas pascuas.

Cuanto Mandy más lo miraba, más ideal lo encontraba.

—Estamos bien juntos, ¿no? —se animó a preguntarle, y permaneció mirándolo atentamente. No quería perderse ni un solo gesto.

Lo vio abrir los ojos perezosamente y supo la respuesta antes de oírla en palabras.

Lo supo cuando sintió la intensidad de sus ojos azules enfocar en ella, y llegarle directamente al corazón.

—Estamos *muy bien* juntos, bombón —y esta vez, después de las palabras tiernas vino un beso, pequeño, suave, en la punta de la nariz.

Mandy sonrió satisfecha, suspiró y volvió a abrazarse a él.

Y continuó disfrutando de la tarde soleada y de todas aquellas sensaciones tan nuevas como intensas.

No esperaba que fueran eternas. En muchos sentidos, ella seguía siendo como el viento.

Pero por primera vez en veintiséis años, Mandy tenía la sensación de que si algún día decidía recoger velas y atracar en un puerto, ese puerto sería él.

Sería él, sí; Jordan, el vikingo que la llamaba "bombón".

BOMBÓN, ENTRE-HISTORIAS

¿No te pasa que, a veces, cuando terminas una novela te quedas con ganas de saber más de esa historia? A mí, sí. Constantemente. Por eso me encantan las sagas, y esta es otra de las muchas ventajas que tienen; se prestan perfectamente para un poco de romance adicional entre novela y novela.

Las "entre-historias" son capítulos extra que hacen a la historia que narra la serie Sintonías, que tienen que ver con los protagonistas de la novela a que se refieren, pero no forman parte de ella. En la edición "informal" -sin ISBN- de 2007/2008, se enviaban por correo electrónico como obsequio a quien compraba la novela. En esta edición van incluidas en el mismo libro.

Digamos que son algo así como unos apetitosos bocaditos extra para aliviar el gusanillo romántico ;)

Bombón incluye cuatro "entre-historias", que encontrarás a continuación.

Espero que sean de tu agrado.

ENTRE-HISTORIAS, 1

Bus Musical de Amanda Brady.
18 de abril de 2005.
En algún punto entre las ciudades de Barstow
y Bakersfield, en California.

Cuando Mandy vio la expresión en la cara de Jarvis supo que quien llamaba era su última novia. Otra vez. Quería concentrarse en otra cosa y no prestar atención a la conversación, pero no lo conseguía; con un oído seguía atenta a lo que pasaba allí mismo, al otro lado de la mesa que compartía con su bajista. Le parecía increíble que él estuviera "de novio". Más increíble aún que su noviazgo durara ya dos meses. Y se lo parecía porque la razón por la cual Mandy y el bajista congeniaban tan bien, en lo profesional y hasta cierto punto en lo personal, era precisamente que se parecían muchísimo.

—A ver, muñeca, ¿por qué esperas que cada vez que hablemos te diga que me muero por verte? Hablamos *mil* veces por día, nena... —oyó que decía el músico.

Mandy se obligó a concentrarse en el paisaje que pasaba veloz por las ventanillas panorámicas del "bus musical", como llamaban al autobús de *superlujo* con capacidad para doce personas en el que desde enero recorrían la geografía del país.

El tono de Jarvis todavía era divertido, sin embargo, Mandy sabía que no duraría mucho más.

—Ok. Cinco veces por día, no mil. Siguen siendo un montón de veces. Escucha...

Mandy espió a Jarvis por el rabillo del reojo. Su chica había vuelto a tomar la palabra y la expresión de aquel moreno empezaba a mostrar signos de irritación.

Cinco veces, pensó Mandy. En diciembre, cuando ella no acompañaba a Jordan en sus viajes, hablaban más que eso. Algunos días hasta diez veces. Pero la mayoría, era Jordan el que llamaba. Aún así...

—Maggy, no me agobies, joder... Parece que a todas os hicieran con el mismo molde... No me hagas sentir controlado. Y no me agobies, te lo he dicho varias veces. Porque no te llame un día no va a pasar nada. No quiere decir que ya no me moles ¿vale? Solamente quiere decir que me apetece estar a mi aire, ¿tan difícil es?

Jarvis sonaba definitivamente irritado. El final de la conversación sería abrupto y estaba al caer.

Mandy se recostó contra la ventanilla y quitó su atención de la conversación. Estar a su aire, pensó, hacía meses que Jordan y ella no se separaban para nada. Estuvieran de gira o de viaje de negocios, siempre estaban juntos. Y también hablaban bastante por teléfono, no cinco veces al día, pero si él tenía que hacer alguna cosa y Mandy no podía acompañarlo, se llamaban. A veces llamaba él, otras ella. Los hombres se agobiaban, ella lo sabía. Y lo sabía porque ella también se agobiaba. Antes. Con Jordan, curiosamente, no. Pero ¿y él? Era demasiado educado, demasiado gentil para decirle a ella lo que Jarvis le había soltado a su novia con tanta sinceridad.

Una sensación incómoda le recorrió el cuerpo. ¿Estaba agobiándolo sin darse cuenta? Solamente de pensar que ella, justamente *ella*, estuviera... No podía ni ponerlo en palabras.

—Me parece que me va a durar lo que un suspiro.

Era Jarvis que soltaba el móvil sobre la mesa de muy mal humor, y hablaba en el mismo tono que había usado con su novia. Mandy sonrió divertida.

—Pues de momento es un suspiro bastante largo.

Él bebió un sorbo de su cerveza. No hizo comentarios.

—Es que eres irresistible —añadió risueña. Él sonrió resignado—. No puede vivir sin ti.

—Me tiene asfixiado... Solamente con las preguntas que me hace, ya me siento *supercontrolado* y seguro que hace la mitad de las que quiere hacer... Que a qué hora me levanté, que a qué hora me acosté, que cuándo vuelvo a casa... *que si la echo de menos...*

Aquellas preguntas le resultaban familiares. Mandy las había hecho varias veces. A Jordan. Y él... Preguntaba a veces, pero generalmente no.

Otra vez esa sensación incómoda en el cuerpo.

—¿Te agobia que te haga preguntas? —se animó a preguntarle.

—Las preguntas, las llamadas, el control... —Jarvis volvió la cara y la miró con el ceño fruncido—. ¿Y por qué me lo preguntas? Justamente tú, la señorita no-me-toques-las-narices...

Sí. Justamente ella. Desde que estaba con Jordan decía cosas muy raras. Y las que hacía eran mucho peor.

—¡Y qué sé yo! Nunca he tenido un novio —sonrió—, pero supongo que si llevas dos meses saliendo con la misma chica por algo será, ¿no? No creo que te moleste tanto... Lo que pasa es que los tíos sois unos pesados...

Vio a Jarvis acomodarse en su asiento, cruzarse de brazos y mirarla con su expresión desafiante.

—Me molesta. A cualquier tío le molesta, aunque esté casado con la chica y tenga una docena de hijos.

—¡Venga ya! —dijo ella pinchándolo—. Eres un quejica.

—*Me molesta*. Aunque me llame diecisiete veces y me ponga un chip de seguimiento, si me apetece echar un polvo, lo voy a echar igual. Aunque ella luego me mande a la mierda. Los tíos somos así. *Todos* los tíos —Mandy lo miró sonriendo. El énfasis había ido dirigida a ella ¿o era una impresión suya? Lo que siguió le despejó las dudas—. Y eso de que no tienes novio...

—Chaval, mi vida privada no es tema de conversación ni siquiera contigo —dijo ella con una sonrisa que no disminuyó un ápice el tono definitivo que usó al decirlo—. Pero el día que tenga comillas novio comillas, vas a ser el primero en saberlo... Por las dudas, no esperes de pie.

Jarvis le echó una mirada con mensaje que Mandy entendió perfectamente, y se dedicó a su cerveza con una sonrisa incrédula en la cara.

◆ ◆ ◆ ◆ ◆

Eran cerca de las tres de la tarde cuando Mandy oyó unos golpes en su puerta. La abrió y con una sonrisa de oreja a oreja, se apoyó contra el marco.

—¿Buscabas a alguien, guapo?

Jordan miró disimuladamente a un lado y a otro. Ninguno de los chicos del grupo estaba a la vista.

—¿Puedo pasar? —preguntó suavemente.

Mandy abrió la puerta de par en par para que él entrara. Jordan volvió a echar un vistazo y entró. Mandy cerró la puerta.

—Ven aquí —dijo él en voz baja mientras la abrazaba—. ¿Estás bien?

—Ahora, mejor que bien. ¿Qué tal... —Mandy titubeó. *Sin agobios—* tú?

Él tardó unos instantes en responder. La abrazaba y le besaba el cuello suavemente, pero no contestaba.

—Bien ¿y tú...? —susurró al fin, mordisqueando sus labios.

Mandy lo apartó un poco. Él la miraba con picardía.

—Bien.

Jordan ladeó la cabeza, la miró con un ojo entrecerrado.

—¿Qué pasa, princesa?

—Tenía ganas de verte.

—¡Qué bien! ¿Por qué no me has llamado?

Mandy se encogió de hombros.

—Pensé que estarías, ya sabes, *liado...* No quería darte la tabarra.

Jordan la tomó por los hombros y la apartó un poco para verla bien.

—Si llamas en un momento que no puedo atenderte...

—Lo dejas sonar hasta que me canso y corto —lo interrumpió ella socarrona. Como aquella madrugada en Nashville en que el móvil de Jordan había sonado dieciséis interminables veces sin que nadie lo atendiera y el de Mandy acabó estrellado contra la pared de su habitación.

—Te digo que no puedo atenderte y te vuelvo a llamar —corrigió él desafiante—. Dime qué pasa, Mandy.

No podía decírselo, ¿cómo iba a decirle algo así?

—Jarvis no se me despegó en todo el viaje... —dijo. Era cierto, pero de ningún modo la razón de no haberlo llamado. Sacó una cerveza de la nevera y se la dio—. Lo que por cierto me trae a la mente que se huele lo nuestro.

Jordan bebió un sorbo del bote sin perderle gesto. Algo sucedía. ¿Qué era?

—¿Qué vamos a hacer? —preguntó ella al ver que él no hacía comentarios.

—Nada.

Nada. Después de cinco meses juntos, "nada" empezaba a pesar. ¿Lo hacía por ella? ¿O por él? Mandy no tenía la menor idea. Y no iba a preguntarlo. Asintió sin más. Jordan decidió tantear el terreno.

—¿Quieres que se sepa?

Él había dicho cuatro palabras. A ella le sonaron seis. Le sonó como si hubiera dicho "¿de verdad, quieres que se sepa?". Y no le gustó lo que sintió.

No te lo diría, Jordan.

—¿Para qué? —sonrió traviesa—. Solamente añadiría presión y ya hay bastante.

Así que eso era lo que sucedía; ella empezaba a sentir la presión. Jordan tuvo que esforzarse por continuar. Pudo sonreír pero no responder. Se limitó a asentir con la cabeza.

Durante la media hora siguiente hablaron de la agenda, del ensayo, del concierto, de las entrevistas.

Jordan se devanaba el seso pensando en qué se había equivocado. En qué punto de los cinco meses que llevaban juntos había dado la vuelta de más que había falseado el mecanismo.

Y cómo conociendo a Mandy como la conocía, no se había dado cuenta.

Mandy no pensaba. Se limitaba a intentar mantener su emociones bajo control. Lo que sentía era demasiado nuevo y demasiado intenso. Primero, aquella sensación de haberse convertido en una soga al cuello de Jordan que cada día apretaba un poco más, justamente ella. Y luego...

Él no quería que la relación que mantenían trascendiera. Después de cinco meses, los únicos que lo sabían eran los Brady y porque los habían "pillado en una exclusiva". Hasta entonces, Mandy no se había planteado el porqué. Jordan había puesto esa condición y la única vez que habían hablado de razones, él había dicho que no les convenía que los relacionaran sentimentalmente. Ella había estado de acuerdo, pero ¿realmente lo hacía por ella? ¿O por él?

Mandy ya no lo veía tan claro.

Ni eso ni nada.

◆ ◆ ◆ ◆ ◆

Mandy hizo señas al grupo que enseguida volvía y se dirigió a los lavabos. Llevaban más de una hora ensayando, pero había un par de temas a los que Jarvis había introducido arreglos nuevos que no acaban de sonar bien. Y hacía un calor de mil demonios: tenía la camiseta pegada al cuerpo y el pelo, empapado, recogido en una coleta alta.

Además, siempre había tanta gente... Técnicos, montadores, seguridad, asistentes, curiosos...

Era un ensayo ¿por qué siempre había dos mil ojos pendientes de ella?

Mandy entró en el baño, afortunadamente vacío, y abrió el grifo. Puso la cara debajo y dejó que el agua fría corriera por su rostro.

A ver si la refrescaba.

A ver si le enfriaba el cerebro y podía pensar.

¿Por qué Jordan no quería que la relación que mantenían transcendiera?

¿Por qué?

De acuerdo que al principio quisiera tomarse las cosas con calma. Sus dos años cuesta abajo seguían muy frescos en la mente de promotores y organizadores. Además, seguro que él no había contado con que lo que tenían duraría cinco meses. Tratándose de alguien tan cambiante como ella, era todo un récord.

Pero hubiera contado con ello o no, *habían* pasado cinco meses.

Y Jordan ni siquiera lo había dicho en su casa, a su familia. Salía con la hermana de su mejor amigo desde hacía cinco meses y no se los había dicho.

Cinco meses en los que la imagen profesional de Mandy había escalado casi hasta el tope de la lista; llenaba en todos sus conciertos, actuara donde actuara, y la prensa se estaba haciendo eco bien y constantemente.

En cualquier caso, era *su* imagen.

No era que Mandy quisiera gritarlo a los cuatro vientos, después de todo era su vida privada y a los Brady no les gustaba hablar de eso, pero que Jordan ni siquiera lo compartiera con su propia familia, empezaba a resultarle raro.

Además, todo el mundo se moría por salir en las revistas con Amanda Brady, solo por alardear de haberla tenido aunque fuera durante el segundo que tardaban en disparar la foto. Y la única persona en el mundo, hombre para peor, que podía presumir de tenerla, no mostraba el menor interés porque se supiera. Más aún, organizaba auténticos montajes para que *no* se supiera.

¿Por qué?

Mandy cerró el grifo y se secó la cara.

Aquello era latín. No entendía nada.

De ella misma, comprendía menos aún.

¿Qué más daba que Jordan no quisiera que se supiera? ¿Qué importancia podía tener? Ella tenía lo que quería, dormía con él todas las noches. ¿Por qué le estaba dando tantas vueltas al tema?

Últimamente, no era ella. Últimamente... desde hacía cinco meses.

Mandy salió del baño y caminó a paso vivo por el corredor que llevaba al escenario, que para variar estaba más poblado de lo que debía estar a esas horas. Tenía que dejar de pensar en tonterías y concentrarse en acabar el ensayo de una vez.

Aunque antes, pensaba hacer una parada técnica junto a la escalera. El rubio imponente que, vestido de negro, hablaba por teléfono con la espalda apoyada contra la barandilla, era su chico.

Se acercó sonriente y sigilosa, pero cuando estaba a un metro escaso se dio cuenta de que el tono de la conversación no era cordial. Él sonaba tenso, molesto. Mandy pensó en pasar de largo pero entonces Jordan tomó la palabra y ella se encontró literalmente clavada al suelo.

—Me tiene asfixiado y soy mayorcito para que me marquen tan de cerca. Ya está bien.

Lo primero que Mandy atinó a hacer fue bajar la cabeza. Seguía sin poder respirar.

Lo siguiente, casi un acto de desesperación; cogerse de la barandilla y subir la escalera con la vista fija en un punto delante de sus ojos que ni siquiera miraba.

Acababa de aterrizar: Jordan se sentía asfixiado. Por eso no quería que lo que tenían transcendiera. Tal y como ella había dicho más temprano, solamente añadiría más presión. Lo había dicho sin pensar, claro, por soltar una cortina de humo, pero había dado en la tecla.

Se sentía ridícula.

Patética.

Jordan volvió la cabeza al sentir la vibración de la escalera metálica. Sonrió y extendió una mano con la intención de tocarle la pierna, pero se quedó corto. La vio desparecer en el escenario.

—Tío ¿qué me estás contando? Ya le expliqué media docena de veces por qué no voy por casa.

—*Joder, Jordan, ¿cuándo fue la última vez que estuviste con los viejos? ¿Navidades? De eso hace cinco meses* —dijo Paul molesto. Era el mayor de los tres hermanos y a pesar de llevar diez años casado, seguía ejerciendo de mediador familiar. De ahí, la llamada.

—Me pasé a verlos en marzo. Y además, no van por ahí los tiros y tú lo sabes mejor que bien.

—*Bueno, si por estar con ella despareces de la familia, como comprenderás...*

Jordan bufó, rabioso.

—*Ella* tiene nombre, tío. Y además, *no estoy* con Mandy. Soy su mánager y estamos relanzando su carrera con plan nuevo. Este año vamos todos a fondo y ya se los adelanté a los dos en Navidad. ¿Qué más quieren? Tenemos actuaciones cuatro veces por semana, y yo además, soy el que las negocia... No paro y lo que no me hace falta es tener a mamá dándome la lata día sí y otro también. No sé cuando voy a ir, Paul. No sé cuánto voy a quedarme cuando vaya. No sé nada, tío. Y por más que mande a Dios a preguntármelo, la respuesta sigue siendo la misma. *No lo sé.*

—*No me mandó mamá* —dijo Paul.

Jordan meneó la cabeza irónico.

—Y yo me lo creo.

—*No me mandó mamá* —insistió cada vez más serio—. *Fue el viejo. Mamá no está llevando bien esto, tío. Se pone nerviosa, le sube la presión, tiene taquicardias... Papá está preocupado.*

—Lo que mamá no lleva bien es el asunto Amanda Brady. Nunca lo ha llevado bien y tú lo sabes. No tiene que ver con verme poco o mucho.

—*Mira, es tu vida y son tus asuntos, pero no está bien lo que estás haciendo. Somos una familia, no puedes desaparecer sin más y esperar que todos lo demos por bueno. Lo entendemos, pero sigue pareciéndonos mal. Así que resuélvelo, Jordan. Nadie te pide que los veas todos los días, pero una vez al mes... Son tus padres, hombre, inventa el tiempo.*

Los primeros acordes se habían convertido en música: el ensayo había vuelto a empezar y en el hueco de la escalera el ruido era atronador. Jordan se alejó por el corredor decidido a terminar la conversación.

—*Te tengo que dejar, ya hablaremos. Ahora tengo que irme. Besos a Karen y Jesse* —Jordan se tapó un oído—. *No oigo nada... Ya nos veremos, ¿de acuerdo?*

Cortó sin tener muy claro que su hermano le hubiera oído y volvió al predio del concierto.

Ahora no podía pensar en su familia. Tenía suficiente con los malabarismos que venía haciendo desde hacía meses para seguir en la vida de Mandy.

Su familia tendría que esperar.

◆ ◆ ◆ ◆ ◆

Desde la segunda fila, asiento central, Mandy se veía de primera.

Y de fábula, aunque estuviera sudada y llevara el pelo en una coleta alta enmarañada.

Jordan, que la conocía muy bien, veía que aunque le regalara sonrisas de vez en cuando, algo le rondaba la cabeza. Y lo que fuera, no era bueno. Había ese algo en su mirada, en su expresión, que demostraba claramente que iba acelerada.

Efectivamente, la explosión no tardó en llegar.

Jordan la vio dejar de cantar de golpe y menear la cabeza. Para cuando ella se volvió hacia donde estaba el coro, él ya estaba subiendo las escaleras que llevaban al escenario.

—A ver, bonita —dijo Mandy encarándose con Trish, la más joven de las dos voces del coro—. ¿Tenemos distintas partituras o qué? Yo hago el alto; tú el bajo ¿estamos?

185

Jordan, que ya había llegado junto a ellas, les puso una mano sobre el hombro. Vio por el rabillo del ojo que Mandy le echaba una mirada furibunda, pero la ignoró.

—¿Qué pasa?

—¿Vas a hacer de intermediario? —replicó Mandy, irónica—, ¿o es que necesita intérprete? Yo me las apaño, Jordan, ¿vale?

—¿Qué tal si bebemos algo fresco y descansamos un rato? Hace un calor del carajo... —propuso Jordan. Jarvis y Charly se dispusieron a dejar los instrumentos en las sujeciones.

—Lo que tenemos que hacer es acabar de ensayar —sentenció Mandy y se volvió hacia Trish—. Mira la jodida partitura, ¿quieres?

—Perdona, Amanda, pero yo he cantado lo que dice mi partitura, has sido tú la que...

—¿Pero de qué vas, niña? Da igual lo que yo cante, tú haces el bajo de lo que sea que yo haga. Pon tu atención *aquí*, bonita —señaló con el dedo el escenario— y quítala de *aquí* —el dedo señaló a Jordan. Trish se puso violeta—. Flirtea con él en otra parte. Aquí, no.

Mandy volvió donde estaba el micrófono de pie sin mirar a nadie.

—Otra vez desde donde nos quedamos —ordenó, acomodándose el pinganillo.

Jordan abandonó el escenario y tampoco miró a nadie. Sabía que todos estaban pendientes de su reacción, pero eso era lo que menos le preocupaba. Estaba pasando algo gordo, lo sentía en la piel, ¿pero qué?

◆ ◆ ◆ ◆ ◆

El concierto había ido bien. La cena privada en el bungalow de Mandy, también. Y lo que vino después, igual de bueno que siempre. Ella no era de las que se llevaban los problemas a la cama. Puede que no hubieran hecho acto de presencia en aquel momento, pero él sabía que existían. Lo que no tenía claro era qué estaba pasando y en qué momento Mandy iba a empezar a mostrarlo.

No tardó en aclararse.

Al día siguiente, cuando Jordan volvió de la recepción, de liquidar las cuentas y dar las últimas indicaciones al conductor del bus musical, encontró un taxi aparcando frente a la entrada del bungalow de Mandy. La puerta estaba abierta de modo que entró sin llamar. Ella recogía gafas y móvil de la mesilla de noche.

—¿Has pedido un taxi? —preguntó Jordan con gesto interrogante.

—Sí —Mandy se volvió sonriendo—, ¿ya está aquí?

Él asintió. Ella se asomó a la puerta, le hizo señas al taxista de que no tardaría y volvió dentro.

—Esto lo dejo. ¿Te ocupas de que lo carguen en el bus? —le dijo suavemente.

Jordan asintió.

—¿No vienes conmigo?

Ella negó con la cabeza.

—Me voy a casa. El domingo es el cumpleaños de Jason, y Gillian quiere que la ayude a elegir regalo.

Genial. Tres días sin ella. Todavía no se había ido y él ya se sentía raro.

—¿Qué pasa, Mandy?

Ella sonrió con desenfado.

—¿Qué va a pasar? Voy a hacer de amiga un par de días, nada más. Y tú aprovecha para juntar energía porque cuando vuelva a verte voy a cobrármelo con propina.

Mandy reía, lo miraba con picardía, le hablaba como siempre pero no estaba como siempre. Jordan lo intuía. En un segundo, todas sus alarmas se habían disparado y no paraban de sonar.

Él asintió.

—¿Le has dicho a Sharon que te saque el billete?

—Ya tengo billete.

Jordan respiró hondo.

—¿Se ocupó de que te recojan en Little Rock?

—Deja de preocuparte por mí. Sé hablar, tengo dos manos y un cerebro. Puedo apañármelas por mí misma, Jordan.

Él la miró con la preocupación patente en el rostro. Ya no había sonrisas en aquella cara preciosa. Y las alarmas de Jordan hacían un ruido ensordecedor.

—Bombón, ya se que puedes apañártelas... ¿Qué pasa?

—Pasa que quiero que te relajes. Estás las veinticuatro horas pendiente de mí, y no hace falta. Soy mayorcita, puedo encargarme de mí misma, así que relájate y disfruta de la vida... No soy tu hija pequeña.

La aparición de Jarvis truncó la conversación.

—¿En serio no te vienes con nosotros? —preguntó el bajista apoyando el brazo en el marco de la puerta.

—No. Mi vuelo sale en una hora, el vuestro al mediodía —dijo palmeándole el brazo a Jordan al pasar—. Bueno, mejor me marcho o lo perderé...

Jordan la vio pasar por delante suyo, acariciarle la cara a Jarvis a modo de saludo y montarse al taxi, que pronto se puso en marcha.

¿Le había dicho "no soy tu hija pequeña"? *Qué* estaba pasando. Ni siquiera le había dado un beso. Las cosas estaban peor que mal.

◆ ◆ ◆ ◆ ◆

Cuando Gillian vio por la ventana que una limusina se detenía en la entrada del jardín y Mandy se apeaba, intuyó que algo sucedía. Por más que le encantaba tenerla en casa, desde hacía cinco meses quien la tenía era Jordan. Y que Mandy estuviera allí, solamente podía significar una cosa; había ardido Troya. Lo que, por sí mismo, ya era todo un acontecimiento: en cinco meses, que Gillian supiera, todo había ido sobre ruedas.

Dos horas más tarde, mientras la miraba revolver su café como si quisiera hacer un batido, y contarle lo que había pasado casi sin mirarla, Gillian no acababa de creer lo que veía.

—¿Cómo no me dí cuenta que lo estaba agobiando...? Te juro que no lo entiendo...

—A ver, Mandy... ¿solamente por eso que le escuchaste decir deduces todo esto?, ¿cómo sabes que hablaba de ti?

Mandy se puso de pie casi de un salto. Era como si estuviera sentada sobre un hormiguero.

—¿Y de quién iba a estar hablando, Gillian? Se pasa los siete días de la semana con sus noches conmigo. ¿Quién más hay que pueda agobiarlo aparte de mí?

Gillian rió. A aquel vikingo lo podían agobiar un millón de cosas, pero entre ellas no estaba Mandy y que ella se sintiera tan confusa sobre el tema, le resultaba divertido. No sonaba nada a Amanda Brady.

—Te lo diría, Mandy y además, ¿tú lo has visto bien?

Claro que lo había visto bien. No podía dejar de mirarlo aunque quisiera y cuando no lo miraba, como ahora, se sentía perdida. Mandy volvió a sentarse y estiró las piernas.

—No me lo diría, Gillian. Es demasiado correcto... Se moriría del apuro si tuviera que decírmelo —miró a su amiga—. No me lo diría como yo tampoco le digo...

—¿No le dices qué?

Mandy se revolvió en la silla y respiró hondo. Solamente con pensarlo...

—Que no entiendo por qué, después de cinco meses, todavía sigue queriendo mantener lo nuestro... en privado, ya sabes. —Se había puesto roja, las mejillas le quemaban.

Gillian la miró entre divertida y sorprendida.

—¿Quieres que se sepa?

¿Quería? Jordan le había hecho la misma pregunta. Y al hacerla, todo

188

se había salido de contexto.

—No es eso —respondió Mandy con gesto cansino—. Bueno, sí y no. Me da igual. Nunca me preocupó lo que la gente dijera de mí. Y ahora tampoco. Mira... —se volvió de frente a Gillian para poder mirarla mientras hablaban—. No quiero ser una mujer absorbente. No quiero que se sienta controlado ni obligado a nada. Pero primero caigo en la cuenta de que yo hago exactamente lo mismo de lo que se queja Jarvis. Luego le comento a Jordan que Jarvis se huele lo nuestro y qué qué hacemos y me suelta otra vez el "nada" y a continuación el "¿quieres que se sepa?" y dos horas después me entero de que lo tengo asfixiado... No sé... No es que yo quiera que se sepa. Lo que quiero saber es por qué él no quiere. No me cuadra, a menos que lo del agobio sea cierto y si es cierto... Joder, si es verdad que lo estoy agobiando, lo he fastidiado bien...

—No creo que lo estés agobiando, pero si es así, rectifica rumbo y ya está. Dale más soga, pasa más tiempo aquí...

—Decirlo es más fácil que hacerlo. No soy yo, Gillian. Cuando él no está, no soy yo...

Gillian sonrió. Así que el vikingo se las había ingeniado para enamorar a su chica. Tenía ganas de reír de alegría; aquello era un notición.

◆ ◆ ◆ ◆ ◆

No lo estaba agobiando. Era posible que Mandy supiera mucho de hombres; de hombres enamorados no sabía nada.

Y de Jordan en particular, menos.

Diez horas después de que Mandy despidiera la limusina en la puerta del jardín, otro coche aparcaba allí: el Chevy Corvette naranja metalizado de Jordan Wyatt. El mismo que sentado a la mesa de los Brady, sin soltar la mano de su chica, charlaba distendidamente con John y Mark.

—Creí que habías dicho que andaba por el norte, cerrando actuaciones... —comentó John a su hija. Ella miró de reojo a Jordan. Iba a contestar, pero él se le adelantó.

—Andaba. Ahora estoy aquí —dijo con evidente alegría, y le dio un beso en la mejilla.

Mandy lo miró de reojo. ¿Desde cuando era tan efusivo en público?

—Bueno —dijo John—, sea lo que sea es genial teneros a los dos aquí unos días...

Mark le guiñó un ojo a Gillian y fue directo al grano.

—¿"Sea lo que sea"? ¿Qué? ¿Ha peleado la parejita?

Jordan no le dio tiempo a Mandy ni a respirar. La abrazó por el cuello, la atrajo hacia él y habló mientras le hacía carantoñas.

—Nunca peleamos ¿a que no, preciosa? Hoy me dijo que me relajara y disfrutara de la vida, y en eso estoy...

Mandy se apartó delicadamente, se arregló el cabello algo incómoda. No estaba acostumbrada a que él se comportara así si no estaban solos, a cubierto de miradas indiscretas.

—No me refería a que cancelaras tus compromisos y te plantaras aquí, Jordan.

Él sonrió divertido y le acarició el cabello suavemente.

—¿Sabes qué pasa? —le dijo con ternura—. Si tú no estás, ni me relajo ni disfruto de la vida.

—¡Tío, qué bonito! —se burló Mark, muerto de risa.

Para cuando las carcajadas cesaron, las mejillas de Mandy eran color incendio.

Gillian le guiñó un ojo a Jordan en un gesto aprobatorio. No solamente había conseguido enamorar a su chica, sabía cómo disolver las tormentas antes de que se desataran; no se había presentado en Camden por seguir ningún consejo. Con toda su habilidad y toda su perspicacia, estaba allí para convertir otra aparente derrota en triunfo arrasador.

Y lo iba a conseguir.

◆ ◆ ◆ ◆ ◆

Mandy encendió la luz y se sentó en la cama. Llevaba dos horas dando vueltas para un lado y para el otro sin poder dormir. Le encantaba que Jordan estuviera en la habitación de al lado. Le encantaba que hubiera sido tierno en público (aunque la hubiera hecho sonrojar), pero tenían que hablar del tema y ella no iba a pegar ojo hasta que lo hicieran.

Cuando Jordan oyó que su puerta se abría, encendió la luz.

—¿Tampoco dormías? —preguntó ella. Permaneció allí, recostada contra la puerta cerrada.

Jordan apoyó la cabeza en la mano. Esbozó una sonrisa.

—No.

A continuación, él palmeó la cama indicándole que se sentara a su lado. Mandy miró la cama y luego sus ojos. Echado de costado, con el torso desnudo y aquella mirada tierna, era una tentación. Una demasiado grande para un día en que a ella le pasaban cosas de chicas. Pero tampoco tenía sentido quedarse allí, de pie, como un pasmarote. Al final, se sentó a su lado, cruzó las piernas y empezó a hablar.

—¿Por qué no me dijiste que te estaba agobiando?

Él frunció el ceño.

—¿Quién?

Mandy puso los ojos en blanco.

—*Yooo...* ¿Quién va a ser Jordan?

Él sonrió con cara de no entender e, instintivamente, extendió la mano en un intento de acariciarle el cabello.

Pero ella lo esquivó.

—No, sin trucos. Dime lo que hay.

Jordan la miró alucinado. Y si su mirada no era lo bastante evidente, su sonrisa lo fue; rezumaba incredulidad.

—Pero... ¿cómo... qué dices?

—No juegues a las escondidas —dijo Mandy, mirándolo airada—. Soy mayorcita aunque no te lo parezca. Puedo oírte decírmelo a la cara. No voy a echarme a llorar, no te preocupes.

—¿Cómo vas a agobiarme, Mandy?

—¿Haces algo aparte de estar conmigo, hablar conmigo, comer conmigo... *follar conmigo*? —empezaba a sentirse enojada otra vez.

—Más de las que quisiera hacer sin ti, sí.

Mandy miró a otra parte rabiosa. Jordan la hizo volver a mirarlo atrayendo su mentón con una mano.

—A mí no me agobias... La cuestión es ¿eres *tú* la que se agobia y por eso montas esta historia? Porque si es así, dímelo y ya. Si quieres quedarte aquí cuando no actúas, está hecho, Mandy. Fue tuya la idea de venir conmigo. Y me encanta que vengas, pero sigo pensando que es muchísima tralla. Si además te agobia...

—Ayer hablabas con alguien. En el hueco de la escalera. Le decías que *te tenía asfixiado*...

Jordan apartó la vista, contrariado.

—No hablaba de ti.

Mandy se puso de pie.

—Joder, no sé si quiero seguir oyendo porque, chaval, ¿quién coño te tiene asfixiado? Solamente puede ser una mujer y si no soy yo...

Él la miró con ternura, tomó su mano y tiró de ella suavemente hasta que Mandy volvió a sentarse en la cama.

—Pensar que te la pego es mucho más alucinante que pensar que me agobias, nena... ¿Con quién? ¿Cuándo? —se estiró y le besó los labios— ¿*Cómo*? Cuando acabas conmigo me duelen hasta los pensamientos.

Ella volvió a quitárselo de encima.

—Jordan, dime *exactamente* lo que está pasando.

—Hablaba con mi hermano y hablaba de mi madre.

—¿Te estás quedando conmigo? Guapo, tu cara es un poema, pero te la voy a dejar a cuadros...

Él soltó la risa. Al final, ella, de mala gana también sonrió.

—Es la verdad. Desde Navidades no los veo. Pasé en marzo una noche, una hora. Mi madre lo está llevando fatal... Me llama todos los días y cada vez, discutimos.

¿Estaba hablando en serio? Mandy se quedó observándolo. No le cuadraba.

—¿Y por qué no vas a verlos?

—¿Cuándo?

Mandy lo miró interrogante.

—Cualquier día. Cuando quieras, ¿qué pasa?

—Cuatro días a la semana das conciertos. Y los otros tres, estamos de viaje.

—Libera un día y ve a verlos.

—Ya.

Mandy sonrió traviesa.

—Seguro que sobrevives un día sin mi, Jordan.

Ni lo tenía tan claro, ni quería confirmarlo. No quería estar sin ella.

—Supongo, pero si puedo elegir, prefiero una tarde contigo a una tarde con ellos. Es mucho más excitante.

A ver por dónde te cuelas ahora, guapo.

—Bueno, si no te importa mantener el nivel de excitación dentro de unos mínimos, puedo acompañarte... Hace años que no veo a tus padres...

Él apartó la mirada un instante. Mandy completó la frase.

—Pero claro, como lo nuestro es *tan privado*, seguro que se preguntan qué puñetas hago en su casa un día en que tú libras del trabajo, ¿no?

Lo que su madre le preguntaría *a él* sería cómo había sido tan insensato de involucrarse con una mujer liviana de cascos como Amanda Brady, que era precisamente lo que le venía insinuando desde hacía seis años, aún cuando no sabía que, efectivamente, se había involucrado. Bien involucrado. Pero eso no podía decírselo a Mandy. No iba a dejar que nada ni nadie estropeara lo que tenían.

—Exacto —dijo con su sonrisa sensual.

Mandy no se echaría a llorar, no. Pero la sensación de opresión que sentía en el pecho empezaba a ser real como la vida misma; le estaba costando respirar.

Se puso de pie sonriendo y evitando su mirada.

—Está claro. Algún día te voy a pedir que me expliques por qué no te mueres por salir en las fotos conmigo como todos los demás... —asomo la cabeza por la puerta antes de cerrarla y se colgó su mejor sonrisa—, pero no te preocupes, no va a ser hoy.

Gracias a Dios, pensó Jordan. Ese tema no iba a ser sencillo, lo sabía muy bien, pero para cuando Mandy descubriera lo poco que la querían en casa de los padres de su chico, ella estaría tan enamorada que todo lo demás ya no tendría la menor importancia.

Mandy cerró la puerta de su habitación. No iba a echarse a llorar. Delante de él, no.

¿Qué significaba ella para Jordan? Si ni siquiera quería que su propia familia, que la conocía desde que era una niña, supiera que estaban juntos...

Sintió que la opresión del pecho se aliviaba. Pero ahora, veía todo vidrioso. Y la angustia le cerraba la garganta.

Un cuarto de hora más tarde, Jordan volvió a encender la luz. De pronto, había comprendido que no podía dejar las cosas así.

Cuando Mandy oyó que su puerta se abría, se apresuró a secarse las lágrimas.

Jordan se coló entre las sábanas, a oscuras, y la abrazó.

—Hoy no hay fiesta, *guaperas*, lo siento.

—Ya lo sé, preciosa.

¿Si lo sabía que hacía intentando desnudarla?

—Jordan...

Él la hizo incorporar y le ayudó a quitarse la parte de arriba del conjunto dos piezas.

—*Shhh...* Voy a ser bueno.

A continuación tiró de la parte de abajo.

—Jordan...

—*Shhh...* —la hizo echarse de perfil, se abrazó a ella y le habló al oído—. Solo quiero tenerte así... Me porto bien, palabra.

¿Tenerla así? ¿Con una mano sobre un pecho y la otra sobre el pubis? *Así*, no iba a poder dormirse.

—Jordan —repitió Mandy, esta vez con tono decidido. Inmediatamente, las dos manos masculinas retrocedieron hasta su estómago y permanecieron quietas allí.

—*Vaaale*, ¿mejor así?

—No me aprietes —se quejó ella.

Jordan relajó un poco el abrazo.

—¿Mejor?

—*Ajá*.

Amparado por la oscuridad, Jordan sonrió. Le acarició el cabello con los labios.

—Mandy...

—¿Qué?

—Me muero por ser el tío de esas fotos —la sintió estremecerse y volvió a apretar el abrazo. Buscó su oído y le susurró entre besos—, pero no voy a exponerte por mi minuto de gloria. En cuanto se sepa, se van a meter contigo y no van a dejarte ni respirar. Ahora no es el momento, *bombón*, ¿de acuerdo?

No podía verla, pero cuando sintió su mano delicada, suave, acariciándole el cabello, Jordan supo que, de momento, había atajado el temporal y suspiró aliviado.

ENTRE HISTORIAS, 2

Festival Country Regional.
27 a 29 de mayo de 2005.
Twin Lakes, Wisconsin.

El Festival Country de Wisconsin estaba al rojo vivo: aforo completo por segundo día consecutivo, treinta grados que la humedad hacía sentir como cuarenta, y un ambiente realmente festivo. Cuando Amanda Brady con su banda de seis miembros apareció en el escenario, el clamor de los veinticinco mil espectadores hizo temblar el suelo.

Desde que había vuelto al mundo de los vivos, todas sus directos eran vibrantes, pero Jordan sabía lo mucho que significaba este festival para ella. De hecho, era la primera vez que la había visto nerviosa. Para Mandy subirse a un escenario y cantar era algo natural, que hacía sin esfuerzo, completamente relajada. Pero desde dos días antes estaba nerviosa. Jordan lo sabía. Nadie lo habría adivinado: con su falda y camisa vaquera, sus botas de *cowboy* y su impresionante melena al viento, comiéndose el escenario, estaba exultante.

Y doblemente feliz ya que toda su familia estaba ahí con ella. Una parte estaba mezclada entre la multitud, otra cerca del escenario, junto a Jordan y sus asistentes que, microauricular y *walkie* dispuestos, controlaban que todos los detalles técnicos de la actuación fuera rodados.

Jordan estaba más tenso que feliz. A Mandy le encantaban los festivales, a él lo ponían de los nervios: no controlaba directamente las cuestiones de seguridad y eso le daba miedo.

—¡Harry...! ¿Qué coño pasa con ese revuelo? Asegurad esa zona, que ese capullo se calme... —Jordan subió de un salto sobre unas cajas de equipos para ver mejor—. Me da igual. Que se quite de ahí —gritó al micro— ¡Joder, Harry! ¿Dónde están los demás?

Cuando Jordan volvió a nivel del suelo, junto Jason y Gillian, continuaba nervioso y con cara de pocos amigos.

—¿Qué sucede? —preguntó Jason preocupado.

—Demasiada cerveza —contestó su amigo sin mirarlo. Tenso, atendía con medio cerebro la evolución de Mandy sobre el escenario y con la otra mitad, el rincón este del mismo, donde un hombre lleno de tatuajes y pinta de exaltado era contenido por gente del equipo de seguridad, y obligado a retroceder detrás de las vallas.

—Bueno, es lo normal... —dijo Jason mientras le pasaba un brazo por el hombro—. Cálmate, tío, que te vas a quedar calvo...

Gillian soltó la risa. Jordan se limitó a echarle a Jason una breve mirada con mensaje y volvió su atención al escenario.

—Está genial —comentó Jason, refiriéndose a su hermana. Había sido un intento de que su amigo se relajara.

Pero Jordan no se dio por aludido. Su atención estaba en otra cosa.

—¿Qué? —preguntó él. Su vista no abandonó el rincón este del escenario en ningún momento.

Jason miró a Gillian divertido. Jordan era dos Jordan: el amable, gentil y relajado en lo personal; el tenso y exclusivamente concentrado en Amanda Brady en lo profesional. Desde que su representada era también su chica, peor.

—Digo —Jason apretó el abrazo para llamar su atención. Jordan lo miró brevemente— que no sé qué le haces, tío, pero se la ve genial...

—Es genial —contestó él brevemente. Y su atención volvió a Mandy que hacía una pausa esperando que los aplausos y gritos se calmaran para decir algo.

Jordan se ajustó mejor el microauricular.

—*Como sabéis* —empezó Mandy recorriendo el escenario de un extremo al otro mientras hablaba—, *esta es mi primera vez aquí* —los aplausos y los gritos volvieron a dominar el aire. Mandy sonrió y volvió a hacer una pausa—. *¡Gracias, sois geniales! Estar aquí hoy es una gran alegría para mí y me he traído a toda mi familia para celebrarlo a lo grande... ¡Seguro que esos alaridos son de alguno de mis hermanos!* — Hubo risas y aplausos. Mandy se puso la mano de visera—. *¡Guau! ¡Sois un mogollón...! Esto os va a encantar...*

Jordan meneó la cabeza. Cada vez que Mandy decía las palabras "esto os va a encantar", al que no le encantaba era a él.

El clamor de la multitud volvió a atronar el lugar.

—*¿Sabéis cuál es la primera canción de la lista de favoritos de mi Ipod?* —preguntó Mandy al público.

"Light Me Up" de Ken Bryan. Todo el mundo lo sabía. No solo era la primera canción de su lista de favoritos, era el sonido de su móvil y uno de los temas que exigía en el hilo musical de sus habitaciones de hotel. Las veinticinco mil personas que llenaban el predio donde se celebraba el festival, también lo sabían: como si lo hubieran ensayado, en un rugido bastante afinado, el coro multitudinario empezó a entonar la canción. Mandy aplaudía.

—¿Qué coño haces, Mandy? —Había sido un pensamiento en voz alta, pero Jordan lo dijo en el micro. No hubo una respuesta.

Odiaba que se saliera del programa. Odiaba que exaltara a la gente más de lo que de por sí se exaltaban solo con verla. Y odiaba que no se lo consultara: antes lo hacía siempre; desde que habían vuelto juntos con nuevo plan era la primera vez. Y para Jordan, sería la última.

—¿No estaba previsto? —preguntó Gillian. Jordan negó con la cabeza y se quedó esperando a ver qué venía después.

Mandy hacia gestos con la mano a la audiencia para que callaran y la dejaran seguir.

—*¿Qué os parece si le pedimos a Ken que venga y me acompañe con su canción?* —todo el lugar era un clamor pavoroso, exaltado—. *¿Estás por ahí aún, Ken?* —preguntó Mandy mirando hacia el *backstage*—. *Veinticinco mil personas te están invitando a cantar conmigo, ¿te apuntas?*

La cara de Jordan iba cambiando por segundos: sus mejillas más coloreadas, sus ojos cada vez más brillantes y sus mandíbulas más tensas. Cuando Ken Bryan apareció en el mismo escenario con todo su *sex-appeal* y su sonrisa cautivadora, trotó hasta Mandy y le pasó un brazo por los hombros, Jordan ya no oyó ni vio nada más. Se arrancó el microauricular de la oreja, dio media vuelta y desapareció por el corredor que llevaba a los camerinos a paso vivo y con la vista fija al frente.

Jason y Gillian se miraron con el ceño fruncido.

—¿Por qué no vas con él? —sugirió ella.

Jason miró un instante el lugar por donde había desaparecido Jordan y meneó la cabeza.

—Mejor que no.

—Sois amigos...

Jason la miró con ternura.

—Ahora no soy su amigo. En este mismo momento, soy el hermano de su chica...

Gillian sonrió con picardía.

—*Guau...* ¡qué formal suena! ¿Seguro que hablamos de Amanda Brady?

—Ni que lo digas, pimpollo, ni que lo digas.

Mientras fuera 25.000 personas enloquecían bajo la potencia de dos de las mejores voces country del país cantando a dúo, en el baño, Jordan estaba rabioso.

Y celoso.

Encerrado en un retrete, había tardado un par de minutos en darse cuenta de que la razón de haberse largado no era que Mandy se hubiera salido del programa. No le gustaba que lo hiciera, pero sabía que eso enloquecía a sus fans y que Mandy no iba a dejar de hacerlo. Le gustaba el factor sorpresa, lo disfrutaba como una niña.

Lo que le pasaba eran celos. Lisa y llanamente.

A Mandy, Ken Bryan le encantaba. Las veces que habían coincidido, a Jordan le había dado la impresión de que era un sentimiento mutuo. Y era una estupidez, sí, pero aquel tipo era tan perfecto, era como la versión masculina de Amanda Brady. Y además, *su* canción era el sonido del móvil de Mandy... A Jordan le hervía la sangre cada vez que oía la maldita canción. La detestaba.

Y ahí estaba el tío más perfecto del mundo, en el escenario, al lado de su chica, abrazándola, mientras millones de flashes recogían el momento.

Mientras él, continuaba en la sombra.

Mientras él, de cara a la galería no era más que el "mánager de la estrella".

Pero es que *era* más, era su hombre, el que la amaba, el que siempre había estado ahí para ella. El que siempre estaría.

Pero las fotos mostrarían a otro. Los inevitables rumores que seguirían a las fotos, hablarían de otro. No de él.

Jordan se mordía por dentro cada vez que otro aparecía con ella en público. El solo hecho de que tuviera su atención era suficiente para volverlo loco. No lo aguantaba.

Y ella...

¿Por qué se prestaba a eso? Que mantuvieran las cosas privadas, no significaba que Mandy pudiera...

Era suya aunque no hubiera fotos ni cotilleos.

¿Era suya? Jordan apoyó la cabeza contra la pared y respiró hondo.

Duerme contigo, chaval, no te confundas.

La rabia que sentía era tan intensa que no podía dejar de temblar.

◆ ◆ ◆ ◆ ◆

A Mandy le extrañó no encontrar a Jordan en el improvisado camerino cuando terminó su actuación. Estaban todos, incluidos los Brady, pero él no. Sharon le comentó que se encontraba en el área de prensa con la reportera del *Country News*. Pero una hora después, cuando recién duchada, vistiendo tejanos y camiseta con el logo del festival, Mandy se asomó al área de prensa, Jordan no estaba allí.

Escoltada por Harry Newland, su Responsable de Seguridad, se dirigió a la zona de descanso habilitada para los artistas y sus familias. Había un gentío a pesar de que la música en vivo había sido sustituida por música grabada durante la pausa programada por los organizadores.

—Estuviste impresionante —dijo Harry aprovechando que caminaban por un espacio más despejado. Mandy sonrió agradecida—. Pero te advierto que Jordan está cabreado.

Ella lo miró interrogante.

—Muy cabreado —puntualizó Harry.

Mandy se limitó a asentir con la cabeza. En otras épocas habría soltado un chascarrillo, una de sus bromas irónicas. Ahora, era diferente. Como la sensación rara que acababa de instalarse en la boca de su estómago al oír que Jordan "estaba muy cabreado".

Cinco metros más adelante, la sensación rara se volvió ardiente. De rabia.

El vikingo alto y guapísimo que estaba con los Brady, era Jordan. La mujer del vestido campesino de lunares rojos, ceñido al cuerpo como un guante, que estaba justo a su lado era Tyler Bradford.

Joder, ahora somos dos los que estamos muy cabreados.

Su padre fue el primero en verla y darle la bienvenida con un abrazo de oso que la levantó dos palmos del suelo.

—¡Hola cariño! ¡Estuviste genial!

—Gracias, papá —murmuró en su abrazo.

La mirada de Mandy se cruzó con la de Jordan cuando su padre la volvió a dejar en el suelo. Los ojos de él centelleaban de rabia. Los de ella, más.

Mark fue el siguiente y mientras estaba entre sus brazos y él decía cosas a las que Mandy no prestó atención, sus ojos, a vuelo de pájaro, pasaron por aquel cuerpo conseguido a golpe de talonario y bisturí y siguieron de largo hasta los de Gillian. Creyó leer un mensaje en ellos: "traquila, Mandy". Mensaje que, por supuesto, ella no tenía la menor intención de considerar.

Los saludos continuaron; su madre, Jason, un par de besos a Gillian. Hizo parada especial en los hermanitos White.

—¿Cómo están mis dos chicos favoritos? —preguntó Mandy

agachada junto a ellos mientras les pasaba un brazo por el hombro a cada uno—. ¿Habíais estado en un festival así antes?

—¡No! —dijo Timmy excitado—. ¡Es genial! ¡Cuánta gente!

—¿Os lo estáis pasando bien? —preguntó Mandy.

—Sí... pero me han racionado el helado —se quejó Timmy mirando de reojo a Mark.

—En eso no me meto —Mandy le guiñó un ojo a Mark que miraba a los dos críos con su expresión de padre—. ¿A tíitambién te racionaron el helado? —preguntó a Matt, despeinándole los rizos.

—Y las *chuches* —dijo el niño, poniendo *morritos*.

Mandy miró a su hermano con cara de pena, él se le adelantó.

—Asaltaron el puesto del algodón. Y además cayeron dos helados y cuatro piruletas... Se os van a caer los dientes. Por hoy vale —dijo Mark mirando a los niños con actitud de *ni-hablar*.

Cuando Mandy oyó a los dos niños a dúo soltar un "¡¡*Jooo*!!" quejumbroso, no pudo contener la risa.

Pero como tocaba seguir con la ronda de saludos, se incorporó y respiró hondo. Se volvió hacia Tyler Bradford y procuró no dejar de sonreír.

—¿No nos presentas? —dijo mirando a Jordan con una sonrisa.

Él no sonrió. Estaba que trinaba, pero hizo los honores.

—Claro, ella es Tyler Bradford —dijo mirándola brevemente, y refiriéndose a Mandy, añadió—: A ella, no necesito presentártela, ¿no?

Mandy sonrió. Tyler se esforzó. No le habían gustado esas presentaciones. ¿Quién era Amanda Brady, aparte de una *rubita* con buena voz?

—Por supuesto —Tyler dio un paso hacia Mandy y le dio un beso en la mejilla—. ¿Quién no conoce a Amanda Brady? Encantada.

Mandy continuó sonriendo a pesar de que el perfume dulzón de aquel esperpento le supo como dos tortazos en la cara. No devolvió la gentileza. No le daba la gana ser gentil y como era Amanda Brady podía permitírselo. Todos decían que era una "niña terrible", así que...

—Llamativo —comentó Mandy refiriéndose al vestido carísimo con un escote de vértigo del que asomaban dos globos de quirófano. Luego, miró de reojo a Jordan y cuando vio sus ojos pegados a aquellas tetas, sintió que la sangre alcanzaba el punto de fusión. "Así que te gusta", pensó celosa—. ¿Dolce & Gabanna?

—Stella McCartney —aclaró Tyler sonriendo—. ¿Te gusta?

—No —contestó Mandy, espontánea. Ignoró las miradas que algunos miembros de su familia le estaban regalando. También las expresiones entre divertidas y alucinadas de *otros* miembros de su familia. Miró de reojo a Jordan y lo soltó—. Pero seguro que hay a quien le encanta...

La dueña del vestido se puso roja. Los ojos de Jordan taladraron el suelo.

—Me muero de hambre, ¿vamos a comer algo? —invitó Mandy de lo más normal.

—Yo tengo que marcharme —se apuró a decir Tyler—. Estoy con unos amigos... Solamente me acerqué a saludar...

¿Saludar? ¿A quién? ¿A Jordan? Mandy respiró hondo. Era el colmo.

—¿En serio? —le preguntó. Sintió los ojos de Jordan que ahora la taladraban a ella.

Tyler prefirió no responder. En cambio, empezó a despedirse de los Brady uno a uno. Llegó a ella antes de pasar por Jordan, y Mandy no se lo pensó dos veces; cuando Tyler se acercó a besarla en la mejilla, le puso la guinda al pastel.

—Como te vea tonteando con Jordan o vea una llamada tuya en su móvil, voy a ir a buscarte y *te aseguro* que vas a necesitar que te reconstruyan los implantes —le dijo en voz baja al oído. Luego se apartó para mirarla y confirmarle con los ojos que hablaba muy en serio.

Tyler se quedó cortada. Fue evidente para todo el mundo. Tan cortada y tan violenta que le tocó el brazo a Jordan a modo de saludo, y se marchó sin decir una sola palabra.

"Zorra mentirosa", pensó Mandy.

Tyler no estaba allí con unos amigos ni se había acercado a saludar.

Flirteaba con Jordan. Descaradamente.

Estaba allí porque sabía que Amanda Brady era parte del cartel y si estaba ella, su mánager también estaría. Le tiraba los tejos a Jordan con total descaro. Exactamente igual que se los tiraba medio universo aunque Mandy estuviera presente. Porque claro, para el resto del mundo Jordan Wyatt seguía siendo un *tiarrón* guapísimo que además, estaba vacante.

Y era así porque *él* no quería que los relacionaran sentimentalmente.

Él decía que no era conveniente.

Y ni siquiera se lo había dicho a su propia familia...

Y además te gusta. Esa zorra te gusta, Jordan.

Mandy y Jordan no cruzaron palabra en todo el viaje. Ella, que había aprendido a reconocer los sutiles signos del controlado vikingo que conducía el Land Cruiser con los ojos clavados en el tráfico, sabía que iba al límite: los nudillos se cerraban con crispación sobre el cuero que revestía el volante.

Pero lo suyo no era mejor. En el segundo que Mandy vio a aquella *muñequita de quirófano* junto a él, empezó a calentarse. No pudo evitarlo. A medida que se acercaba al grupo que formaba su familia, cuando podía verla con más claridad y observar los detalles, a Mandy se le tensaba un músculo más. Detalles como el vestido estilo campesina, tan a tono con el evento, blanco inmaculado con lunares rojos. Habría sido la indumentaria perfecta para un festival country en pleno Wisconsin, si no fuera porque se le ceñía al cuerpo como un tatuaje de pega y el escote era tan vertiginoso que podía vérsele hasta el talón. Un escote del que Jordan había tenido serios problemas para apartar los ojos. Cuando Mandy vio esos ojos azules perdidos en los globos de silicona que rebozaban por encima del pasacintas rojo del vestido de aquella mujer, todas las preguntas que no cesaban de aguijonearle el cerebro como "¿qué hacía esa *niñata* allí?", o "¿fue casualidad o habíais quedado?", fueron sustituidas, de un plumazo, por un solo pensamiento. Y no era una pregunta sino una afirmación: "esa zorra te gusta".

Mandy tenía ganas de comérselo vivo.

El silencio continuó en el aparcamiento del hotel y en el ascensor. Pero tan pronto Jordan cerró la puerta de su suite, se rompió.

Ni el azul dominante en aquella habitación espaciosa e iluminada, con pocos muebles de diseño y una cama celestial[1] que invitaba al confort y al relax, ni la música suave -*r&b*- a selección del huésped, ni el aroma suave a incienso de sándalo, lograron contener la tormenta.

—La próxima vez que se te ocurra darle una sorpresa a tus fans —dijo Jordan haciendo el gesto de ponerle comillas a las palabras—, me lo dices. *Antes*. Soy tu mánager, no tu jodido secretario.

Mandy se dio la vuelta rabiosa.

—Te dije que no quería toparme con la Señorita Implantes. ¿Qué coño hacía allí?

—¿Has entendido lo que he dicho?

Jordan había avanzado hacia Mandy, igual de rabioso que ella. La temperatura empezaba a subir. Los decibelios también.

—¿Y tú? ¿Entendiste cuando te dije que te la follaras en Marte? ¿Qué coño hacía contigo?

—No lo sé. A lo mejor fue a oírte cantar —apuntó Jordan al tiempo que le regalaba una mirada irónica.

Cabrón.

Mandy resopló rabiosa, miró a otro lado sintiendo que una rabia descomunal se adueñaba de ella.

—¡Fue a verte a ti! ¡Y no fuiste indiferente Jordan!

---

1   Cama celestial (Heavenly Bed) fue lanzada en 1999 por la cadena hotelera Westin. Básicamente, se trata de una combinación de cinco almohadas mullidas, colchón de 30 centímetros de grosor y sábanas de algodón egipcio.

Él le clavo la mirada rabioso. ¿De qué estaba hablando? Tyler Bradford le daba completamente igual.

Los ojos de Mandy centelleaban de rabia cuando dijo:

—Nada te ata a mí, ¿sabes, Jordan? Eres libre. Igual que yo.

—¡Ya! —dijo él furioso—. ¡Por eso has subido a ese capullo al escenario y has dejado que te abrazara! Porque en el fondo sigues siendo la misma cría inmadura que has sido toda tu vida... Eres como el jodido viento, estás en todas partes y en ninguna.

Has dicho "viento", pero pensaste "puta".

Si no doliera tanto... Pero de él, dolía. Era lacerante como un hierro candente.

—Ken es un colega y no era yo la que no podía quitarle los ojos de las tetas a ese esperpento. ¿Quién eres tú para decir lo que soy o no soy? ¡Te has pulido a todo cuerpo con faldas, incluida la Señorita Implantes!

—¿Ahora el problema es a cuántas mujeres me haya follado?

La carcajada llena de ironía de Jordan fue como un tortazo para Mandy, que se dio la vuelta dispuesta a largarse. Pero él la detuvo por un brazo, violento, rabioso.

—Era un poco difícil no mirárselas, ¿sabes? —se burló él—. Ocupaban todo el paisaje.

Mandy se zafó de la mano que la retenía, airada.

—¡Muy bien! —replicó con acritud al tiempo que salía de la habitación—. Eres libre de hacer lo que quieras con quien te de la gana. *Yo también.* Nada te ata a mí, ya lo sabes.

—¡Muy bien! —gritó Jordan.

—¡Genial! —replicó ella.

El portazo retumbó en la habitación. Los cristales vibraron. Pero lo único que escuchaba Jordan eran los latidos de su propio corazón golpeando, como mazazos, en sus sienes.

Mandy, en cambio, demoró más en ser consciente de lo que sucedía dentro suyo.

Entró en su habitación como una exhalación. Y siguió golpeando. Estrellando contra el suelo todo lo que iba encontrando a su paso. Furiosa. Iracunda.

Incapaz de controlar las emociones que le hacían hervir la sangre.

Incapaz de pensar. Soltando tacos y rompiendo cosas, como una adolescente histérica.

Fue un buen rato más tarde, después de haber puesto la cabeza bajo el agua fría, cuando sentada sobre la tapa del váter con el pelo chorréandole encima, empezó a tomar conciencia de que se habían gritado como energúmenos y de que era la primera vez que lo había oído alzar la voz.

Entonces, recordó lo que Jordan había dicho. Y lo que ella le había dicho a él. Y de pronto, aquellas palabras tomaron forma en su mente, fueron reales.

Durante un segundo, fueron reales.

Y el corazón le dio un vuelco.

Igual que aquella tarde en Woodstock, cuando la mirada sin palabras de Jordan la había atravesado de parte a parte, poniendo una nueva conciencia en su vida.

De pronto, Mandy lo comprendió.

—Dios... Estoy colada por él —se escuchó decir en un murmullo—. Joder, Mandy... ¿Qué vas a hacer ahora?

Era pura retórica. Sus pies se movieron rápidos hacia la salida, sin esperar ninguna otra instrucción del cerebro. Como si tuvieran autodeterminación.

Cuando abrió la puerta de su suite, se lo encontró ahí. Ella salía, Jordan entraba. Después del primer momento de sorpresa, que duró apenas un instante, los dos se fundieron en un abrazo.

—*Mierda*... Cuando lo vi abrazarte tuve ganas de bajarlo del escenario a hostias —Jordan hablaba en tono tan desesperado como la forma en que la abrazaba mientras llovía besos en el pelo empapado de Mandy—. Me encerré en el baño... Si no, le iba a partir la *puta* cara delante de veinticinco mil personas...

Ella empezó a tirar de Jordan hacia el interior de la habitación sin dejar de acariciarlo. Lo empujó contra el borde de la puerta y esta se cerró. Retrocedieron, besándose apasionadamente, hasta que él dio con la espalda contra la puerta.

—Lo mío fue peor —susurró ella, colándose en su boca en un beso ardiente—. Le dije que como volviera a tontear contigo le iba a partir la cara...

—Dios... —aquella única palabra fue como una bocanada de fuego que a Mandy le abrasó el cuello y le aceleró el corazón. Las manos de él empezaron a desnudarla con desesperación.

—No me abrazaba —susurró ella. Con sus manos le desabrochaba la camisa mientras con la punta de la lengua mantenía sus calderas ardiendo —. Solamente hay un hombre en el mundo que quiero que me abrace. Uno solo. Solamente tú, Jordan...

Él tiró de la camiseta de Mandy para ayudarla a sacársela, la alzó haciendo que ella le rodeara las caderas con sus piernas y enterró la cabeza entre sus pechos. Dibujó el contorno del sujetador dejando un rastro de besos ardientes. Cuando sintió la mano suave, delicada de ella colarse en su bragueta y acariciarlo por debajo del *slip*, los besos se convirtieron en mordiscos provocativos.

—Joder... Mañana va a haber un millón de fotos... Fotos tuyas con ese capullo... Un millón de fotos y un millón de rumores... Dios... —dijo jadeante—. Dios... —suspiró cuando sintió la presión de la mano de Mandy que le daba el alivio que necesitaba—. No puedo —susurró con desesperación frotándose contra ella—. Ya no puedo con esto, Mandy...

Ella respiró hondo y se elevó. Hizo que él la penetrara. Ambos suspiraron aliviados y Mandy se acurrucó contra él. Le habló al oído, en un susurro envuelto en besos.

—Yo tampoco puedo con esto... Me da igual lo que digan. Contigo soy feliz... Por favor, no lo sigamos ocultando —se miraron con ojos brillantes. Ella empezó a moverse suavemente, hacia arriba, luego hacia abajo—. Por favor, Jordan...

Él apoyó la cabeza contra la puerta. Cerró los ojos y respiró hondo. Al final, asintió.

Volvió a buscar sus besos con más y más pasión.

—Vale, pero ahora vamos a la cama... —susurró, y empezó a subir con la punta de la lengua por el contorno del mentón femenino en dirección al oído—. Estoy muerto, ¿te importa?

—Me importa. Toma vitaminas —sonrió ella mientras intentaba quedarse con su lengua—. La cama me aburre.

Jordan hizo el ademán de dar un paso, con ella en brazos, hacia la "cama celestial". Mandy se apretó más a él riendo.

—Bájame.

—Te tengo bien cogida, no te vas a caer —bromeó él, sujetando las caderas de Mandy más fuerte contra las suyas.

—Jordan... —dijo ella sonriendo incrédula—. ¿Quieres bajarme?

Él obedeció parcialmente, solo lo necesario para liberarla de su abrazo íntimo. Luego, volvió a tomarla en brazos haciendo que ella le rodeara las caderas con sus piernas, y siguió hasta la cama. Se dio la vuelta y lentamente, sin soltarla, se sentó.

—Te dije que la cama me aburre —repitió ella, desafiante.

Él se deslizó hacia atrás, hasta que quedó echado de espaldas, con ella sentada a horcajadas sobre sus caderas. Sonrió masculino.

—Hoy no te vas a aburrir. —Tiró de ella hasta que la tuvo encima. La estrechó entre sus brazos y se coló en su boca en un beso caliente—. Hoy vas a alucinar, preciosa.

Mandy suspiró, se acurrucó contra él.

Y no dijo nada.

Todo lo que vivía junto a aquel hombre era alucinante. Él hacía que cada minuto fuera diferente, emocionante, entrañable, mágico. Incluso cuando desayunaban en un Starbucks, uno frente al otro, sin rozarse, manteniendo las distancias, él se las ingeniaba para que siguiera siendo mágico. Ahora que por fin podría besarlo, llevarlo de la mano, bailar pegada a él... Ahora que ya no se esconderían...

No había palabras para explicar cómo se sentía solo con pensarlo.

No había palabras para expresarlo.

ENTRE HISTORIAS, 3

Principios de junio de 2005.
De Florida a Arkansas,
pasando por Alabama.

Mandy había aprovechado el primer viernes sin concierto en meses para darle una sorpresa a Jordan. Lo había hecho vestirse de gala, había alquilado un avión privado y se lo había llevado a un concierto que Usher, su artista favorito, daba en Miami. Lo siguiente fue una cena privada en el yate de J.T.

Ella, preciosa con un vestido negro que se ataba al cuello con un lazo, sus infaltables tacones de aguja y el cabello recogido en un moño despeluchado, charlaba acerca de los ensayos de grabación de su nuevo álbum que habían empezado aquella semana. Jordan, impecable con su traje azul oscuro, estaba ahí pero a la vez, no estaba. Flotaba, igual que aquel yate que surcaba el Océano Atlántico, ilusionado por lo que estaba pasando y más enamorado que nunca antes. Le encantaba ella, le encantaba su sorpresa. Y sus detalles: su artista favorito, ese yate, cocina hindú, sabrosa, llena de colores y especies, como a él le gustaba.

—¿Por qué haces esto? —le había salido del alma y se dio cuenta de que acababa de dejarla con la palabra en la boca.

Ella se encogió de hombros.

—¿Por qué no?

—Ya me gustas un montón sin estos detalles... Si sigues tratándome así de bien —Jordan la miró a los ojos con ternura— igual nunca me despego de ti.

Esa era la idea.

—Seguro que estás acostumbrado... —Mandy lo miró con picardía. Bebió un sorbo de vino de su copa—. Tienes pinta de chico al que toda la vida han tratado así de bien.

Él siguió mirándola con ternura

—Dime por qué...

Ella apartó la mirada sintiéndose muy rara. Ya le costaba admitir que se había tomado tantas molestias por un hombre como para explicarle por qué lo hacía al propio interesado. Hacía cosas inusuales en ella. No podía evitarlo.

—¿Vamos a la cubierta? —sugirió. Si tenía que hablar de lo que sentía prefería menos luz y algo de aire que enfriara sus mejillas. Jordan sonrió, la tomó de la mano y avanzó, guiando el camino hacia la parte superior del yate.

Fuera era una noche espectacular, con un cielo estrellado y una brisa suave. A lo lejos se divisaban las luces costeras sobre Bahía Vizcaína.

—Es un cambio inmenso para mí —empezó ella suavemente. Andaban tomados de la mano sobre la cubierta, los ojos celestes de Mandy, perdidos en el horizonte, lucían brillantes, como dos estrellas más—. No sé... Nunca pensé que llegaría el día en que sentara la cabeza...

El corazón de Jordan latía tan fuerte que, por momentos, tenía la sensación de que se escuchaba desde Miami.

—¿Sentar la cabeza? —preguntó, divertido—. ¿Amanda Brady? *Mmm...* Me parece que no.

Mandy también sonrió. Aunque ella misma lo encontrara increíble y fuera incapaz de explicar cómo había ocurrido, estaba sucediendo.

—Bueno —se apresuró a matizar—. Llevo seis meses contigo. Eso en mí es sentar la cabeza. —Mandy se detuvo y se apoyó contra la barandilla—. El que más me duró, fue una semana y de eso hace... —miró a Jordan y se encogió de hombros—. Una eternidad...

Él asintió.

—Ocho años —precisó—. Se llamaba Timothy Hales. Tenías 18.

¿También sabía eso? Mandy apartó la mirada.

—Y son seis meses y una semana —añadió, mirándola con ternura.

Seis meses, una semana, dos horas y algunos minutos. Sí, ya lo sé.

—Nunca pensé que un día alguien, un hombre quiero decir, estaría en cada momento de mis días... —le acarició la mejilla como al pasar con el dorso de una mano— hasta hacerme olvidar cómo era antes... Sé que hay un antes, pero no consigo recordar lo que sentía, lo que pensaba. Es raro —sonrió—, pero bonito.

Ahora eran los ojos de Jordan los que brillaban como dos estrellas. Se quedó con la mano que le acariciaba la mejilla y la mantuvo contra su boca, rozándola suavemente con los labios mientras la miraba.

—Y tampoco pensé que serías tú... —dijo sonriendo—. Cada vez que te miro, tengo que pellizcarme. Me parece mentira. Ficción total.

—¿Por qué? —susurró él, sus labios y su aliento al hablar le calentaron la mano. Y la hicieron estremecer.

—Bueno —dijo esforzándose por recuperarse al tiempo que lo miraba, desafiante—, pudiste anotarte un tanto hace años, y te rajaste...

No se había rajado. John Brady le había pedido que se marchara. Pero había prometido que no se lo diría, y no iba a decírselo.

—Sí... —suspiró—. Era así de capullo a los diecisiete.

De modo que entonces ella no había errado la predicción; él se lo había pensado mejor. Aunque ahora lo llamara "ser así de capullo".

—A los diecisiete serías un capullo, pero ahora eres un tío listísimo. Te veo venir, Jordan.

—¿Y qué tiene que ver todo esto con la pregunta que te he hecho y que sigues sin contestar?

Mandy bajó la cabeza un instante.

—Todo lo que haces tiene un propósito —lo miró con cierta timidez, rarísima en ella—: quieres quedarte conmigo —respiró hondo y buscó las palabras que expresaran lo que quería decir y solo encontró las que dijo—. Y yo... Yo quiero que te quedes.

Jordan la abrazó fuerte, la meció en sus brazos.

—Me quedaría igual sin esta noche espectacular que me estás regalando, *bombón*.

Ella buscó sus labios, sensualmente, tiernamente.

—Puede que sí. Pero no quiero arriesgarme...

Jordan cerró los ojos con fuerza, con la misma fuerza que la abrazó y se coló en su boca apasionadamente.

Cada segundo que pasaba era más suya. Nunca había anhelado tanto algo como anhelaba saber, *sentir*, escucharle decir que lo amaba, que deseaban lo mismo; estar juntos para siempre.

La espera se tornaba más insoportable cada segundo que pasaba.

◆ ◆ ◆ ◆ ◆

Mandy se lo quitó de encima muerta de risa y salió de un salto de la cama.

—Arriba, *guaperas*... Tengo que devolver el yate, tenemos que volar a Alabama porque *tengo* que dar un concierto esta noche ¿o ya no te acuerdas?

Jordan saltó de la cama detrás de Mandy y la alcanzó en la puerta del baño. La abrazó desde atrás y la apretó fuerte contra él.

—Cinco minutos —dijo riendo en su oído—. Te voy a poner un cuerpo de fábula... Venga...

—¡Míralo! —rió ella— ¿Qué vas a hacer con cinco minutos, Jordan? A ti seguro que se te va a quedar un cuerpo de fábula. El mío va a ser de entierro...

Las manos de él se habían situado en sus localidades preferidas; una sobre un pecho, la otra sobre el pubis.

—¿De entierro? —murmuró él, hundiendo la nariz en el cuello femenino.

Dios, Jordan, no empieces.

—¿Qué? ¿Han sido las especies hindúes o algo así? —murmuró ella mientras, mimosa, le rodeaba el cuello con sus brazos. Las dos manos de Jordan estaban sobre sus pechos moviéndose en caricias circulares. A veces presionándolos, otras apenas rozando la piel.

—Son tus feromonas.

—¡Jordan! —se quejó ella en broma.

Él rió pero sus caricias se intensificaron.

—*Vaaale*, son estas tetas de muerte que me vuelven loco y este culo precioso que tienes... —acompañó sus palabras con los correspondientes movimientos de sus manos.

—¡Jordan! —volvió a decir Mandy riendo y empezó a apartarse—. Dios... ¿Qué viento te ha dado?

Él volvió a abrazarla y la pegó aún contra su cuerpo.

—Basta de bromas. Esto —dijo apretando su erección contra las nalgas femeninas— no es ningún viento... Vamos a la cama.

Mandy se volvió de frente, le rodeó el cuello con los brazos y le habló con suavidad.

—¿Estás bien?

—Estoy caliente —se acercó a Mandy y empezó a mordisquearle los labios—. *Muy* caliente, diría, pero bien.

Ella lo miró con ternura, había interrogación en sus ojos. Él suspiró y se dobló sobre ella, cerrando el abrazo.

—Estoy loco por ti. *Eso* pasa.

Mandy se estremeció. Jordan empujó sus caderas, buscándola. Normalmente aquello la hacía estremecer, pero en esta ocasión no era solo por eso.

—Te vuelvo loco hace seis meses, una semana y dos días... ¿qué es distinto hoy?

Jordan se deslizó hacia abajo, hasta que las caderas de los dos quedaron al mismo nivel. Empujó las suyas contra ella otra vez, mirándola a los ojos.

—No dije eso —se inclinó hacia su boca y le acarició los labios con la punta de la lengua—. Dije...

Mandy se quedó con su lengua. Se apretó a él con fuerza.

—Ya te oí.

—Vale —dijo él, y "sin ternura", añadió—: ¿podemos follar?

Mandy ladeó la cabeza. Lo miró con los ojos brillantes.

—No. Podemos hacer el amor.

—*Dios, estoy loco por ti...*

Jordan la abrazó fuerte y apretó los párpados. Permaneció así, abrazado a ella, con los ojos cerrados, como si tuviera miedo de que al volver a abrirlos lo único que quedara de ella fuera un estela de humo y estrellas.

Pero cuando lo hizo, despacio, casi con miedo, ella continuaba allí, mirándolo.

—Es mutuo —replicó Mandy, apenas fue un murmullo prácticamente inaudible.

Aquella declaración había sido inesperada hasta para ella. Le ardían las mejillas, aunque esta vez no tuvo claro si era por vergüenza... o por el fuego que ardía en su interior. Fuego por él.

—¿Qué has dicho? —susurró él. Eran palabras enredadas en besos cada vez más calientes, cada vez más largos.

—Digo... —ella lo apartó un poco. Carraspeó y tragó saliva. Al final, lo miró con los ojos brillantes y las mejillas ardiendo—. Digo que es... mutuo.

Lo vio respirar hondo, suspirar y luego... *Ya no vio más.*

Sintió el fuego que transpiraba Jordan por cada poro de su piel, envolverla en un abrazo ardiente.

Sintió cómo la fuerza de sus sentimientos, de lo que fluía de él, disolvía todas las dudas, todas las penas, todos los temores...

Hasta que no hubo más que él, ella y aquella sensación de plenitud que lo ocupó todo.

Y entonces, Mandy supo que haría lo que fuera por conservarlo.

◆ ◆ ◆ ◆ ◆

De los conciertos de Jackson y Montgomery en Alabama, pasaron a la tranquilidad del piso de Jordan en Camden. Habían llegado cerca del mediodía, con la prensa bajo el brazo y comida para llevar que habían comprado en el centro. Jordan pensó que irían directos al rancho, pero Mandy, que iba al volante, decidió el destino sin consultarlo. En realidad, no era necesario: él también prefería estar con ella a solas, que en la cocina del Rancho Brady entre otras siete personas, pero que fuera ella quien lo decidiera no dejaba de ser curioso. Normalmente, volvía a Camden desesperada por ver a los suyos.

—¡Sales en las fotos, *guaperas*! —exclamó ella encantada.

La página de Sociedad del *Arkansas Reporter* les dedicaba un artículo de media página con fotos y todo. Jordan, sorprendido, se inclinó hacia el periódico con una sonrisa incrédula en los labios.

Sí, era cierto. Salía en las fotos. En las tres. Eran de una noche en Boston, hacía un par de semanas. Habían ido a cenar y luego, a un bar de copas. Dos de las fotos eran normales: en una subían al coche; en la otra él sostenía la puerta del restaurante abierta mientras ella salía. La tercera, que dominaba la página, era otra cuestión. La habían sacado dentro del Scullers Jazz Club. Se veía que él hablaba, todo sonriente, con una mujer que estaba sentada sobre sus rodillas, mientras la mantenía acurrucada contra su pecho, rodeándola con los dos brazos. Una mujer rubia guapísima; Amanda Brady.

Era la primera foto que publicaban. Mandy empezó a leer en voz alta.

—¡*Guau!* Escucha. "Jordan Wyatt: el hombre que conquistó el corazón más salvaje del country". ¡Menudo titular! —dijo riendo y continuó leyendo mientras él la escuchaba atentamente, con una sonrisa orgullosa en los labios—: Después de un año sin fotos ni rumores que ofrecieran pista alguna sobre la vida amorosa de Amanda Brady, la bella cantante country ha paseado por la ciudad de Boston el fin de semana pasado, de la mano del hombre de la fotografía, su mánager, Jordan Wyatt...

Mandy apartó el periódico y rodeó el cuello de Jordan con los brazos.

—Sales genial en esas fotos, ¿sabes? ¡Creo que las voy a coleccionar!

Él le dio un beso en los labios y se estiró para coger el resto de la prensa.

—Salimos en todos —comentó, satisfecho.

Ella asintió y volvió a besarlo.

—Ya lo sabe todo el mundo, sí.

"Todo el mundo", pensó él, feliz. "Incluida mi madre". La sonrisa se evaporó.

—¿Eh? ¿Qué pasa? —preguntó Mandy al ver el súbito cambio en su expresión.

—Van a empezar a presionarnos —mintió él. Por las dudas, evitó su mirada.

Ella atrajo el mentón de Jordan con dos dedos, le plantó un beso tierno en los labios y luego, otro en la punta de la nariz. Permaneció tal cual estaba, mirándolo y sonriendo.

—¿Qué? —preguntó él.

Mandy tomó la cara de Jordan entre sus manos, le acarició la mejilla con los pulgares.

—Me gustas —dijo al fin. Sus ojos claros seguían el movimiento de sus propios dedos sobre la mejilla masculina—. Es raro... Nunca he conocido a nadie que me gustara tanto... Es que me gusta de ti hasta lo que me enoja —lo miró brevemente—. Me enoja porque sé que es cierto... Lo que sea que digas o hagas, en el fondo, es lo que quiero, lo que pienso y no hago por... rebeldía, supongo. Pero tú te plantas delante de mí con esos ojos preciosos y me lo sueltas... Y te mataría... —él sonrió—. Y un segundo después de querer matarte, me gustas mil veces más. Y en lo privado...

Mandy liberó la cara de Jordan y se recostó contra el respaldo de la silla.

—¿Qué pasa en lo privado? —preguntó él. Tiró de Mandy y la hizo sentar sobre sus piernas. Le rodeó la cintura con los brazos y se quedó mirándola, completamente atento.

—Tú sabes lo que quiero. Entiendes cómo funciono. El resto —se encogió de hombros y esbozó una media sonrisa— no tenían ni la menor idea.

El corazón de Jordan empezó a latir más rápido. Ella continuó hablando sin percatarse.

—Quiero decir... Creen que lo tienen todo controlado, pero la verdad es que la mayoría de los tíos no saben cómo tocar a una mujer... No hablemos ya de tocarme a *mi*... Es alucinante lo creídos que son y lo mal que se lo montan.

—Y eso explica el maletín naranja de asas largas que suele estar en el baño, ¿no?

La sonrisa de Mandy se hizo más grande. Y mucho más pícara.

—¿Lo has abierto? —lo vio asentir repetidas veces con la cabeza sin dejar de sonreír.

Mandy se apartó un poco para verlo bien y no perderse un solo gesto de aquel rostro guapísimo. Aquel hombre le encantaba. Cada segundo más.

—Y... ¿qué pensaste al ver lo que había dentro?

El reloj del horno eléctrico sonó. El almuerzo ya estaba listo. Ninguno se movió del sitio.

—Que me encargaría de que se llenaran de polvo.

Mentiroso.

—¿Seguro? —insistió ella mirándolo de reojo.

En realidad, aquel había sido el tercer pensamiento de Jordan. El primero no había sido tan apasionado aunque sí muy típicamente masculino; pensó que se había colgado de una jodida ninfómana. El segundo fue más un sentimiento que un pensamiento, y también típicamente masculino; miedo. A hacer el ridículo, a no dar la talla, a no estar a la altura de sus "expectativas sexuales".

Podía mentir. Disfrazar la verdad...

Jordan negó con la cabeza, pero no hizo ningún comentario. Tampoco era necesario que dijera más. Mandy le acarició la nariz.

—Lo dicho; me gustas un montón —se acercó para darle un ligero beso en los labios que él devolvió de inmediato—. Nunca me he preguntado por qué siento lo que siento. Sentirlo para mí es suficiente. He probado todo lo que me apeteció —Jordan la miró con los ojos brillantes. Ella asintió—. La mayoría de las cosas que imaginas, y alguna que no imaginas, también —él bajó la vista. Se sentía incómodo, raro. Mandy atrajo su barbilla con dos dedos y lo obligó a mirarla—. Pero sigo prefiriendo un hombre, intimidad y piel desnuda, sin más. Y entre todos los hombres del mundo, te prefiero a ti —se inclinó y volvió a besarle los labios—. Has conseguido que se llenen de polvo.

Jordan continuó mirándola con los ojos brillantes.

Le costaba. Hablar de esa parte de su personalidad, le costaba. No es que prefiriera que el amor de su vida fuera una chica de su casa, pero...

Sí, lo prefería. Como todos los tíos del mundo, lo admitieran o no. Era genial llevarse a la cama a una mujer experimentada y desinhibida. Enamorarse de ella era otra cuestión. Para divertirse estaba bien; para las cosas serias, mejor una mujer con la reputación intacta.

Por eso no iba a ver a su familia. Porque era eso, justamente, lo que le decían los ojos de todos, lo que su madre ponía en palabras: lo que una parte de él pensaba en el fondo de su ser.

—La mayoría de la gente no ve estas cosas como las ves tú.

Ni tú tampoco, guapo.

—Soy consciente de ello.

Jordan no pudo evitar preguntárselo:

—¿Te da igual?

Mandy negó con la cabeza.

—Solía darme igual. Ahora no... —lo miró con ternura—, porque a ti no te da igual... No creo que tengas derecho a cuestionarme nada. No creo que nadie tenga ese derecho. Era mi vida. Asunto mío. Creo que es muy hipócrita, pero fundamentalmente, creo que es pasado. Estoy contigo. No importa lo que hiciera antes, ni lo que tú hicieras. Estamos juntos. Estamos bien. No hay terceras personas ni mentiras. Esto es lo que importa. Lo demás es historia. Si para ti también es así, lo que los demás piensen no nos afectará.

Claro que les afectaría. Los Wyatt no eran ni tan modernos ni tan relajados en cuestiones morales.

Ella se inclinó hacia él, volvió a tomar su cara entre las manos y besó sus labios, suavemente, una y otra vez...

—Por esto me gustas, ¿ves? —dijo, mirándolo con ojitos tiernos—. Porque nunca dejas de intentarlo, Jordan... Podrías ser igual que los demás, pensar igual que los demás y actuar igual que los demás... pero un minuto antes de hacerlo igual, paras y haces algo distinto. *Y me dejas alucinada.*

Claro que lo que los demás pensaran les afectaría, pero no si Jordan podía evitarlo. La adoraba. Si había alguien por quien mereciera la pena intentar que todo entre ellos siguiera siendo así de valioso, era por aquella mujer de quien llevaba enamorado media vida.

Jordan asintió y le devolvió los besos.

—Sigue intentándolo, *guaperas*. Yo te prometo que voy a seguir haciendo que te sientas orgulloso de mí. ¿Te parece un buen plan?

Él no respondió. Mandy se apartó un poco para mirarlo y cuando vio aquel brillo fulgurante en sus ojos, se le erizó el vello.

El sonido del móvil interrumpió el momento. Jordan demoró aún unos instantes en apartar la mirada de ella y localizar visualmente su móvil. Cuando vio el nombre que parpadeaba en la pequeña pantalla, su expresión cambió. Tanto que Mandy frunció el ceño.

—Sí —dijo él con la vista fija en la mesa. Mandy lo vio permanecer en silencio, escuchando, mientras su expresión se volvía tensa por segundos—. Escucha... —silencio nuevamente—. Esta tarde me paso por casa. Ahora corto.

Ante la expresión sorprendida de Mandy, Jordan apagó el móvil.

—Era de mi casa —dijo a modo de explicación—. ¿Qué tal si comemos?

Él se esforzó por sonreír, pero a Mandy no le hacía falta que fingiera.

—Claro... —se apresuró a ponerse de pie y fue a la cocina a por la comida de encargo.

Sonreía, pero el estómago se le había encogido y no le gustaban los mensajes que le enviaba la piel. Algo sucedía. No pudo evitar pensar que tenía que ver con ella, con esas fotos, con la relación que mantenían.

Jordan la siguió hasta la cocina. Habían planeado pasar el día juntos, pero su madre acababa de estropear los planes y tenía que decírselo. Y no tenía la menor idea de cómo hacerlo sin entrar en detalles.

—Lo dejé estar demasiado... —empezó él, cruzado de brazos,

recostado contra la pared mirándola manipular la comida—. Verlos —aclaró—. Están que trinan, así que voy a pasarme por casa más tarde...

Y no puedo llevarte. Y no sé cómo decírtelo, amor.

Ella lo miró de reojo, sonriendo con picardía.

—Ya. Y la partida de billar con tus hermanos terminará a las tantas. Conozco la historia —Mandy pasó a su lado con una sonrisa traviesa en el rostro, y lo necesario para poner la mesa en las manos.

Jordan la ayudó a extender el mantel. Ella se puso de puntillas y le besó la nariz.

—Voy a ser buena y te voy a dar la noche libre, *guaperas*. Pero mañana, a las nueve de la mañana *en punto* te quiero ver subiendo el camino al rancho Brady, ¿de acuerdo?

Él no respondió.

—¿De acuerdo, o no? —insistió mirándolo traviesa.

Jordan la rodeó con sus brazos mientras la empujaba sensualmente hasta que hallaron la pared. Se coló en su boca en un beso caliente, apasionado, mientras sus manos la acariciaban como si fuera la última vez. Mandy se quedó tal cual estaba, no atinó a nada más que dejarlo hacer, sorprendida por su vehemencia, emocionada por su pasión.

—*Guaaau...* —murmuró cuando él liberó su boca—. Vaya...

—No quiero la noche libre. —Luego, se apartó de ella y entró en la cocina, pero dos segundos después volvió a asomar la cabeza por la puerta—. No sueñes que voy a dejarte desempolvar tu maletín naranja, preciosa. *Ni hablar.*

Ella meneó la cabeza mientras lo miraba con ternura.

Dios, qué loquita me tienes, chaval.

Jordan le guiñó un ojo y volvió a meterse en la cocina.

Una vez allí, y de forma casi inaudible, soltó un suspiro de alivio.

Había vuelto a salvarse por los pelos.

ENTRE HISTORIAS, 4

Finales de junio de 2005.
American Airlines Center.
Dallas, Texas

—Es el cumpleaños de tu padre, Jordan, lo que espero es que te comportes como un buen hijo y vengas a pasar el día con él, como el resto de tus hermanos.

Jordan puso los ojos en blanco y contó mentalmente hasta diez antes de contestar. La música había cesado, él se asomó y vio que Mandy hablaba con Trish. No discutían, pero él sabía que era cuestión de minutos que lo hicieran. Tenía que acabar con aquella llamada y volver al ensayo.

—Voy a estar a mil kilómetros, mamá... Participamos en un macroconcierto benéfico que se va a televisar a todo el país. Te prometo que lo llamaré para saludarlo, pero no puedo ir...

—*¿Participamos?* —dijo Sarah con ironía—. *¿Es que ahora también estás con ella en el escenario mientras canta?* —exhaló rabiosa—. *No tienes vergüenza, Jordan... Poner a esa...* —se contuvo— *por encima de tu propio padre, de tu familia...*

Jordan sintió que la sangre hervía en sus venas y supo que esta vez no habría cuenta mental que evitara que pusiera sus pensamientos en palabras.

—*Ni-se-te-ocurra* —dijo apretando los dientes—. No voy a permitirte que hables así de ella... No tienes la menor idea de cómo es. No es lo que tú piensas y si dejaras de revolverte como un animal herido cada vez que oyes su nombre y la conocieras, sin prejuicios, sin resentimientos, lo verías con tus propios ojos...

Del otro lado, el silencio anunció tormenta.

—*Sí* —escuchó que su madre decía con frialdad—. *Desde luego, no se le puede negar que es una actriz estupenda. Está claro que a ti te tiene ciego, aunque francamente no sabría decir si lo que te ciega tanto tiene que ver con cómo es, o con... otras cosas. Pero yo tengo casi sesenta años, soy esposa y madre, y cuando me reciben en una habitación decadente, más propia de un burdel que de un hotel de categoría, no me hace falta saber más sobre la mujer que duerme en ella.*

Jordan contuvo el aliento. ¿Había estado a verla? ¿Cuándo? ¿Dónde? Antes de tener tiempo de hilvanar pensamientos su madre volvió a hablar, definitiva.

—*Si no vienes, no te lo voy a perdonar nunca.*

Estaba tan bloqueado que tardó en darse cuenta de que su madre había cortado. Rabia, sorpresa, desesperación... Mil preguntas por segundo cruzaban su mente. Ninguna respuesta. Estaba furioso con su madre por lo que presentía que había pasado, con el equipo de seguridad que la había dejado pasar, con Sharon por no decírselo...

Y angustiado, terriblemente angustiado, por Mandy. Por lo que habría tenido que escuchar, porque la habría herido, porque como siempre ella había elegido callar...

Harry se mostró sorprendido al verlo aparecer. Estaba pálido y parecía inusualmente nervioso.

—Hola, tío... ¿estás bien? —preguntó, palmeándole el hombro.

—Estaré mejor cuando me digas cuándo vino mi madre a ver a Amanda y por qué no me has dicho nada.

Harry frunció el ceño.

—¿A Amanda? Me dijo que venía a verte a ti —respondió, sorprendido—. Es más, yo mismo la acompañé hasta la tercera planta...

Tercera planta. Sala de reuniones. Habitación "decadente".

Jordan ya sabía dónde: Nueva York. Y sabía cuándo: hacía una semana.

—Norma nueva —dijo fulminando a Harry con la mirada—. Nadie, y cuando digo nadie quiero decir N-A-D-I-E de mi familia accede sin mi consentimiento a un lugar donde esté Amanda —Harry frunció el ceño—. Tómalo como prioridad uno y díselo a Sharon y a los demás. Sin errores. Sin excepciones. ¿Está claro?

—Como el agua —contestó el responsable de seguridad con gesto preocupado—. Lo lamento. Te juro que si hubiera tenido la menor sospecha... Vino con tu hermano —la mirada de Jordan se encendió. Así que Peter también estaba en el ajo—. Parecían, no sé... No noté nada raro.

Jordan asintió. No dijo más y se marchó.

Cuando Mandy vio que él subía las escaleras del escenario tan serio, lo siguió con la mirada y como siempre, cuando su mente fijó la concentración en él, la quitó de todo lo demás; dejó de cantar sin darse cuenta.

—Descanso de una hora —dijo mientras iba hacia Mandy. Ella sonrió. Él se limitó a tomarla de la mano y seguir atravesando el escenario hacia la otra salida, ante su cara de sorpresa.

La ayudó a bajar las escaleras, abrió la puerta de un cuarto de utilería y le indicó con la mirada que entrara. Cuando ella lo hizo, él cerró la puerta detrás de sí.

—¿Otra vez? —susurró ella con *tonito* pícaro mientras se acercaba a él. Jordan la detuvo suavemente, negó con la cabeza indicándole que dejara de jugar.

—Quiero saber lo que te dijeron mi madre y mi hermano cuando estuvieron a verte el sábado.

La vio respirar hondo y apartar la mirada. Sus mejillas se arrebolaron en un instante y a Jordan la angustia le cerró la garganta, solo con imaginar lo que su madre pudiera haber soltado por la boca. Pero por más fuerte que hubiera sido, quería oírlo. Todo.

—No se te ocurra mentirme —advirtió mirándola fijamente—, porque como te imaginarás, esto no va a quedar así. Voy a encararme con mi madre y con mi hermano y si tú me ocultas algo, lo voy a saber. Y Mandy —añadió, acercándose a ella—, no te haces una idea de lo *muchísimo* que me voy a cabrear, ¿vale?

Ella mantuvo la mirada. Si hubiera podido elegir, habría deseado que la madre de Jordan nunca se hubiera presentado en su habitación ya que así no habría tenido que decidir si lo tomaba como una afrenta o lo "digería". Pero no había tenido elección. Jordan no tenía ningún derecho a enojarse por algo que ella había decidido no tomar como una ofensa. Mucho menos, si se tenía en cuenta que nada de aquello habría sucedido si él hubiera sido sincero con ella.

—No —sentenció ella, sin más.

—No, ¿qué?

Mandy negó con la cabeza y enfiló hacia la salida.

—No voy a hablar del tema. Vuelvo a ensayar. Los coros no están saliendo bien.

Él la detuvo por un brazo. Mandy miró la mano que la retenía y luego a su dueño.

—Somos *mayorcitos*, Jordan. Hace mucho que se nos pasó la época de jugar a las escondidas.

—¿Qué quieres decir?

Mandy meneó la cabeza incrédula, se volvió y lo miró a los ojos.

—¿Por qué quieres que te repita algo que vienes escuchando desde hace años y aunque me incumbe directamente, jamás me has dicho? Y... ¿cómo pensabas manejar esto? ¿O es que, sencillamente, no pensabas manejarlo de ninguna forma?

—Mandy...

Ella lo hizo callar con un gesto de la mano.

—No. Mira, no tengo doce años. No creo en los cuentos de hadas y no espero nada. Estaba muy bien contigo antes del sábado y en lo que a mí respecta, sigue igual. Pero por favor, no me subestimes. No quieras usar a tu madre de chivo expiatorio. Ella, al menos, ha dado la cara.

Mandy no lo dejó recuperar el aliento. Cuando Jordan quiso darse cuenta, ella se alejaba por el corredor. Salió detrás, como una bala, y la detuvo del brazo cerca de la escalera sur al escenario. Ella se volvió a regañadientes.

—*Bombón*, no es lo que piensas...

—¿Podemos dejarlo? Son las seis y media y el coro no sale bien.

—No es lo que piensas —repitió tomándola por los antebrazos suavemente—. Por favor, Mandy, hablemos...

Ella se puso roja. Apartó la mirada. La estaba tratando como a una novia enfadada. Al bochorno de recordar aquellas palabras llenas de prejuicios que su madre le había dedicado hacía una semana, se sumaba la rabia de que él...

Él llevaba *seis meses* inventando excusas para evitar que su familia y ella se vieran las caras. Los mismos que Mandy llevaba eligiendo no darse por aludida. Claro que puestos a saber lo que Sarah Wyatt pensaba de ella, habría preferido saberlo por él, pero, evidentemente, Jordan había evitado hablar del tema. Sus razones tendría.

—Te estás poniendo cargante con este asunto —replicó, mirándolo directamente a los ojos. Todo su lenguaje corporal dijo lo mismo—. No le caigo bien, ¿y qué? —dio un paso atrás para liberarse de las manos que continuaban reteniéndola, y volver al escenario—. Si hubiera creído que había algo de lo que hablar, yo misma te lo habría dicho, ¿no te parece?

—Mandy... —la llamó él suavemente, intentando retenerla en una conversación que, evidentemente, ella estaba dando por concluida: ya se había alejado unos cuantos pasos en dirección del escenario. La vio girarse sin detenerse y hablarle con su sonrisa seductora.

—Este asunto se te ha escapado de las manos, *guaperas*. Y te ha explotado en plena cara. Si fuera una mujer convencional, habría ardido Troya —le guiñó un ojo—. Pero tienes suerte; no soy *nada* convencional.

Helado y tenso, la vio tirarle un beso con la mano y trotar hacia el escenario con actitud despreocupada.

Había ardido Troya, dijera lo que dijera Mandy. Lo sentía en la piel.

¿Y ahora qué?

Necesitaba información para hacer una valoración de los daños.

Seis meses. Seis jodidos meses estudiando detenidamente cada movimiento como si fuera un juego de estrategia, para que ahora viniera su madre y lo pusiera en jaque.

Dios, tenía ganas de asesinar a alguien.

Necesitaba soltar rabia, o le daría un infarto. Sacó su móvil y marcó una memoria. Su hermano mayor atendió al cuarto timbrazo. Jordan se apoyó contra la pared y se dispuso a hacer el primer ajuste de cuentas de la tarde.

♦ ♦ ♦ ♦ ♦

Nueva York.
Dos días después...

—Tendrás tu pase especial como siempre, tío, pero no cuentes con que Amanda te vaya a atender... La televisión tiene preferencia, normas de los organizadores... Además, la verdad, ¿para qué quieres que te reciba? Últimamente no haces más que escribir de nuestra vida privada y para eso no necesitas hablar con ella.

Jordan miró a Mandy, le guiñó un ojo y continuó hablando por teléfono. Esperaban en la puerta del restaurante que les trajeran el coche. Ella se dedicó a estudiarlo. Después de que le hubiera dicho que "ese asunto se le había escapado de las manos", Jordan no había vuelto a sacar el tema. Se comportaba con normalidad. Todo entre ellos había seguido como siempre... Tratándose de cualquier otro hombre, le habría parecido normal, pero no era otro hombre, era este; Jordan Wyatt, el que siempre quería tener las cosas claras y que todos las tuvieran igual de claras.

Tanta normalidad no le cuadraba.

—Amanda no habla de su vida privada porque *ella* no quiere. —Jordan calló de golpe y su expresión se tornó seria, desafiante—. ¡Seguro que no eres capaz de repetirme eso a la cara, capullo!

Mandy, preocupada por el cariz que estaban tomando las cosas, le

221

tocó el brazo para llamar su atención. Él la miró brevemente y volvió a concentrarse en su conversación.

—Estás en tu derecho de escribir lo que se te ocurra —dijo—, pero como se te ocurra escribir eso, me voy a cabrear y voy a tomar medidas, empezando por partirte la cara. Tú verás lo que haces.

Mandy lo vio apagar su móvil y guardarlo en el bolsillo superior del cárdigan. Cuando él volvió a mirarla, su actitud y su expresión eran tan normales como las de los últimos dos días.

A Mandy empezaba a resultarle demasiada normalidad.

Acababa de amenazar a un periodista, cosa de por sí inusual en alguien tan acostumbrado a lidiar con la prensa como él, y ahora hablaba como si tal cosa del macroconcierto del fin de semana mientras conducía. Que si al día siguiente llegarían las luces especiales, que si el bloque de anuncios saldría inmediatamente antes de la actuación de Mandy así que su parte se televisaría completa, que si la previsión meteorológica no anunciaba tormentas o lluvias que deslucieran el espectáculo, que si habría cincuenta hombres más de seguridad pegados a ella en todo momento... No había parado de hablar en todo el viaje, y llevaban diez minutos en su suite, y continuaba hablando.

Mandy le sirvió su vaso con tónica y se sentó junto a él, en el sofá.

—Lo tienes todo controlado, como siempre —extendió una mano y le acarició suavemente el cabello. Él sonrió agradecido, retuvo su mano y la besó.

—Eso creo —sonrió algo preocupado—. *Eso espero...* Los organizadores calculan que habrá medio millón de personas copando los alrededores del parque... Más me vale tenerlo todo controlado... Tú sola ahí arriba y tanto exaltado suelto...

Ella meneó la cabeza incrédula. En seis años Jordan no había logrado acostumbrarse a esa parte del trabajo: lo pasaba mal y aunque ella no había tenido ocasión de verlo con sus propios ojos, Harry decía que durante los conciertos se ponía insoportable.

—La que debería preocuparme soy yo —dijo, echándole una mirada traviesa—, tan guapo y tan solo, rodeado de azafatas preciosas, periodistas salidas y admiradoras de mentira, que están más interesadas en mi mánager que en mi música...

Jordan la miró sonriente.

—Pero no estás preocupada, ¿a que no?

La vio hacerse la pensativa, como si estuviera considerando la cuestión, y al final negar con la cabeza sonriendo.

Ellas no la preocupaban. La fingida normalidad que duraba ya dos días, empezaba a darle que pensar.

Jordan asintió. Tenía algo que decirle y aquel momento era tan bueno como cualquier otro.

—Haces bien. Estoy muy bien contigo y no voy a dejar que nada ni nadie se meta por medio y fastidie mi fiesta —ella le apretó con cariño la mano—. Lo que me recuerda que no aún no te he comentado que el domingo hay cambio de planes...

—¿Ah, sí?

—Es el cumpleaños de mi padre y nos esperan. Así que cuando te bajes del escenario habrá un avión listo para llevarnos directo a Camden.

Mandy tardó varios segundos en decir algo. Lo miraba y tomaba conciencia de cuánto significaba él en su vida, de cuánto valoraba esas formas claras, directas, incluso cuando quién cometía el error era él. Ella le había dicho que no tenía nada que comentar sobre lo ocurrido con su madre y Jordan había resuelto el asunto de la manera que siempre encaraba todas las cuestiones en su vida; poniendo las cartas sobre la mesa. Sería un mal trago volver a tener a aquella mujer frente a frente, pero el vikingo se lo había ganado.

—Entonces, mañana libérame un par de horas por la tarde para ir de tiendas —dijo ella sonriendo algo nerviosa—. Y ve pensando qué podríamos regalarle.

Te quiero, Mandy.

Jordan no lo dijo con palabras, pero la miró sabiendo que lo que sentía era demasiado evidente para pasar desapercibido. Se llevó su mano a los labios y la besó suavemente.

Ella tampoco dijo nada, pero él la sintió estremecerse.

◆ ◆ ◆ ◆ ◆

Día D.
Casa de la familia Wyatt.
Camden, Arkansas.

Cruzaban miradas cada dos por tres desde que habían subido al ascensor del aparcamiento del edificio donde vivían los padres de Jordan. Ninguna palabra, no eran necesarias. Ella leía en sus ojos azules y en su lenguaje corporal que Jordan estaba feliz aunque algo preocupado por lo que estaba a punto de ocurrir. Él leía en los de ella que estaba nerviosa como pocas veces la había visto. Podía apostar que si estiraba la mano para coger la suya, la sentiría tan fría como un témpano de hielo. Lo que no dejaba de tener su gracia; que una mujer como ella, acostumbrada a dominar las situaciones y seducir a masas, se helara ante la sola idea de *socializar* con seis adultos y tres niños...

Cuando las puertas se abrieron en la cuarta planta, Jordan las mantuvo abiertas con su cuerpo, reduciendo ostensiblemente el espacio libre para que ella pasara. Mandy lo miró burlona, y salió del ascensor evitando el contacto físico mientras hablaba entre dientes.

—¿Por qué todos siempre pensáis en lo mismo? Solo faltaría que *mamá Wyatt* abriera la puerta y se encontrara contigo metiéndome mano en el ascensor...

Jordan soltó la risa. Y no solo por la imagen que las palabras de Mandy invocaron en su mente -menuda cara se le quedaría a su madre, desde luego-, lo que de verdad le resultaba divertido, y sorprendente, era que fuera precisamente ella la que dijera aquellas cosas... En otros tiempos, habría sido Mandy la que habría parado las puertas del ascensor con su cuerpo.

Cada vez que Jordan tomaba conciencia de lo tantísimo que ella había cambiado... En la mujer de vestido rojo de seda de corte oriental sin mangas, largo hasta el tobillo y con los botones de su cuello *mao* cerrados hasta arriba, quedaba poco y nada de la seductora Amanda Brady. Había sustituido los taconazos por unas sandalias chatas, rojas como el vestido; la pintura de guerra, por un maquillaje en colores suaves y un poco de brillo rojizo en los labios, y los rizos dorados de su melena leonina, provocativa, de la que siempre se había hablado tanto en la prensa, descansaban recogidos prolijamente en un moño alto sujeto por dos bastoncillos de madera, también al estilo oriental.

Esta era Mandy, *su* Mandy. En ella solo quedaba un vestigio aparente de aquel pasado tempestuoso; *Donna Karan. Jazmín.* Seguía usando esa fragancia con frecuencia, ahora la llevaba. Y a Jordan le seguía pareciendo la más embriagadora del universo.

—Deja de mirarme así —volvió a murmurar ella sin mirarlo, de pie frente a la puerta de los Wyatt—, y toca el bendito timbre de una vez...

La atención de Jordan continuó sobre ella. A pesar del evidente esfuerzo que hacía por mantenerse serena, el brillo de aquellos hermosos ojos celestes la delataba.

—Estás preciosa, ¿te lo he dicho?

Mandy lo miró de reojo brevemente sin cambiar de postura. Estaba tiesa como un paraguas delante de la puerta. Cuando habló, en voz baja y de forma escueta, su vista había vuelto al frente.

—Unas diez veces desde que me he despertado. Gracias, sí.

Jordan sonrió y bajó la cabeza divertido.

—Y que estoy loco por ti... ¿también te lo he dicho?

Cuando Mandy volvió a mirarlo de reojo, él sonreía con ternura.

No me tientes, chaval.

Mandy dejó que sus ojos descendieran por aquel rostro masculino y sobrevolaran su cuerpo. A Jordan le encantaba tomar el sol, así que desde hacía meses su piel lucía un tostado Caribe que aquella camisa blanca de estilo moderno y mangas cortas resaltaba. Tenía un aire elegante, aún cuando, como hoy, vestía informal. Aquellos pantalones verde oscuro, tipo explorador, parecían un Armani a la última cuando era él quien los llevaba.

—Pues tú estás bestial... —admitió ella al fin, sonriendo suavemente.

Lo vio guiñarle un ojo, seductor, mientras estiraba el brazo y tocaba el timbre. Mandy respiró hondo y se irguió, preparándose para lo que fuera a suceder.

Jordan también respiró hondo. A diferencia de Mandy, él sabía bastante de lo que iba a ocurrir. Su padre los recibiría, haría los honores con amabilidad y sus hermanos y respectivas parejas harían lo mismo. Los pequeños de la familia no serían un problema: Jessie adoraba a Mandy y los hijos de Megan, Joshua y April, aunque no la conocían, la adorarían. Como buena Brady, Mandy era un imán de niños. En cuanto a su madre, era una incógnita. Recibiría a Mandy, se sentaría a la misma mesa... Por respeto a su marido, no por otra razón. Qué más sucedería, si es que sucedía algo, Jordan no tenía la menor idea.

◆ ◆ ◆ ◆ ◆

Así había sido.

Richard Wyatt se había comportado como el perfecto anfitrión. Los había recibido personalmente y había hecho las presentaciones necesarias con la familia canadiense. Mandy solo conocía a Megan (y hacía años que no la veía), al resto de su familia, no. Richard también había dirigido la mayoría de las conversaciones que habían tocado temas diversos en los que Mandy había participado de buen grado, relajando el ambiente con su sentido del humor.

Dos horas después, Sarah Wyatt seguía siendo una gran incógnita. Se comportaba con aparente normalidad, pero evitaba dirigirse a Mandy, ni de palabra ni de hecho. Solo la miraba y cuando lo hacía, hasta Jordan podía sentir el frío gélido de esa mirada.

El aperitivo había ido bien. La comida también. A los cafés, la conversación abordó el concierto benéfico en el que Mandy había participado por la mañana, junto a un cartel de más de cien grupos y solistas. Karen, la cuñada de Jordan, que era fan de Mandy desde sus inicios, había sacado el tema, interesada como una adolescente en aquel mundo de neón que encontraba fascinante.

—¡Esa mujer es infernal! ¿En serio es tan guapa en persona? —dijo. Hablaba de Beyoncé.

—Es así de guapa, sí —intervino Jordan con picardía. Había dejado a Mandy con la palabra en la boca y ahora, ella lo miraba divertida. Casi todos festejaron la broma. Sarah, en cambio, se removió incómoda en su silla. Mandy lo notó y decidió ignorarlo. Los demás hicieron lo mismo. La conversación continuó.

—¿Guapa? —terció su hermano mirando de reojo a Jordan—. Lo de "infernal" se ajusta mejor.

Mandy echó un vistazo a los pequeños, que jugaban con la PlayStation, ajenos a la conversación. Thomas, el marido de Megan, revolvía su café en silencio, un tanto ausente.

—Tu hermano piensa lo mismo, pero es demasiado correcto para admitirlo delante de mí —dijo Mandy. Le guiñó un ojo a Jordan que la miraba con dulzura—. Es guapísima. Espectacular, diría yo, y cuando mueve esas caderas hace estragos. No hay un solo par de ojos masculinos en kilómetros a la redonda que no sigan esos movimientos, hipnotizados.

—¡Qué asco! Debería estar prohibido que una mujer acapare tanta atención... —dijo Megan divertida ante la expresión sorprendida de sus dos hermanos. Thomas sonrió. Su mirada se cruzó con la de Mandy, brevemente, que con Karen festejaban la broma. Sarah abandonó la sala, dejándolos a todos cortados. Jordan decidió continuar.

—Estoy de acuerdo —convino él, echándole una mirada con mensaje a Mandy, que apartó la vista sorprendida. ¿Qué se proponía diciendo algo así? La cosa ya estaba bastante tensa con su madre como para que él se dedicara a sacar temas espinosos.

—Alguna pega tiene que tener enrollarse con una preciosidad, chaval... —dijo Paul, pinchándolo. Le guiñó un ojo a Mandy.

Jordan esperó a que las risas y comentarios pícaros cesaran para volver a hablar.

—No es una preciosidad, tío, es un bombón. Y es mi novia, así que controla la emoción —sentenció, mirando a su hermano con aire desafiante.

Mandy bajó la vista. Sarah acababa de regresar y podía leer en el ambiente, sin necesidad de mirarla que, esta vez, iba a haber palabras.

La voz de la mujer sonó tan gélida como las miradas que le había dedicado a Mandy desde que habían llegado.

—Pues eso no es lo que dice la prensa. Lo que dice es que Jordan Wyatt, su mánager, y *mi hijo*, ahora es también el último de "una lista larga, de extensión incierta, de amantes de una noche" —dijo enfatizando la cita de un artículo reciente—. También dice...

—Ya sé lo que dice —la interrumpió Jordan, cáustico—. Lo que cuenta es lo que *yo* te digo. Punto final.

—Sarah... —intervino Richard al ver la actitud de su esposa de no ceder. Ella habló mirándolo a los ojos.

—No, es mi casa. Diré lo que tenga que decir y si alguien se siente ofendido... —su mirada sobrevoló a Mandy—, que haga lo que considere oportuno.

Richard respiró hondo.

—Es mi cumpleaños... ¿Podríamos, por favor, tener la fiesta en paz? Si no me han informado mal, ya has dicho lo que tenías que decir. Déjalo ya, Sarah.

Mandy no lo dudó ni un segundo. Estaba allí, y aunque no le apetecía tener que volver a saborear la sinceridad de aquella mujer, si era necesario para que ella no se sintiera herida en su orgullo de "dueña de casa", lo haría. Le importaba Jordan. Muchísimo más de lo que nadie le había importado nunca. Haría lo que fuera por seguir conservando lo que compartían. Mandy miró a Richard y habló con decisión:

—Por favor... Aclaremos lo que haya que aclarar, es mejor así.

—Lo que tenía que decirte, ya lo he dicho —replicó Sarah, fulminándola con la mirada. Luego miró a su hijo—. Lo que aún no he dicho, tiene que ver contigo. Y quiero que *tu novia* lo escuche para que no haya malos entendidos.

La expresión de Jordan se endureció. Tenía tantas ganas de dar media vuelta y largarse de allí, como de decirle a su madre un par de cosas...

—Ni hablar. Llevas seis años dándome la paliza con tus ideas sobre lo que debería hacer o dejar de hacer con Mandy, y ¿sabes qué? Estoy harto.

Mandy miró a Jordan, sorprendida. Tardó siglos en darse cuenta de que se había quedado con la boca abierta de la impresión y la cerró, ruborizada, sin quitarle los ojos de encima. Si ya era bastante raro oír a Jordan hablar en aquel tono, que el interlocutor fuera su madre, lo volvía increíble.

—Si te parece demasiado desfachatada para tu gusto, te fastidias. A mí tampoco me gusta tu exceso de sinceridad, y ya ves... Tampoco "vivo de ella" como te gusta decir. Trabajo como un animal siete días a la semana y estar aquí hoy es un esfuerzo, ¿sabes? Llevo levantado desde las tres de la madrugada y solo he dormido dos horas. Me gano con creces cada centavo que cobro, siempre me lo he ganado, y me ofende que digas lo contrario.

Sarah mantuvo la mirada, aunque Mandy logró ver un destello

extraño en sus ojos oscuros, permaneció solemne, de pie junto a la puerta mirando a su hijo. Él continuó.

—Casi no tengo tiempo libre y cuando lo tengo, lo que me apetece es estar con ella. Aunque con vosotros tuviera la mejor relación del mundo, aunque no pensarais que es poco menos que el diablo vestido de mujer —la aludida detectó algunas sonrisas contenidas, y mantuvo la suya a raya. La verdad es que estaba más emocionada por la defensa a ultranza que hacía Jordan, que divertida—, como os imaginaréis, seguiría prefiriendo pasar mi tiempo libre con ella. No estoy siendo un mal hijo. Es solo que me apetece estar con Mandy.

—¿Hasta el punto de que tu propia familia tuviera que enterarse por la prensa de que has pasado de mánager a novio de la estrella? Eres un hipócrita, Jordan —dijo la gélida voz de su madre—. Lo tuyo no fue falta de tiempo, fue falta de valor. Esa "lista incierta" te pesa tanto a ti como a nosotros.

Acabáramos, pensó Mandy. Al fin llegaban al meollo de la cuestión. Si no fuera que la *lista incierta* de la que hablaban era la suya, seguramente, habría encontrado divertido lo que estaba ocurriendo.

—Me pesa, sí —admitió él. Mandy lo miró con una mezcla de vergüenza y remordimiento. También a ella le pesaba. Cada día era más consciente del daño que esa época de su vida había hecho a Jordan—. Fueron los dos peores años de mi vida y créeme, tu sinceridad no me ayudó nada. En realidad, mamá, si hubiera sido lo que tú llamas un buen hijo, si te hubiera hecho caso, hoy sería el tipo más infeliz sobre la faz de la tierra... Gracias a Dios, no te escuché.

Jordan tomó la mano de Mandy, le obsequió una sonrisa tierna al notarla helada, y la mantuvo entre la suyas mientras volvía a mirar a su madre.

—Me pesa, sí. Pero no por lo mismo que a ti. Mis razones hace mucho que han cambiado. Es una mujer increíble y una buena persona. No tiene porqué oír todas estas cosas... Y que tenga que escucharlas de mi propia madre, me lastima y me avergüenza... Pero esto también va a cambiar. De ahora en adelante, nos veremos más a menudo, Mandy vendrá conmigo y tú, te guardarás tu opiniones donde te quepan. No nos interesan para nada. ¿Asunto aclarado? —preguntó mirando fijamente a su madre.

La intervención de Mandy los asombró. A Jordan, lo dejó alucinado.

—Todavía no. La lista de marras es mía y yo no he dicho ni mu...

Su desparpajo llenó el ambiente de sonrisas. Hasta la expresión de Sarah, que por supuesto no sonrió, se suavizó.

Mandy miró a Jordan.

—Conozco a este *guaperas* desde hace un millón de años. Es serio, responsable, fiable... ¿Quién diría que haya roto un plato alguna vez? —Jordan se la comió con los ojos; ella le regaló una sonrisa y luego, se volvió hacia Sarah—. ¿Sabe? La lista de su hijo es mucho más larga que la mía. Hasta incluye apellidos ilustres...

Él la miró con picardía, mientras los demás bromeaban en voz baja.

—Cuando la prensa habla de lo nuestro, de Jordan dice que es "el hombre que conquistó el corazón más salvaje del country". Y de mí, "que soy una coqueta que sedujo hasta a su propio mánager"... No me gustan estas reglas de juego. Una misma cosa no puede estar bien vista si la hace él, y mal vista si la hago yo. Pero conocía esas reglas de antemano. Como mínimo, pequé de falta de discreción, y vive Dios que estoy pagando las consecuencias. Aún así, es mi vida —volvió a mirar a Sarah a los ojos—. Entiendo que usted quiera una mujer diferente para Jordan. Que la forma en que he vivido le parezca mal... Pero no me conoce, aunque me juzga igual, por lo que dice la prensa, por el aspecto de una habitación de hotel... Y se equivoca. La cuestión es, ¿será igual de sincera cuando se dé cuenta? Espero que sí. La sinceridad es algo que valoro mucho, incluso cuando como ahora, sea un trago muy amargo.

Sarah no pronunció palabra. Se limitó a mirarla con cierta altivez que Mandy, nuevamente, decidió ignorar, y luego volvió a sentarse en su sitio, junto a su marido.

Pocos instantes después, se reanudó la conversación sobre el concierto benéfico. Esta vez, no hablaban de Beyoncé, sino de alguien que a Jordan no le gustaba nada; Ken Bryan. Pero Mandy notó que él no estaba atento a lo que se hablaba, había vuelto a tomarla de la mano, y recostado contra el respaldo de su silla, seguía completamente concentrado cada movimiento y cada gesto suyo, como si no hubiera nadie más.

◆ ◆ ◆ ◆ ◆

Eran cerca de las once cuando llegaron al piso de Jordan. La tensión que habían soportado durante tantos días, desde que él se enterara de la visita de su madre y cogiera el buey por las astas, sumada al cansancio del concierto benéfico y las pocas horas de sueño, hacía tiempo que había empezado a pasarles factura. Cuando se dejaron caer sobre la cama, sin desvestirse siquiera, los dos estaban muertos de sueño.

Mandy se deshizo el moño a tientas y torpemente, dejó los bastoncillos de madera sobre la mesita de noche. Se descalzó con movimientos cansinos. Jordan hizo otro tanto. Al final, los dos quedaron cabeza junto a cabeza, tendidos boca arriba en la cama, con los ojos cerrados.

—Hasta mañana, guapo —susurró somnolienta mientras apagaba la luz desde el cabecero.

—Que descanses, *bombón* —respondió él, apenas en un murmullo.

Mandy se cruzó de brazos y volvió la cabeza hacia un lado, luego hacia el otro.

—Jordan...

—*¿Mmm...?*

—No puedo dormir si...

Él sonrió medio dormido y no la dejó acabar la frase. Se puso de costado, hizo que ella hiciera otro tanto, y la rodeó con sus brazos hasta que la tuvo perfectamente encajada contra su cuerpo.

Mandy suspiró.

—Dios... Seis meses ¿y ya no puedo dormir sin que me abraces? Esto va de mal en peor...

Y peor que irá; en seis meses más no vas a poder respirar si yo no estoy.

—Yo tampoco puedo —susurró él, y apretó el abrazo—. Y son seis meses y veintiún días.

Mandy volvió a suspirar, se acomodó mejor entre sus brazos.

—Veintidós días —corrigió ella, más dormida que despierta.

—Veintidós días —concedió él apenas en un murmullo.

Hubo una pausa larga y al final, él volvió hablar casi entre sueños:

—Estoy loco por ti.

Mandy tardó mucho en contestar. Era tan placentero estar así... Sentir que la conciencia la abandonaba poco a poco mientras cada centímetro de su cuerpo se relajaba en la ternura del abrazo protector de Jordan.

—Es mutuo —consiguió decir antes de quedarse dormida.

Jordan intentó abrir los ojos y mirarla, pero estaba demasiado oscuro. Y él, demasiado cansado.

Y además, ¿para qué quería mirarla?

Era ella, Mandy. Estaba entre sus brazos. Sentía su cuerpo caliente pegado al suyo. Sentía latir su corazón.

El mundo era perfecto.

Jordan cerró los ojos y se abandonó al sueño.

SOBRE LA AUTORA

Aunque escribió su primer libro con apenas doce años y se pasó otros veinte cargando cajas llenas de novelas escritas en cuadernos de espiral cada vez que cambiaba de casa, no fue hasta 2006 que se planteó publicar. Fruto de esa decisión es Jera Romance, web que actualmente alberga y da nombre a su colección romántica.

Su estreno "oficial" en el mundo romántico español tuvo lugar en abril de 2011, de la mano de "Princesa", una novela que aborda el controvertido asunto de la diferencia de edad en la pareja, y que ha enamorado a las lectoras. Han sido sus apasionadas recomendaciones y su permanente apoyo, las que han convertido a "Princesa" en un éxito, y a Dakota, su protagonista, en el primer héroe romántico creado por una autora española que cuenta con su propio Club de Fans en Facebook.

También es autora de la serie romántica *Sintonías*, compuesta por "Bombón" (2007), "Primer amor" (2007) y "Amigos del alma" (2008), de la que se hizo una edición formal, con ISBN, en septiembre de 2012. Sus libros también están disponibles en versión impresa y versión Kindle, a través de Amazon.

Patricia Sutherland nació en Buenos Aires, Argentina, pero está radicada en España desde 1982.

Página oficial:
Jera Romance
www.jeraromance.com

Blog:
Sutherland
patricia-sutherland.com

www.ingramcontent.com/pod-product-compliance
Lightning Source LLC
Chambersburg PA
CBHW060401310726
48976CB00003B/905

9 788849 973032